Anonym

Im Internet geben wir nur zu gerne unsere Anonymität auf und geben Dinge von uns preis, die wir im realen Alltag niemals offenlegen würden. Doch was passiert, wenn diese zwei verschiedenen Welten miteinander kollidieren?

Für Maria L.

Auf deinem Sofa entstand diese Geschichte.

Torsten Ideus

Anonym

Ein „fantastischer" Kriminalroman

Alle beschriebenen Orte, Häuser und Landschaften in Norden und Umgebung gibt es wirklich. Die Internetseite www.secretorgy.org ist frei erfunden, alle weiteren existieren tatsächlich.
Doch auch wenn dieser Roman ganz in einer realen Kulisse angesiedelt ist, sind die Handlung und die Personen frei erfunden. Ähnlichkeiten mit lebenden Personen und Organisationen wären rein zufällig und nicht beabsichtigt.

Bibliografische Information der Deutschen Nationalbibliothek:
Die Deutsche Nationalbibliothek verzeichnet diese Publikation in der Deutschen Nationalbibliografie; detaillierte bibliografische Daten sind im Internet über http://dnb.dnb.de abrufbar.

© 2016 Torsten Ideus

Herstellung und Verlag: BoD – Books on Demand, Norderstedt

ISBN: 978-3-741279-33-1

Prolog

Es kam ihm absurd vor, sich hier und jetzt bis auf die Unterwäsche auszuziehen. Die improvisierte Umkleidekabine war nicht größer, als in jedem billigen Kaufhaus. Das diffuse Licht einer kleinen Nachttischlampe reichte aus, um seine Muskeln und die pulsierende glatte Haut gutmütig auszuleuchten. Er schloss kurz die Augen und horchte auf das frische fließende Blut in seinen Adern. Die aufkommende Erregung gab ihm genug Energie, mit dem engen schwarzen Slip herauszutreten und sich vor die geschlossene Tür zu stellen.

Beim Ablegen seiner Uhr hatte er registriert, dass es nicht mal mehr fünf Minuten dauern würde. Um Punkt 23:00 Uhr würden sich alle sechs Türen öffnen. Er hatte nicht erwartet, dass die Spannung ihn so stark erfassen würde, schließlich war er reich an Erfahrungen. Doch eine Szene wie diese war ihm bisher unbekannt.

Ein sanftes Geräusch, wahrscheinlich von einer Klangschale erzeugt, signalisierte den Beginn des Abenteuers und wie von Geisterhand öffnete sich die Tür einen Spaltbreit. Obwohl es das nicht sollte, schlug sein Herz schnell und unregelmäßig und es kostete ihn tatsächlich etwas Überwindung, die Hand zu heben und die leichte Holztür weiter zu öffnen, sodass er in den Raum treten konnte. Seine Schritte knarrten auf dem alten Dielenfußboden, doch vergaß er das beim Anblick der Innenausstattung.

Die Organisatoren hatten sich nicht gespart

und nichts dem Zufall überlassen. Eine überdimensionale Spielwiese mit dunkelrot bezogenen Matratzen thronte majestätisch in der Mitte des Raumes. Ein Sofa in Form eines Cs befand sich links davon und auf dem Couchtisch stand ein Sektkühler mit sechs Gläsern. Auf der rechten Seite hing eine professionelle Sling an der Decke, davor auf einem großen Tisch fand sich eine breit gefächerte Auswahl an Sexspielzeugen. Unmengen von roten Stabkerzen gaben dem Raum ein lüsternes Ambiente.

Erst jetzt nahm er sich Zeit, um sich die anderen fünf Teilnehmer anzuschauen. Eine Schönheit mit langen Beinen und einem grazilen Gang kam von der Tür gegenüber seiner hinaus. Ihr fast schwarzes Haar fiel in seidigen Wellen bis hinunter zum schwarzen Spitzen-BH.

Ein rothaariges Rasseweib kam von rechts heran. Sie wirkte älter als die andere, doch die vollen Lippen und die stechenden grünen Augen gaben einen ersten Einblick in die Wollust. Beim Gehen strich sie über ihr dunkelgrünes Negligé und trotz der Entfernung konnte er erkennen, dass ihre Nippel sofort hart wurden.

Direkt links von ihm erschien ein junger Mann in kräftiger Statur und einer dunkel schimmernden Haut. Seine fast schwarzen Knopfaugen glänzten im Licht der Kerzen. Die silbernen Retropants wölbten sich beachtlich und machten eindeutig Lust auf mehr. Obwohl die breiten Schultern auf einen Handwerker schließen ließen, gaben die manikürten Fingernägel und die feingliedrigen Finger einen gegenteiligen Eindruck.

Von hinten kam noch eine dritte Frau, eine Blondine mit übergroßem Vorbau. Er rätselte kurz, ob die Brüste operiert waren, verlegte diesen Gedanken aber vorerst. Ihre ansonsten schlanke Figur schien fest und trainiert zu sein. Die braunen Augen sahen ihn forsch und bereits fordernd an. Mit ihr würde er beginnen.
Dann kam von rechts noch ein weiterer Mann hinzu und beim Blick in dessen Gesicht begann er leicht zu taumeln. Er hatte diese markanten Züge schon einmal gesehen, es musste allerdings viele Jahre her sein. Die blauen Augen musterten ihn von oben bis unten und anscheinend gefiel ihm, was er sah.
Die Rothaarige hatte inzwischen begonnen, die Gläser mit der prickelnden Flüssigkeit zu füllen, während der Rest in willkürlicher Reihenfolge auf dem Sofa Platz nahm. Die Stille der Atmosphäre war gespannt und in freudiger Erwartung. Niemand wagte es, zu sprechen. Das gehörte zu den Regeln...

Kapitel 1

Dr. Tomas Masbaum fühlte sich beschissen, obwohl die Uhr an seinem Macbook erst zehn nach zehn anzeigte. Die Berichte lagen alle komplett vor ihm ausgebreitet, doch die Informationen verschwammen zu einem Brei an Fakten, die im überhaupt nicht weiterhalfen.
Seit Tagen saß er an diesem Fall, ohne Ergebnisse und neue Erkenntnisse gab es auch nicht, obwohl er alle ihm bekannten Quellen durchgegangen war. Eine Frau war gestorben; verblutet, nachdem ihr Kopf vom Körper abgetrennt wurde. Doch leider gab es keine weiteren Hinweise auf den Tatverlauf.
Ein Tattoo auf der rechten Hand entwickelte bei der Kripo Gerüchte, dass sie eine Hexe gewesen sein musste. Allerdings zeigten die vor ihm liegenden Fotos eine verschrumpelte blutlose Variante ihrer Selbst und Dr. Masbaum war dankbar, dass er es nicht mehr geschafft hatte, vor seinem Dienst einen Happen Essen zu vertilgen.
Sein Chef erwartete Ergebnisse, das war ihm klar, doch selbst sein messerscharfer Verstand lieferte nicht die erwarteten Resultate, denn nur ihr Tattoo gab Anlass zu einer Lösung. Bisher hatte jeder Versuch, es zu googeln ins Leere geführt.
Er rieb seine tiefblauen Augen und durchdachte seine Möglichkeiten. Es wäre nicht der erste Fall, in dem seine Mutter zur Hilfe kam, denn sie verstand es irgendwie, seine Gedankengänge zu einem sinnvollen Konsens zu verstricken und damit alltägliche Dinge aufzudecken, die ihm ansonsten ver-

borgen blieben.

Birgit Masbaum lebte noch immer in derselben Hamburger Wohnung, in der Tomas aufgewachsen war und der Kontakt über Telefon war manchmal über Monate die einzige Möglichkeit zu reden, von Emails einmal abgesehen.

In ihren Glanzzeiten war sie Oberstudienrätin des Humboldt-Gymnasiums gewesen und der Ruhestand wuchs ihr allmählich über den Kopf. Immer aktiv und mit hoher Intelligenz gesegnet, konnte sie sich nicht damit abfinden, zur gemütlichen Rosenzüchterin oder etwas ähnlich Langweiligen zu werden.

Schon beim zweiten Klingeln ging sie ans Telefon, als hätte sie nur darauf gewartet, dass ihr Kommissar-Sohn bei ihr anrief und ihre Hilfe benötigte: „Tomas, wie schön, dass du anrufst. Kann ich etwas für dich tun? Geht es dir gut? Was macht die Arbeit?"

Der brünette Kriminalbeamte trank noch schnell einen Schluck seines Mate-Guarana-Tees, bevor er ohne Schweife zum Punkt kam: „Ich komm bei meinem Fall nicht weiter. Hast du Zeit, mit mir noch einmal die Fakten durchzugehen?" Er konnte vor seinem inneren Geiste förmlich sehen, wie sie zufrieden lächelte:

„Für dich hab ich doch immer Zeit, Tommy. Dann schieß mal los!" Er hasste es, wenn sie diese peinliche Verniedlichungsform benutzte, doch war er zu gutmütig, sie auf diesen Makel hinzuweisen. Stattdessen verschaffte er sich kurz einen Überblick und feuerte dann eine Salve an Informationen heraus:

„Einer Frau wurde in ihrem eigenen Haus der

Kopf abgetrennt – das Blut verteilte sich bis in die letzten Winkel der Küche. Ihr Name ist Lana Schröder, 36 Jahre alt, Single. Sie lebte in einer alten Siedlung hier in Norden, nach dem Tod der Eltern erbte sie das Haus und lebt seitdem dort allein und sehr zurückgezogen. Freunde und Bekannte haben wir bisher keine gefunden, die Nachbarn hatten eher Angst vor ihr und beschreiben sie als 'alte Jungfer mit Hang zum Okkulten'. Einige sagten sogar, sie wäre eine Hexe, was wohl mit dem Tattoo auf ihrer Hand zusammenhängt. Ein beliebtes Wicca-Symbol, laut Internet.
Am Tatort gab es keine Anzeichen für einen Kampf, keine Spuren oder Fingerabdrücke, außer von Lana selbst. Weil im Haus überall Teppich verlegt ist, gab es auch keine Fußspuren oder -abdrücke. Und selbst für die Forensiker ein Problem: es ist bisher immer noch ungeklärt, wie der Kopf abgetrennt wurde. Keine handelsübliche Waffe kommt in Frage – es sieht fast so aus, als wurde der Schädel mit reiner Willenskraft abgerissen worden." Mit einem tiefen Seufzer beendete Masbaum den Monolog. Er trank noch einen großen Schluck Tee, während er auf die erste Frage seiner Mutter wartete. Er vernahm leichte Zwischengeräusche, die nicht von ihr kamen – wahrscheinlich hatte sie sich zum Denken auf den Balkon hinaus gesetzt.
„Hat sie einen Computer? Habt ihr die Festplatten, Emails und sowas überprüft? Mit irgendwem muss sie Kontakt gehabt haben." Seine feingliedrigen Finger huschten geschwind über die Tastatur, um die entsprechende Seite auf dem Bildschirm auf-

zurufen:

„Ja, haben wir überprüft. Sie schrieb an einem Buch über Kräuterheilkunde und die IT-Profis haben herausgefunden, dass sie regen Kontakt mit ein paar Leuten in einem Chat für Okkultes hatte, doch wie sich herausstellte, kannte sie niemanden davon persönlich. Ein Handy besaß sie nicht und die Telefonaufstellung zeigt nur ein paar Bestellungen, zwei Anrufe mit einer Cousine und vier Mal hat sie bei Pizza Pronto angerufen." Er rieb sich die Augen bei den irrelevanten Informationen und gähnte ausgiebig. Wann war eigentlich sein letzter Urlaubstag gewesen? Er konnte sich nicht daran erinnern. Vielleicht sollte er Hauptkommissar Reinhardt bei Gelegenheit fragen, ob ein Kurzurlaub möglich wäre. In letzter Zeit gab es viel weniger Reibungspunkte als sonst. Seine Mutter riss ihn aus seinen Gedanken:

„Wer hat sie eigentlich gefunden?" Das hatte er vergessen zu erzählen. Er wechselte zurück zum Protokoll:

„Der Postbote hatte sich gewundert, dass ihr Briefkasten übervoll war. Er klingelte und als nichts passierte, ging er um das Haus herum und entdeckte sie durchs Fenster auf dem Küchenboden liegend." Das Klicken eines Feuerzeugs ließ ihn aufhorchen, anscheinend hatte sich Birgit Masbaum eine Zigarette angezündet. Eine Angewohnheit, die Tomas nicht gutheißen konnte, doch er war es Leid, sie auf die gesundheitsschädigende Wirkung aufmerksam zu machen. Manchmal beschlich ihn das Gefühl, sie hätte bereits vergessen, was mit seinem Vater geschehen war.

„Ich versuche, das noch einmal zusammenzufassen. Du hast eine Leiche mit abgetrenntem Kopf, blutleer, keine Verdächtigen, keine Spuren, kein Motiv, Selbstmord kann offensichtlich ausgeschlossen werden und nur die Vermutung, dass sie eine Hexe war oder sich für eine hielt, macht das ganze interessant."

Sie machte eine künstlerische Pause: „Tommy, ich fürchte, mit logischem Denken kommst du hier nicht weiter. Die Frage muss doch jetzt lauten: Welche Gründe gibt es, eine Hexe zu töten? Und zusätzlich sollte geklärt werden, inwiefern es wichtig ist, ihr den Kopf abzutrennen. Vielleicht solltest du selbst mal in diesen Chat gehen, in dem sie sich herumtrieb. Vielleicht findest du dort Antworten." Auf den Gedanken war er tatsächlich noch nicht gekommen. Er rief einen Browser auf und gab in die Adresszeile www.wicca-chat.com ein. Der Bildschirm wurde schwarz und weißer Text mit vielen okkulten Symbolen und Bildern tauchte auf. Auf der linken Seite fand er den Link zum flash-basierten Chat und klickte darauf. Sofort tauchte ein Dialogfenster auf, in dem er einen ausgedachten Nikname eingeben konnte. Er entschied sich spontan für *wizardofoz42* und glücklicherweise war der Name noch nicht vergeben. Schon ploppte der Chat auf und bereits über hundert User tummelten sich hier.

„Ich bin drin, Mom. Das werde ich mal probieren. Danke für den Tipp. Wenn es etwas Neues gibt, ruf ich dich wieder an, okay?" Sie blies den Zigarettenrauch heraus: „Gut, Tommy, halte mich auf den Laufenden." Und dann hatte sie auch schon aufgelegt.

Es dauerte gar nicht lange und ein *warlock365* lud ihn in einen Privatchat ein. Dr. Masbaum drückte auf 'Annehmen' und ein eigener kleiner Chatraum öffnete sich. Er konnte sehen, dass der andere fleißig am Tippen war und in der Tat erschien kurz darauf ein längerer Text. Warlock wollte darauf hinweisen, dass der Zauberer von Oz nur ein albernes Märchen ist und dieser Nikname deswegen unangebracht sei. Tomas schloss daraus, dass die hier Anwesenden sehr ernsthaft mit dem Thema Hexen und Hexenkult umgingen und er mit seinem üblichen Zynismus wohl nicht weiterkommen würde. Daher beschloss er, selbst auch seriös an die Sache heranzugehen und fragte den User ganz direkt, mit welcher Intention er sich hier angemeldet hatte. Doch *warlock365* schien durchaus gewillt zu sein, ihm zu helfen.

Tomas versuchte gerade, die Frage nett zu formulieren, warum es sinnvoll sein könnte, einer bereits toten Hexe zusätzlich noch den Kopf abzureißen, als Hauptkommissar Lutz Reinhardt auf einmal seine Tür öffnete und mit schnellen Schritten auf Dr. Masbaum zusteuerte. Dank seiner gedrungenen Gestalt und der schlechten Verarbeitung seines Turnschuhs ließ jeden der Schritte mit einem schrillen Quietschen zu einer unerträglichen Qual werden. Ohne große Umschweife fing er an zu sprechen und so wie er die Worte betonte, konnte man denken, dass Masbaum an dem Gesagten direkt Schuld hatte:

„Wir haben schon wieder eine Tote. Auch blutleer, allerdings ist der Kopf noch dran.

Dafür scheint die Haut komisch grau zu sein. Wir sollen sofort zum Tatort kommen. Ich fahre." Zu widersprechen wäre fatal gewesen, das wusste Tomas, daher verabschiedete er sich schnell von dem Warlock, griff seine Jacke und sein Ipad und folgte seinem Chef mit großen, eleganten Schritten.

Kapitel 2

Ihre kurze Fahrt führte sie in die Bleicherslohne. Die Straße wirkte ruhig, obwohl ein großes Kaufhaus in unmittelbarer Nähe stand. Sie parkten den schwarzen Passat hinter dem Streifenwagen, der bereits vor der Garage eines Mehrfamilienhauses stand. Auf dem Weg zur Haustür wunderte sich Masbaum über einen neu gepflanzten Baum in der Mitte der Einfahrt und empfand diese Platzierung als äußerst unpraktisch. Die Bewohner würden schon nach kurzer Zeit darüber fluchen, allerdings wusste er aus seiner Erfahrung als Mieter, dass man sich so etwas nicht immer aussuchen konnte.
Nach fünf gefliesten Stufen erreichten die beiden Ermittler die dunkelgrüne Haustür und suchten auf den Klingelschildern den Namen Weinberg. Sie fanden ihn in der Mitte von drei zur Auswahl stehenden, sodass der Tatort anscheinend in der ersten Etage zu finden war.
Lutz Reinhardt hatte Tomas bereits im Auto die ersten Informationen mitgeteilt: ‚Bei der Leiche handelte es sich um Larissa Weinberg, 23 Jahre alt, allein lebend, arbeitete als Frisörin in der Osterstraße.'
Die Treppe im hellen Erkerflur des Altbaus knarrte bei jedem Schritt und gab einem möglichen Mörder kaum eine Chance, völlig geräuschlos zu entkommen.
Masbaum schmunzelte bei dem Gedanken.
Nach vierundzwanzig Stufen entdeckten sie die offen stehende Tür und hörten emsige

Stimmen in der Wohnung. Noch vor dem Ende der Treppe kramte Tomas sein Ipad aus der sicheren Verwahrung und machte, bevor er eintrat, ein Foto von der Tür samt Rahmen. Ihm fiel auf, dass es keine Kratzspuren gab und auch das Schloss keine Anzeichen eines Einbruches zeigte.
Den Eingangsbereich der Wohnung konnte Masbaum nur als kompakt bezeichnen. Ein Lowboard links, kleiner Schuhschrank rechts. Ansonsten führten drei Türen in die Zimmer, wobei die lautesten Geräusche aus dem Raum geradeaus kamen, sodass sich Lutz und Tomas direkt dorthin wandten und mit dem Öffnen begann das Wuseln erst.
Ole Janssen kam sofort auf sie zugestürmt, als hätte ein Mädchen auf einer Party zwei gute Freundinnen entdeckt. Die Umarmungen sparte er sich glücklicherweise und kam direkt zum Punkt:
„Guten Morgen, Hauptkommissar Reinhardt, Kommissar Masbaum. Wir stehen hier vor einem Rätsel." Tomas verkniff sich, Ole darauf hinzuweisen, dass er Dr. Masbaum hätte sagen müssen. Er war bereits davon genervt, dass der zuständige Polizist in Mordfällen ihm bei jeder Gelegenheit schöne Augen machte. Er gab der Feuerzangenbowle auf der letzten Weihnachtsfeier Schuld daran. Seine alkoholgetränkte Feierlaune hatte dem hübschen Beamten durch direkte Flirtversuche Hoffnung gegeben, irgendwann mal bei ihm landen zu können. Doch Tomas zog es vor, Beruf und Privatleben möglichst nicht zu vermischen.
    Janssen strich mit der Hand über seinen Dreitagesbart und ließ seine haselnussbraunen Augen über seine Notizen wandern,

ehe er mit den Fakten fortfuhr:
„Der jungen Frau wurde ein Gegenstand in den linken Brustkorb gerammt. Anscheinend wurde ihr gesamtes Blut aus dem Körper gesaugt, es gibt allerdings keine Spuren, wie das gemacht werden konnte. Ihre Haut ist fahl, fast grau. Bis auf die Wunde am Herzen weist sie allerdings keine weiteren Verletzungen auf. Der Holzstuhl dort ist zerbrochen." Ole zeigte an das Ende des Leichensacks, an dem die Sitzecke des Wohnzimmers begann. Einer der schwarz lackierten Stühle lag auf dem Laminat-Fußboden, die Lehne war abgebrochen und Splitter aus Buchenholz waren sichtbar. Hauptkommissar Reinhardt ging näher an den zerstörten Stuhl heran: „Wurde die abgebrochene Lehne gefunden?" Oles Schultern zuckten nach unten und seufzte leicht, bevor er antwortete: „Nein, anscheinend ist es das einzige Teil, dass vom Tatort entfernt wurde. Übrigens wurden drei verschiedene Fingerspuren entdeckt, eine davon wird die des Opfers sein." Der gewissenhafte Polizeibeamte durchstöberte seinen Notizblock, ob noch eine Information fehlte. Masbaum ging direkt an ihm vorbei. Dessen feine Nase nahm den Duft von Oles Parfum auf – eine würzige Mischung aus Nadelholz, Limette und Koriander. Er tippte auf eine unbekannte Sorte, die trotzdem teuer gewesen sein musste.
„Können wir nun die Leiche sehen?" Der brünette Ermittler drehte den Kopf und lächelte, sodass Janssen schnell den Blick abwenden musste, damit sein Chef nicht sehen konnte, wie er errötete.
Tomas wollte die Antwort nicht abwarten,

daher ging er vor dem eingehüllten Körper in die Hocke und griff mit routinierten Handbewegungen zum Reißverschluss. Ein unangenehmes Quietschen begleitete das Öffnen des Leichensacks und eine merkwürdige Geruchslosigkeit ließ den Ermittler stutzig werden.

Masbaum war es gewohnt, dass Mordopfer nach ein paar Stunden bereits das übliche Verwesungsaroma verströmten. Doch in diesem Fall nicht; das einzige, was seine Nase wahrnahm, war weiterhin nur das Parfum von Ole Janssen. Irritiert schaute Tomas zu seinem Vorgesetzten, denn er konnte sich darauf keinen Reim machen. Aber der zuckte nur desinteressiert mit den Schultern.

   Anscheinend wollte Lutz wieder einmal testen, was sein Kollege herausfinden konnte. In letzter Zeit kam das häufiger vor und Masbaum fragte sich, was Reinhardt damit bezwecken wollte. In Japan galt eine Ausbildung erst als abgeschlossen, wenn man besser als der Meister geworden war, doch Tomas bezweifelte, dass sein Chef das wusste. Im Gegenteil nahm er an, dass Reinhardt darauf wartete, dass er Fehler machte. Aber den Gefallen wollte er ihm nicht tun.

Er verbreiterte den Spalt, sodass er einen Blick auf das Gesicht des Opfers werfen konnte und erschrak. Obwohl die Haut fast aschgrau verfärbt war und der Blutverlust ihr Gesicht verändert hatte, erkannte er in ihr eine der Frauen von gestern Nacht. Sofort kamen ihm Bilder vor das innere Auge:
   Nackte Haut, die sich schwitzend aneinander rieben, Körperflüssigkeiten

wurden ausgetauscht und Worte keine gesprochen. Tomas erinnerte sich an diese Frau mit den langen schwarzen Haaren, der Figur eines Models und dem knallroten Lippenstift. Den leicht glänzenden Lippgloss trug sie immer noch, woraus Masbaum schloss, dass ihr Todeszeitpunkt nicht lange, nach dem sie wieder zu Hause angekommen war, gewesen sein konnte. Allerdings wollte er es möglichst genau wissen: „Gibt es bereits Schätzungen, zu welcher Uhrzeit sie gestorben ist?" Ole Janssen blätterte panisch durch seine Notizen, aber die passende Antwort bekam Tomas von einem Gerichtsmediziner, der noch im Raum anwesend war: „Es muss gegen fünf Uhr gewesen sein. Die Leichenstarre ist schon recht fortgeschritten, obwohl sie komischerweise angehalten hat, was wahrscheinlich mit dem Fehlen des Blutes zusammenhängt. Wir werden nach der Obduktion präzisere Angaben machen können."
Für Kommissar Masbaum war das eine wichtige Information. Alle an der Orgie Beteiligten gingen gleichzeitig, um drei Uhr morgens – und zwar lebendig.
Also ging es darum, herauszufinden, was in den zwei Stunden danach mit Larissa passierte. Lutz wandte sich noch einmal an Ole und dem Gerichtsmediziner: „Wer hat sie eigentlich gefunden?" Janssen bekam einen hochroten Kopf, denn er hatte in seinem schicken Block eine Seite übersehen. Er versuchte, möglichst schnell eine Antwort auf die Frage zu geben: „Keiner. Es gab heute morgen auf der Wache in Norden einen anonymen Anrufer, der an dieser Adresse eine Leiche meldete. Hat noch den Namen des

Opfers dazu gesagt und dann aufgelegt. Das Zurückverfolgen der Nummer ergab, dass der Anruf von der Telefonzelle an der Post getätigt wurde."
Es gab also keine Möglichkeit, herauszufinden, wer das gewesen sein könnte, allerdings war die Chance sehr hoch, dass der Mörder selbst die Informationen an die Polizei gegeben hatte. Einige Serienkiller waren so selbstverliebt und risikofreudig, dass sie sich nicht davor scheuten, aufzufliegen. Sie spielten mit den Ermittlern. Tomas hoffte, es nicht mit so einem aufnehmen zu müssen.

Kapitel 3

Mit Schwung erhob sich Masbaum aus der Hocke und schaute sich im Wohnzimmer um. Die Sofa-Ecke mit einem großen Plasma-Fernseher an der Wand wirkte unberührt. Über einen Lesesessel fiel ihm ein Kunstdruck auf. Eine düstere fantastische Landschaft bildete den Hintergrund für eine Frauengestalt, die mit einem Zauberstab an einem sehr großen Kessel stand. Als sich Tomas noch weiter umsah, entdeckte er noch weitere Bilder mit okkulten Motiven.

Auf einem schwarzen Schreibtisch stand Larissas Notebook mit einem bekannten Markennamen darauf. Ein Blick zu Ole, der nickte, gab ihm die unausgesprochene Erlaubnis, den Laptop zu starten. Das Windows-7-Logo zeigte ihm, dass die Frisörin mit einer veralteten Software arbeitete. Es dauerte dementsprechend lange, bis der Rechner hochgefahren war. Und obwohl sie nicht die aktuellste Version des Betriebssystems besaß, war es natürlich passwortgeschützt. Damit kam er nicht weiter. Zum Glück hatte die Kripo Aurich sehr gute Computerspezialisten, die sich ohne große Mühe in das PC-Herz hacken konnten.

Er klappte das schwarze Gerät wieder zu und ging zu Ole: „Das Ding muss zu den IT-Profis gebracht werden. Ich will wissen, was auf der Festplatte ist. Vielleicht hat sie ein Tagebuch geführt. Außerdem brauchen wir eventuell die letzten Emails und die Kontaktdaten ihrer Freunde. Sind die Eltern schon benachrichtigt worden?"

Nun war es an Ole, aufreizend zu lächeln: „Das wollten wir euch überlassen. Ihr seid so viel besser darin, schlechte Nachrichten zu überbringen. Sie haben ihr Haus an der Lütetsburger Straße 62. Wenn ihr gleich losfahrt, seid ihr noch vor zwölf dort. Sonst platzt ihr noch ins Mittagessen. Ihr wisst doch, wie akribisch die Ostfriesen auf ihre festen Essenszeiten bestehen." Dr. Masbaum verdrehte die Augen. Obwohl er jetzt schon seit fünf Jahren in der Küstenstadt Norden lebte, waren ihm die Gepflogenheiten der hier heimischen Bewohner suspekt. Als „Hamburger Jung" war er mit Großstadtflair aufgewachsen und die offene Art mit toleranter Haltung schien Tomas sehr konträr zu der verschrobenen Lebensweise, die ihm in Ostfriesland häufig begegnete.

Mittlerweile war es halb zwölf und die Sonne stand steil am Firmament. Vereinzelte Wolken schlichen über den Himmel und der Wind wehte kontinuierlich, sodass die Sommerwärme aushaltbar war. Beim Verlassen des Mehrfamilienhauses notierte er sich im Kopf, dass sie nach dem Gespräch mit den Eltern zurückkommen mussten, um Larissas Nachbarn zu befragen.

Der schwarze Passat hatte sich in der Mittagshitze in einen fahrbaren Backofen verwandelt, sodass Lutz Reinhardt mit dem Anlassen des Wagens die Klimaanlage auf 20 Grad stellte. Trotzdem würde es noch einige Zeit dauern, bis im Auto eine angenehme Temperatur herrschen würde. Tomas vermutete, dass sie bis dahin ihr Ziel hinter Tidofeld bereits erreicht haben würden. Allerdings wusste man das nie so genau. Mit der neuen

Umgehungsstraße und dem Kreisel konnte es zu bestimmten Stoßzeiten sein, dass einem bis zu zehn Minuten geklaut wurden. Eigentlich sollte das System den Straßenverkehr effektiver gestalten, aber gerade morgens, wenn alle zur Arbeit fuhren, war das Gegenteil der Fall.

Im Auto sprachen die Ermittler nur wenig. Tomas fragte sich, wie er seinem Chef erklären sollte, dass er Larissa kannte und womöglich einer der letzten war, der sie lebend gesehen hatte. Das Verhältnis zu Lutz Reinhardt war bereits gestört. Zu häufig waren sie in der Vergangenheit aneinander gerasselt, denn Masbaums Verhältnis zu Autorität war ein anderes als das seines Chefs. Mit dem fotografischen Gedächtnis und seinem Hang zu computerbasierten Techniken entsprach seine ermittelnde Arbeitsweise so gar nicht der von Reinhardt. Lutz war ein Polizist alter Schule und neuen Methoden nicht sonderlich aufgeschlossen. Aber er brauchte die Analyse von Masbaum, um den Fall zu lösen:

„Was hältst du davon?" Ohne das Steuer loszulassen, warf er einen Blick zu seinem Kollegen. Masbaum hatte sein Tablet auf dem Schoß liegen und studierte die gemachten Fotos. Es dauerte etwas, bis sich Tomas zu einer Antwort durchringen konnte: „Es ist merkwürdig. Wir haben eine Leiche mit unbekannten Symptomen. Einen Tatort, der, bis auf den kaputten Stuhl, keinerlei Spuren von Gewalteinwirkung aufweist und zur Zeit haben wir noch keine Verdächtigen. Momentan würde ich vermuten, dass sie den Täter kannte." Die Straße verlief gradlinig von

Bargebur über Tidofeld nach Lütetsburg und das Fehlen jeglicher Kurven nahm dem Straßenverlauf jegliche Spannung. Tomas schaute aus dem Fenster. Die Netto-Filiale tauchte auf der rechten Seite auf, wobei der fast leere Parkplatz für diese Tageszeit ungewöhnlich war. Masbaum erinnerte sich daran, dass bei seiner Ankunft in Norden vor fünf Jahren dieses Gebäude eine Filiale von Plus beherbergte. Er hatte allerdings in beiden Läden nie etwas gekauft.

Innerlich bereitete er sich schon darauf vor, was er den Eltern sagen würde. Es gab keine schonende Methode, jemandem mitzuteilen, dass ein geliebter Mensch nicht mehr auf Erden weilte. Ein totes Kind, egal ob erwachsen oder nicht, war ein schmerzlicher Verlust für Eltern und nette Worte eines Polizisten konnte ihnen das verstorbene Fleisch und Blut auch nicht wieder zurückbringen.

Lutz fuhr routiniert in den Kreisverkehr hinein und bog dann rechts in die erste mögliche Ausfahrt, wobei er gewissenhaft auf die Radfahrer achtete. Erst, als sie die Gefahrenzone hinter sich hatten, stellte Lutz die entscheidende Frage:

„Was ist das Motiv? Warum bringt jemand eine einfache Frisörin um?" Tomas wusste, dass er auf die Schnelle keine passende Antwort finden würde, daher versuchte er, mit dem Ausschlussverfahren näher an die Lösung heranzukommen: „Es wurden keine Wertgegenstände entwendet, also können wir Raubmord ausschließen. Ehrenmord können wir aufgrund ihrer deutschen Abstammung auch abhaken. Bleibt nur Liebe, Eifersucht als Motiv oder sie hat etwas gewusst, dass geheim bleiben soll." Mit flinken Fingern wischte er über die Glasplatte und zoomte näher an ein Bild heran.

Er hatte im Regal über dem Schreibtisch eine Fotografie entdeckt, die Larissa mit einem Mann auf einem Boot zeigte. Irgendwie kam ihm die männliche Person bekannt vor. Er setzte Daumen und Zeigefinger auf die Stelle des Fotos und zog mit einer streckenden Bewegung die Gliedmaßen auseinander, sodass er das Gesicht erkennen konnte. Masbaums Fitnesstrainer, Luca Rosenbaum, strahlte Larissa verliebt an und in seinen blauen Augen spiegelte sich im Sonnenlicht das Meer wider. Obwohl Tomas mehrmals in der Woche im sogenannten „MAX" seine verschiedenen Workouts durchging, beschränkte sich die Kommunikation mit seinem Coach auf das Nötigste. Allerdings meinte er sich daran zu erinnern, dass Luca einmal erwähnt hatte, seine Freundin wäre blond. Larissas lange Haarpracht schimmerte von Natur aus tiefschwarz; nur mit großem chemikalischen Aufwand war es möglich gewesen, so eine Schneewittchen-Mähne zu blondieren. Eine Frisörin sollte es besser wissen und das Risiko, mit einer Glatze zu enden, nicht eingehen.

Für eine Freundschaft kannten sich die beiden Muskelpakete nicht gut genug, doch Tomas mochte Luca und hätte ihn jemand nach einer Beschreibung gefragt, wären „einfühlsam, sensibel und treudoof" die drei Attribute gewesen, die am besten gepasst hätten. Er war eindeutig nicht der Typ dafür, fremdzugehen. Viel wahrscheinlicher

war Larissa eine Exfreundin, die dem blonden Adonis immer noch hinterher weinte.
Masbaum hatte sich für heute Nachmittag eine Stunde mit Luca reserviert. Er nahm sich vor, ihm dabei ausnahmsweise mit Gesprächen zu belästigen und diese private Information aus ihm herauszukitzeln.
Ein Ruckeln riss Tomas aus seinen Gedanken. Lutz Reinhardt hatte den Wagen vor der angegebenen Adresse geführt und auf der Einfahrt angehalten.

Kapitel 4

Tomas verfrachtete sein Ipad wieder in die Schutzhülle, löste den Gurt und stieg aus. Ein Windstoß erwischte sein Jackett, sodass die rechte Hälfte zur Seite aufschlug. Er schloss die zwei mittleren Knöpfe und schaute sich um.
Sowohl das Grundstück als auch das zweistöckige Backsteinhaus der Familie Weinberg schienen recht groß zu sein. Im Garten befand sich ein ovaler Fischteich und bot einen harmonischen Blickfang im grasgrünen Garten. Das Haus mit der Nummer 62 stand im hinteren Teil von Lütetsburg. Masbaum entdeckte den neuen Parkplatz für die Golfbegeisterten auf der anderen Straßenseite.
Überraschenderweise war dieser voll und nicht zum ersten Mal wunderte sich Tomas, dass so viele Ostfriesen dieser teuren Sportart nachgingen. Dem traditionellen Boßeln konnte er zwar auch nichts abgewinnen, aber der Gemeinschaftsgeist, der dabei herrschte, fand bei ihm Zuspruch.
Lutz ging um das Auto herum, lief aber noch nicht zur Haustür, denn er kannte mittlerweile Masbaums Eigenarten. Es war jedes Mal das Gleiche. Er stellte sich an einen willkürlichen Punkt und drehte sich langsam um 360 Grad. Innerhalb dieser Drehung nahm er mit den verschiedenen Sinnen den Standort in sich auf und prägte sich alles mögliche ein: Himmelsrichtungen, den Geruch, die Gebäude, Details und Emotionen.
Eifersüchtig betrachtete Reinhardt dieses merkwürdige Verhalten. Er hatte sich mit

Fleiß, Sorgfalt und gutem logischen Denken zum Hauptkommissar hochgearbeitet. Die Intuition und das angeborene Talent, Fälle zu lösen, besaß Lutz leider nicht. Das war der einzige Grund, warum er Dr. Masbaum überhaupt an seiner Seite tolerierte. Gerade bei schwierigen Fällen konnte ein Psychologe im Dienst wahre Wunder wirken.

Als Tomas seine Eindrücke gesammelt hatte, ging er mit forschem Schritt auf seinen Kollegen zu, um dann mit ihm gemeinsam zur Tür zu gehen. Auf der rechten Seite des Hauses fanden sie eine solide Glastür mit einer Messingglocke an der Wand, anstelle einer Klingel. Tomas kam sich albern vor, zum herumhängenden Seil zu greifen und das wohlklingende „Ding-dong" auszulösen.

Es dauerte nur einen kurzen Moment, bis Anette Weinberg die Tür öffnete. Sie erschrak, als sie das förmlich aussehende Duo auf ihrer Schwelle stehen sah. Masbaum schätzte sie auf Anfang 60, doch ihr modischer Kleidungsstil machte sie um Jahre jünger: „Frau Weinberg, dürfen wir bitte hereinkommen. Das ist Hauptkommissar Reinhard, ich bin Kommissar Dr. Masbaum."
Ihr ohnehin schon blasses Gesicht verlor nun jegliche Farbe. Stumm trat sie zur Seite und ließ die Männer vorbeigehen, wobei sie den rechten Zeigefinger in Richtung Wohnzimmer streckte. Während sie den großen Raum betraten, ergänzte Lutz: „Wir sind von der Kripo Aurich. Ist Ihr Mann auch zu Hause?"
Die leicht ergraute Mutter von Larissa setzte sich in einen anthrazitfarbenen Sessel, um den Ermittlern das lange Sofa anbieten zu können: „Nein, mein Mann ist

noch auf Arbeit. Bei VW, Frühschicht, kommt erst um halb drei. Aber bitte, sagen Sie doch endlich, worum es geht! Sie machen mir Angst."

Tomas schaute fragend zu Reinhardt, doch dessen selbstgerechte Miene stellte klar, dass er ihm die Drecksarbeit nicht abnehmen würde. Masbaum schlug die Beine übereinander, faltete die langen Finger zu einer Gebetshaltung und legte in seinen Blick so viel Mitgefühl, wie er konnte: „Wir müssen Ihnen leider mitteilen, dass man ihre Tochter Larissa heute Vormittag in ihrer Wohnung tot aufgefunden hat."

Tomas beobachtete eine merkwürdige Veränderung in ihrer Haltung. Fast hatte er das Gefühl, als wäre sie erleichtert gewesen. Jedenfalls reagierte sie viel gefasster, als er vermutet hätte. Er ließ ihr daher weniger Zeit, als geplant, sich wieder zu sammeln: „Zum jetzigen Zeitpunkt müssen wir leider davon ausgehen, dass sie ermordet wurde. Hatte Larissa vielleicht Probleme? Oder hat sie sich Feinde gemacht? Wer hätte ein Motiv, ihre Tochter umzubringen?" Statt sofort darauf zu antworten, machte sich Anette Weinberg ein paar Gedanken, um dann aufzustehen und mit gesenkter Stimme zu sagen: „Ich weiß nicht, wie es Ihnen geht, aber ich brauche jetzt dringend eine Tasse Tee. Wollen Sie auch eine?" Reinhardt nickte sofort dankbar, während Masbaum verwundert ablehnte, ihr aber in Richtung Küche folgte, ohne auf seinen Kollegen zu achten. Er schob die Ablenkungstaktik auf die ostfriesische Mentalität, alles mit Tee bekämpfen zu können. Ihm selbst schlug die altertümliche

Zubereitungsweise mit dem dicken Stück Kluntje und der Sahnehaube auf den Magen.
Die Küche der Weinbergs erwies sich als großräumige Multifunktionsküche. Kochen, essen und verweilen – all dies war hier möglich. Tomas empfand die marmornen Arbeitsplatten in Kombination mit hell lackiertem Holz als harmonisch und spießig zugleich. Mit flinken Fingern hatte Larissas Mutter den schwarzen Wasserkocher befüllt und eine verchromte Teekanne aus dem Schrank genommen. Alle Arbeitsschritte zum fertigen Tee liefen dabei völlig automatisch ab und zeugten davon, dass sie das heiße Getränk vielleicht schon tausende Male zubereitet hatte.
Plötzlich drehte sich sich zu Masbaum um und fast im Flüsterton sagte sie: „Wie sie gemerkt haben, wundert es mich nicht, was mit Larissa passiert ist. Den guten Draht zu ihr habe ich schon vor vielen Jahren verloren. Mit der Pubertät wurde sie unglaublich rebellisch. Sie musste sich aus Prinzip von allem abgrenzen, was wir als sinnvoll empfanden. Dabei ist..." Hier stockte sie kurz, denn die Information, dass ihre Tochter verstorben war, sickerte endlich in ihr Bewusstsein. Nun stützte sie sich krampfhaft an der Arbeitsplatte fest und ihre Augen wurden feucht: „... war sie ein schlaues Mädchen. Sie hätte so viel aus sich machen können. Doch stattdessen ließ sie die Schule schleifen, vergnügte sich lieber mit falschen Freunden und mit dem Thema Jungen fange ich besser gar nicht erst an." Anette machte eine künstlerische Pause, um diese These im Raum stehen zu lassen. Der

Wasserkocher klickte. Sie nahm den Behälter und goss die blubbernde Flüssigkeit über die getrockneten Blätter. Sofort änderte sich die Farbe in ein schimmerndes Goldbraun. Aus einem Schrank weiter links nahm sie noch zwei Tassen und aus der Schublade zwei Löffel heraus. Sie forderte Masbaum stumm auf, das Geschirr und Besteck mitzunehmen, während sie Kluntje und Sahne in die Hand nahm. Damit liefen sie gemeinsam zurück ins Wohnzimmer, in dem sich Reinhardt offensichtlich intensiv umgesehen hatte. Er stand am Fenster und starrte gedankenverloren hinaus auf den Fischteich, als wolle er von hier aus die darin schwimmenden Lebewesen einzeln zählen. Ertappt drehte er sich unbeholfen herum und setzte sich wieder, als er die Tassen und die Kanne wahrnahm.

Als alle wieder saßen und der Tee eingeschenkt war, redete Frau Weinberg einfach weiter, ohne Lutz das vorher Besprochene wiederzugeben, doch Tomas registrierte aus dem Augenwinkel, dass sich Reinhardt keineswegs daran störte: „Mit Engelszungen haben wir auf sie eingeredet, nicht nach der zehnten Klasse von der Schule zu gehen, sondern, wie ihre Schwester Inka, weiter bis zum Abitur durchzuhalten. Die Energie hätten wir uns sparen können. Sie hatte sich längst die Flause in den Kopf gesetzt, Haardesignerin zu werden und später in den großen Städten den Stars und Sternchen die Frisuren zu richten." Anette verdrehte ihre grünen Augen und unterstrich damit ihren Unwillen, die Eigenständigkeit ihrer Tochter zu respektieren. Wie um ihre spießige Meinung noch zu bestärken sagte

Reinhardt auf einmal: „Das hat sie ja anscheinend nicht geschafft."
Der Weinberg entfuhr ein spontaner Seufzer, danach erzählte sie weiter: „Nein, natürlich nicht. Dafür fehlte ihr einerseits die Beharrlichkeit, andererseits fehlten ihr hier in Ostfriesland die Möglichkeiten. Sie hat nach ihrer fertigen Ausbildung innerhalb kürzester Zeit drei Mal den Arbeitgeber gewechselt, doch keiner der hiesigen Frisörmeister hatte die finanziellen Mittel, ihr die teuren Fortbildungen zu bezahlen. Im „Salon Ina" auf der Osterstraße ist sie dann hängengeblieben. Dort war sie beliebt und viele Kundinnen kamen nur ihretwegen dorthin." Anette schaute zum Fenster und sah ein paar Dohlen, die sich im Garten herumtrieben. Sie schien über etwas nachzudenken, doch ließ sie sich selbst kaum Zeit dafür, denn nun fügte sie hinzu: „Wenn sie Luca hätte halten können, wäre es vielleicht nicht soweit gekommen. Doch sie hat so viel von ihm gefordert – kein Wunder, dass er sich eine Andere gesucht hat." Damit bestätigte sie Tomas' These, dass Larissa die Ex von seinem Fitnesstrainer war. Aber wenn sie hier weiterhin den Monologen von Frau Weinberg zuhören würden, hätten sie am Abend viel von Larissa erfahren, ohne auch nur eine weitere Spur zu bekommen, die ihnen weiterhelfen würde. Masbaum entschied daher, das Ganze hier abzukürzen: „Ihnen fällt also niemand konkret ein, der ein Motiv haben könnte?"
Verwundert nahm sie war, dass er kein Interesse daran hatte, ihren Ausschweifungen weiter zuzuhören. Fast schnippisch erwiderte

sie darauf: „Nein. Tut mir Leid. Aber fragen sie doch ihre beste Freundin, Diana Cordes. Vielleicht weiß sie ja mehr als ich. Sie wohnt An der Welle 16, sie hat dort eine Obergeschoss-Wohnung im Hause ihres Vaters."
Die Ermittler bedankten sich bei Frau Weinberg für ihre Gastfreundschaft und sprachen noch einmal ihr Beileid aus. Sowohl Masbaum als auch Reinhardt atmeten erleichtert aus, als sich die Tür hinter ihnen schloss.
Nun konnte die eigentliche Ermittlungsarbeit beginnen. Auf dem Weg zum Auto beschlossen sie, die Arbeit aufzuteilen, um schneller voranzukommen. Lutz würde Masbaum bei der besten Freundin absetzen und dann zurück zum Tatort fahren, um mit den Nachbarn zu sprechen. Während das Fahrzeug wieder ins Rollen kam, stellte er mit der von Frau Weinberg am Ende noch gegebenen Telefonnummer sicher, dass Diana Cordes auch gleich zu Hause sein würde. Diese schien äußerst überrascht, von der Kripo angerufen zu werden, doch zeigte sie sich kooperativ und sagte zu, Masbaum gleich in ihrer Wohnung zu empfangen.

Kapitel 5

Sein Plan war nicht aufgegangen. Larissas Tod warf ihn um Monate zurück. Er lag auf dem Bett des Hotelzimmers und starrte an die Decke. Für den Preis pro Nacht war diese Residenz ein wahrer Geheimtipp. Keine Risse, keine feuchten Wände – alles war in sehr gutem Zustand. Unzählige Enttäuschungen hatte er bei seinen wechselnden Übernachtungsorten schon erlebt. Hier in dieser kleinen Küstenstadt fühlte er sich recht wohl.
Die letzte Nacht lief anfangs sogar besser, als er sich erhofft hatte. Wer hätte gedacht, dass er seine neue Gefährtin bei einer Orgie finden würde? Er hatte sie sofort als die Frau erkannt, mit der er schon seit langem intensiven Chatkontakt pflegte. Er wollte nur dafür sorgen, dass sie sich ihm freiwillig anschloss. Und wie gewillt sie gewesen war, genau das zu tun!
Alles vorbei. Sein Verstand arbeitete schon seit Stunden daran, zu ergründen, was schief gegangen war. Wenn er nicht sorgfältig seine weitere Vorgehensweise durchplante, würden sie ihn dran kriegen. Der Verdacht würde sofort auf ihn fallen. Und er wusste nicht, ob er sich aus der Nummer mit seinen Geschick herauswinden konnte. Er hatte nicht vor, die nächsten dreißig Jahre im Knast zu verbringen.
Am Sinnvollsten würde es sein, so schnell wie möglich die Stadt zu verlassen und sich in einem anderen Land niederzulassen. Aber Norden gefiel ihm. Das Klima war mäßig,

ständig wehte eine leichte bis starke Brise. Die Menschen wirkten auf ihn fleißig und freundlich. In sexueller Hinsicht konnte er sich auch nicht beschweren.
Larissa war eine wunderschöne Frau gewesen. Das Potential, dass in ihr gesteckt hatte, leuchtete von innen heraus. Mit ihr an seiner Seite hätten sich viele Türen geöffnet. Vielleicht wäre Alyessa dadurch wieder auf ihn aufmerksam geworden. Eifersucht und Neid waren schon immer ihre größten Schwächen gewesen.
Er schwang sich hoch und warf einen Blick auf sein Notebook. Würde er online eine Alternative für Larissa finden können?

Kapitel 6

Masbaum schaute auf die Uhr, bevor er ausstieg. Es war kurz vor dreizehn Uhr und sein Magen knurrte. Es gefiel ihm nicht, dass es in seinem Job keine geregelten Pausen gab. Seiner Meinung nach war das einer der Gründe, warum Polizisten selten bis zum Ende ihres Arbeitslebens durchhielten. Die vielen Überstunden konnten nicht ausgeglichen werden und so ergab sich das Burnout-Syndrom als beliebteste Folgekrankheit.
An der Welle 16 befand sich in dem kurzen Stück des l-förmigen Straßenverlaufs. Der Altbau hatte schon bessere Tage gesehen und auch der Vorgarten erwartete mehr Arbeit, als die Besitzer gewillt waren, einzusetzen. Große, unförmige Büsche überdeckten die Erde, in der ein paar gezielt eingesetzte Blümchen wesentlich hübscher ausgesehen hätten. Die Stufen zur Haustür waren mit Fliesen im Schachbrettmuster gefliest und trafen Masbaums Geschmack so gar nicht.
Zwei Messingschilder samt Klingel gaben zwei Namen preis: Anton Cordes und Diana Cordes. Er klingelte bei Diana und ein leises monotones Summen gab die Möglichkeit, die Tür zu öffnen. Eine simple, aber steile Treppe führte ihn hinauf in die Gemächer von Larissas bester Freundin. Er fragte sich, ob sie genauso schön war. Aus seiner Erfahrung heraus nahm er das allerdings nicht an. Tomas erinnerte sich an die britische Sitcom 'Absolutely fabulous'. Dort gab es in einer Episode die Theorie, dass sich ein Rennpferd

immer einen Esel als Partner sucht, um noch besser dazustehen. Könnte etwas mit natürlicher Balance zu tun haben, aber Tomas war sich nicht sicher.
Die achtzehn Stufen in den ersten Stock waren nicht sehr tief, sodass Masbaums schwarze Brogues nicht viel Auftrittsfläche hatten. Mit Bedacht wählte er jeden Schritt und war dankbar, als er oben heil ankam. Die Wohnungstür stand bereits offen und eine honigblonde junge Frau erwartete ihn. Tomas sah seine Theorie bestätigt, denn obwohl Diana nicht unattraktiv war, mit den weiblichen Kurven und dem naturgewellten Haar, fehlte ihr das Charisma von Larissa.
Ihre Ausstrahlung hatte eher die eines Bauerntrampels, der unbedingt in einer Stadt leben wollte. Sie versuchte eindeutig, dass Beste aus sich herauszuholen, aber es gelang ihr nur mäßig. Als sich ihre Blicke das erste Mal trafen, errötete sie sofort. Masbaum schloss daraus, dass sie nur selten Besuch von gutaussehenden Männern bekam. Er beschloss, diese Tatsache zu seinem Vorteil auszunutzen, um möglichst viele Informationen aus ihr herauszukommen. Er hoffte, dass die beiden Frauen tatsächlich so gut befreundet waren, wie Frau Weinberg gesagt hatte.
Als Tomas ihr gegenüberstand, überragte er sie um ungefähr eineinhalb Köpfe. Das Parfum, dass er bei ihr wahrnahm, versuchte zwanghaft, teuer zu riechen und wirkte damit um so plumper. Ein Anflug von Vanille schwamm darin mit und ließ Masbaum die Nase rümpfen. Um das zu überspielen, setzte er sofort sein gewinnendes Lächeln ein und

erntete dafür ein erneutes Erröten von Diana:

„Frau Cordes. Danke, dass sie so kurzfristig Zeit für mich haben. Ich bringe Ihnen leider schlechte Nachrichten und bin auf Ihre Hilfe angewiesen. Dafür sollten wir uns besser hinsetzen." Wortlos schloss sie die Tür und ging zur Küche voraus. Die Wohnung war nicht sonderlich groß, aber sie hatte alles mit Liebe zum Detail gestaltet. Neben der noch recht neuen Einbauküche wies sie ihm einen Stuhl am kleinen Esstisch zu und bereitwillig nahm Tomas Platz. Mit seiner großen Gestalt hatte er das Gefühl, dass der Raum durch seine Anwesenheit kleiner erschien, als er eigentlich war.

Diana setzte sich ihm gegenüber und schlug die kräftigen Beine übereinander. Etwas nervös fragte sie: „Was für schlechte Neuigkeiten haben Sie denn?" Masbaum wählte erneut seine Gebetshaltung, allerdings legte er weniger Mitgefühl in seinen Blick als bei Frau Weinberg: „Ich muss Ihnen leider mitteilen, dass Larissa Weinberg ermordet wurde. Heute Vormittag wurde sie in ihrer Wohnung tot aufgefunden." Tomas ließ die zwei Sätze bedeutungsschwanger im Raum stehen, um zu beobachten, wie die Freundin reagierte. Wie erwartet, verlor ihr Gesicht jegliche Farbe. Tränen liefen auf beide Wangen hinunter und verursachten kleine dunkle Flecken auf ihrer cremefarbenen Bluse. Der Schock saß tief, sodass Masbaum vermutete, dass der eigentliche Zusammenbruch erst später kommen würde. Solange sie noch sprechbereit war, musste er Indizien sammeln: „Gab es jemanden, mit dem Larissa

ein Problem hatte? Ging es um Geld? Hatte sie vielleicht einen neuen Freund?"
Ihr Tränenfluss versiegte. Stattdessen schaute sie ihn verwundert an: „Wie kommen Sie auf einen neuen Freund?" Tomas spürte, dass er in die richtige Kerbe geschlagen hatte. Interessiert antwortete er: „Wenn jemand ermordet wird, kommt der Täter meist aus dem direkten Umfeld. Also gab es einen Mann in ihrem Leben?" Diana stand erbost auf und holte eine Flasche Wasser aus dem Kühlschrank: „Nur einen? Sie wechselte häufiger mal die Kerle." Sie nahm noch zwei Gläser aus dem Schrank und stellte sie geräuschvoll auf den Tisch: „In letzter Zeit hatte sie viel Kontakt zu einem mysteriösen Typen aus dem Internet."
Sprudelnd plätscherte das Wasser in die durchsichtigen Gefäße, als sie eingoss. Masbaum bedankte sich und nahm sofort einen großen Schluck. Ein Blick auf die PET-Flasche erklärte das übertriebene Prickeln. Die Kohlensäure überlagerte den faden Geschmack. Tomas wusste, das Frisörinnen nicht gut verdienten. Er nahm daher an, dass ihr die Möglichkeit fehlte, sich besseres Wasser zu gönnen. Diana setzte sich wieder und die entstandene Pause brachte sie dazu, weiterzuerzählen: „Ich glaube aber, dass sie sich noch nicht getroffen haben." Tomas wechselte das Bein und trank einen weiteren Schluck Wasser: „Sie glauben es? Sicher sind Sie sich aber nicht. Was hat sie Ihnen denn erzählt?"
Diana wandte sich hin und her. Es war ihr offensichtlich peinlich, dass ihre beste Freundin ihr nicht alles erzählte. Nach

einer kurzen Weile, in der sie ihre Worte sammelte, sagte sie in vertraulichem Ton: „Sie hat ihn im Chat kennengelernt. Er hat anscheinend versprochen, sie hier herauszuholen. Sie war es Leid, hier in Ostfriesland zu versauern. Aber was der Typ ihr so erzählte, klang einfach zu perfekt. Deswegen hatte sie Bedenken, sich mit ihm zu treffen."

Es ratterte bereits in Masbaums Kopf. Wenn Diana ihm keinen Namen nennen konnte, gab es in dieser Hinsicht ein Problem. Mit den neuen Datenschutzgesetzen war es selbst dem BKA fast unmöglich, an die Namen von Portalbenutzern heranzukommen. Falls dieser Typ tatsächlich verdächtig war, würden sie ihn nur mit großem Verwaltungsaufwand finden. Tomas strich sein Sakko glatt und lehnte sich verschwörerisch nach vorne: „Larissa hat Ihnen nicht zufällig seinen Namen oder Nikname verraten, oder?" Diana verfolgte jede seiner Bewegungen mit Adleraugen und antwortete fast flüsternd: „PrinceCharming2013."

Tomas verfiel in schallendes Gelächter und durch seine sonore Stimme, kombiniert mit einem harmonischen Rhythmus, wirkte sein Lachen unglaublich ansteckend. Sein blondes Gegenüber stieg mit ein, doch ihre Laute klangen eher wie ein gurgelndes Wiehern. Als sich Masbaum wieder gefangen hatte, entschuldigte er sich für den spontanen Ausbruch und fragte nach dem Chatroom. Diana leerte den Rest ihres Wasserglases und schenkte sich nach: „Larissa war ein Anhänger des Wicca-Kultes und liebte alles, was mit Hexen zu tun hatte. Ich meine, mich

zu erinnern, dass es stumpf wicca-chat, oder so, hieß."
Während sie dies erzählte, wich die Farbe aus seinem Gesicht. Nicht im Traum hätte er gedacht, eine Verbindung zu seinem anderen Fall hier zu finden. Mit dieser Information wollte er die Wohnung an der Welle schnellstmöglich verlassen.

Kapitel 7

Masbaum atmete erleichtert die warme Luft ein und wieder aus. Die Sonne stand nicht mehr so hoch und die Wolken hatten sich mittlerweile gänzlich verzogen. Der cyanblaue Himmel lächelte geradezu freundlich auf ihn herab. Die Norder Filiale der Kripo Aurich lag direkt am Marktplatz und zu Fuß würde der groß gewachsene Kommissar nur zehn Minuten brauchen. Daher beschloss Tomas, ein kleiner Spaziergang würde ihm gut tun.
Nach den ersten Metern auf der Alleestraße, wurde ihm klar, dass es besser wäre, das anthrazitfarbene Sakko auszuziehen. Er legte es ordentlich über seinen linken Arm. Das darunter liegende weiße Hemd lag eng am Körper und der leichte Wind umspielte mit dem edlen Stoff Masbaums gut definierten Muskeln. Drei junge Freundinnen gingen an ihm vorbei; er hörte das Kichern, als sie aus seiner Sicht waren. Tomas schmunzelte.
  Sein Sexappeal tat seine übliche Wirkung. Er genoss die Blicke, wobei ein leicht schlechtes Gewissen in seinem Unterbewusstsein mitschwang, weil er von der Natur so sehr gesegnet war. Ein hübscher Kerl fuhr auf einem blauen Fahrrad an ihm vorbei, drehte sich bewusst nach ihm um, und wäre dadurch fast auf die Fahrbahn des Gegenverkehrs geraten, sodass ein silberner Golf schon zur rechten Seite hin ausweichen musste.
Auf dem Weg zur Westerstraße passierte er die Fleischerei Appelhagen und der Wurstgeruch erinnerte ihn daran, dass er noch gar

nichts gegessen hatte. Sein Magen knurrte, aber Tomas war noch nicht nach Essen zumute. Zu viel an diesem Fall war noch unklar. Wahrscheinlich hatte Diana Recht, denn wenn Larissa sich bereits mit dem Typen getroffen hätte, warum sollte sie dann an einer Orgie teilnehmen? Andererseits wusste Masbaum nur zu gut, welch dunkle Geheimnisse die Menschen haben konnten. In die Tiefe der Seele zu schauen, konnte ein destruktives Eigenleben entwickeln. Es war wichtig, den Punkt nicht zu verpassen, wieder zu sich selbst zu finden.

Tomas ging in Gedanken zurück zur Nacht und ließ seinen Blick schweifen, sodass er gar nicht wahrnahm, dass er sich bereits auf dem Gehweg der Westerstraße befand. Das Fußvolk wurde mehr, doch Masbaum nahm sie gar nicht mehr wahr. Er lief einfach, während sein Geist noch einmal die Orgie als Ganzes betrachtete.

Er hatte zuerst mit Larissa geschlafen. Sie schien geradezu nach Zärtlichkeit ausgehungert zu sein. Gleichzeitig konnten seine Stöße gar nicht hart genug für sie sein. Ihre Haut hatte ein wenig nach Kokos geschmeckt, was er auf eine bestimmte Bodylotion zurückführte. Ihre festen Brüste hatten ungefähr die Größe einer Grapefruit, fügten sich aber geschmeidig hinein in seine großen Hände.

Ihr Bauch war flach und trainiert. Er fragte sich, ob sie auch zum FIBS ging, er konnte sich allerdings nicht daran erinnern, sie dort jemals gesehen zu haben. Jedenfalls nicht bewusst. In einer anderen Szene erinnerte er sich daran, wie sie eng

ineinander geschlungen lagen und sich lange und intensiv küssten. Ihre Lippen waren unglaublich weich und ihm war aufgefallen, dass die Lippenstiftfarbe nicht verwischte.
Danach hatte er sich über ihre Klitoris hergemacht. Seine Zunge strich über die geschwollenen Schamlippen. Er war dankbar für das Brazilian Waxing, denn dadurch wurde er nicht von nervigen Härchen abgelenkt. Die Vulva war ein Genuss, vor allem, wenn er seinen Zeigefinger in sie hineinsteckte und kreisen ließ, stöhnte Larissa am lautesten. Der Gedanke an dem Orgasmus, als er sich in ihr ergoss, kam ihm sehr intensiv vor. Sie kamen beide gleichzeitig und ein tief sitzender Schrei entfesselte sich bei ihnen. Sie hatten sich danach noch kurz geküsst, doch ihre Zeit war um. Der nächste war an der Reihe.
Der Schwarzhaarige mit der olivfarbenen Haut durfte sich nun mit ihr vergnügen. Sein dunkler Penis mit Übergröße schien sich bereits darauf zu freuen. Ein Schmunzeln durchzog Masbaums Gesicht, als er daran dachte, wie er sich über den Schwanz hergemacht hatte.
Das Warten an der Fußgängerampel riss ihn aus seinen Gedanken. Von hier aus konnte er das Kripogebäude bereits sehen. Es befand sich schräg gegenüber des Teemuseums. Hier im Zentrum von Norden riss der Verkehr eigentlich nie ab. Manchmal fragte er sich, warum die Menschen es vorzogen, im dichten Verkehr die Zeit zu vertrödeln, anstatt mit dem Fahrrad viel schneller überall hinzukommen.
Die Ampel schaltete von rot zu grün und die

letzten paar Meter ordnete er noch seine Gedanken, um sie Kommissar Reinhardt sinnvoll präsentieren zu können. Tomas hoffte, dass der in der Zwischenzeit brauchbare Fakten von den Nachbarn bekommen hatte.

Kapitel 8

Hauptkommissar Reinhardt saß an seinem Laptop und haute unwillig auf die Tasten. Er beherrschte ein ausgeklügeltes Vier-Finger-System, mit dem er die Berichte eingab. Ihm gegenüber saß Ole Janssen und war ebenfalls damit beschäftigt, allerdings huschten seine flinken Finger elegant über die silbernen Tasten.
Als Lutz auf Tomas aufmerksam wurde, tippte er einfach weiter. Ole dagegen erstarrte vor Verlegenheit. Masbaum hatte vergessen, das Jackett wieder anzuziehen. Seine hart erarbeiteten Brustmuskeln schienen versucht, das leicht durchsichtige Hemd zu sprengen. Die schwarze Buntfaltenhose schmiegte sich eng an seine Hüften und fiel dann lässig auf die Brogues. Reinhardt empfand diese narzisstische Selbstdarstellung im höchsten Maße unangemessen. In jungen Jahren war Lutz auch halbwegs attraktiv gewesen, aber er wäre nie auf die Idee gekommen, sich so ein Image zuzulegen. Unter Kollegen galt Dr. Masbaum als eine Mischung aus American Gigolo und Rockstar.
Tomas nahm sich einen Stuhl von einem nicht besetzten Schreibtisch und setzte sich dazu: „Habt ihr von den Nachbarn noch etwas Brauchbares erfahren?" Lutz schaute zu Janssen und signalisierte damit, dass dieser die Fakten präsentieren durfte. Obwohl der alternde Kommissar kein großer Befürworter der gleichgeschlechtlichen Liebe war, tat ihm Ole mit seinem unerwiderten Verliebtsein irgendwie Leid. Wenn er Masbaum anschmachten

musste, konnte er dabei wenigstens nützlich sein. Janssen atmete tief ein, um sich zu konzentrieren, dann ließ er die Informationen mit dem Ausatmen heraus:

„In der Bleicherslohne 42 wohnen drei Partien. Die Weinberg wohnte in der Mitte, darunter wohnt Sarah Kroon, 24, mit ihrem Sohn Sebastian, 7. Sie ist allein erziehend und arbeitet bei der Drogerie Müller in der Osterstraße. Sie war zwar nicht direkt mit Larissa befreundet, aber diese passte manchmal auf den Sohn auf. Frau Kroon hat ausgesagt, dass sie nachts wach wurde und von oben her zwei Stimmen hörte. Die vom Mordopfer und eine Männliche, die sie nicht identifizieren konnte. Die Kroon leidet seit Jahren an einer Schlafstörung und hat zum Wiedereinschlafen eine Tablette genommen. Sie ist erst morgens wieder wach geworden. Der Sohn hat die Nacht durchgeschlafen und nichts gehört." Der hübsche Polizist holte tief Luft, um dann fortzufahren, aber der direkte, aufgeschlossene Blick von Masbaum ließ sein Herz höher schlagen. Mit einem Räuspern fuhr er endlich fort:
„Über Larissa wohnt Hilko de Vries, 30 Jahre alt und Single. Er arbeitet im Hotel Stadt Norden und hatte zur Tatzeit Nachtschicht, was bereits bestätigt wurde. Auch die Nachbarn in den umliegenden Häusern haben nichts wahrgenommen." Reinhardt wusste, dass sie immer noch nicht viele Anhaltspunkte hatten, deswegen fügte er selbst noch hinzu: „Auf die Ergebnisse der Forensiker warten wir noch. Hattest du bei der besten Freundin mehr Glück?" Masbaum verzichtete darauf, sein Tablet zu zücken und berichtete statt-

dessen frei:
„Diana Cordes war hilfsbereit, allerdings war sie nicht sonderlich gut auf Larissa zu sprechen. Unser Opfer wechselte die Männer anscheinend wie ihre Unterwäsche, allerdings hatte sie über Internet einen Typen kennengelernt, den Diana als „mysteriös" bezeichnet hat. Er wollte unserem Mordopfer helfen, aus Ostfriesland herauszukommen. Frau Cordes konnte mir allerdings nicht sagen, wie. Diana glaubte, dass sich die beiden noch nicht getroffen haben. Aber vielleicht lag sie ja damit falsch. Wenn der Typ in ihrer Wohnung tatsächlich „PrinceCharming" war, hätten wir zumindest eine heiße Spur. Fehlt nur noch das Motiv." Bei der Erwähnung des Benutzernamens schauten sich Ole und Lutz verwirrt an, sagten aber nichts.
Tomas schaute auf die Uhr. Es war kurz vor vierzehn Uhr. Um 16 Uhr wollte er sich mit Luca im FIBS treffen. Es schien ihm dringend notwendig, jetzt eine Kleinigkeit zu essen, denn er wollte nicht mit vollem Magen zum Training gehen. Außerdem könnte er diese Unterbrechung nutzen, um sich Reinhardt zu offenbaren. Er konnte nicht länger verheimlichen, dass er Larissa nachts noch gesehen hatte. Wenn es nur das gewesen wäre!
   Masbaum erhob sich, streckte sich zu Janssens Freude ausgiebig und sagte dann mit bestimmter Haltung: „Ole, kannst du dafür sorgen, dass wir den echten Namen von „PrinceCharming2013" bekommen? Das Portal heißt www.wicca-chat.com. Mir ist egal, wie du das anstellst. Und Lutz, wir beide gehen jetzt was essen. Ole, sollen wir dir etwas

mitbringen?"
Tomas setzte nun sein charmantes Lächeln ein und Janssen schmolz dahin: „Vielleicht ein Schokocroissant von der Bäckerei Rector?" Masbaum nickte und drehte sich zu Reinhardt um, der daraufhin seinen Laptop einpackte. Unter normalen Umständen hätte er seinem Kollegen widersprochen. Doch er spürte, dass sein Partner einen Grund hatte, ins öffentliche Terrain zu wechseln.

Kapitel 9

Die zwei Beamten liefen gemütlich zum Kaufhaus Anton Götz. Es war keine zwei Minuten zu Fuß vom Kripogelände entfernt, ein Schotterweg führte sie unter Bäumen zum Vordereingang des Geschäftes. In dessen Eingangsbereich befand sich eine Niederlassung der Bäckereikette Rector.
Reinhardt spürte Tomas' Angespanntheit. Irgendetwas lag ihm auf der Seele und er hoffte, dass es nichts mit dem Fall zu tun hatte. Masbaum hatte die Angewohnheit, sich zu intensiv mit den Fällen zu beschäftigen. Lutz wollte es schnell hinter sich bringen: „Jetzt spuck' es schon aus!" Tomas zuckte zusammen, als hätte Reinhardt ihm mutwillig eine verpasst. Weil er aber die Nerven des Kollegen nicht strapazieren wollte, rückte er mit der Sache heraus:
„Ich hätte es schon heute Vormittag sagen sollen, aber ich musste erst darüber nachdenken, was es für mich bedeutet. Ich kannte das Opfer." Reinhardt blieb abrupt stehen. Er baute sich vor Tomas auf und wollte gerade laut werden, als eine Gruppe Kinder an ihnen vorbei stürmte. Sie erinnerten Lutz daran, dass sie sich mitten in der Stadt aufhielten. Zwei polizeiliche Ermittler, die sich öffentlich anbrüllten, würde unangenehm auffallen.
Er ging wieder an die Seite und schlenderte gemütlich weiter. Tomas folgte ihm sichtlich erleichtert: „Sie war gestern bei einer...", er zögerte: „... Veranstaltung, bei der auch ich war. Allerdings habe ich nicht mit ihr

gesprochen und wusste auch nicht, wer sie ist." Das war nicht mal gelogen, dachte Masbaum. Sie erreichten das Gebäude auf der anderen Seite des Marktplatzes und beim Näherkommen öffneten sich die automatischen Glasschiebetüren.

Nun wollte Reinhardt mehr Fakten des Abends haben: „Wie spät war denn diese Veranstaltung und wann endete sie?" Das alte, traditionelle Familienunternehmen war gut besucht. Es lebte zum größten Teil von Stammkunden und zu dieser Uhrzeit fand man hier Familienmütter, Rentner und Schüler. Tomas bevorzugte es, hier erst nach achtzehn Uhr einzukaufen, denn dann trafen sich hier vor allem arbeitende Singles, von denen die meisten nur drei bis fünf Teile in den blauen Plastikkörben zur Kasse trugen, die man am Eingang hochgestapelt finden konnte. Sie gingen an der langen Bäckereitheke vorbei und stellten erfreut fest, dass bis auf zwei betagte Damen keine weiteren Gäste anwesend waren. Masbaum beantwortete die Frage, bevor die Verkäuferin Zeit für sie hatte: „Es begann um 23 Uhr und ging bis 3 Uhr nachts." Lutz sah in ungläubig an: „Dafür siehst du aber noch verdammt fit aus! Wieso besuchst du mitten in der Woche zu so später Stunde eine 'Veranstaltung'?" Reinhardt betonte das Wort Veranstaltung mit unverhohlener Verachtung. Allerdings war sich Masbaum sicher, dass sein Kollege neugierig darauf brannte zu erfahren, was das für ein Event gewesen sein könnte.

Lutz wählte ein Salami-Käse-Brötchen mit Remoulade, dazu einen Milchkaffee. Tomas entschied sich für einen Thunfisch-Wrap, dazu nahm er ein stilles Wasser. Nachdem sie bezahlt hatten, setzten sie sich an die Fensterseite. Reinhardt biss bereits genüsslich in seine deftige Kalorienbombe, während Tomas noch zögerlich an seinem Wasser nippte. Er hatte keine Ahnung, wie er seinem Vorgesetzten von der Orgie erzählen sollte. Ihm war klar, dass dieser keine gute Meinung von ihm hatte, aber er wollte nicht noch mehr Öl ins Feuer werfen. Andererseits konnte er es nicht verheimlichen ohne die Ermittlungen zu behindern. Dann wäre er den Fall los, dessen war er sich sicher.

Spontan beschloss er, am Anfang anzufangen: „Du kennst ja meinen Faible für Social media. Dabei bin ich auf ein Portal aufmerksam geworden, dass sich www.secretorgy.org schimpft. Ich dachte zuerst, das wäre ein schlechter Scherz. Die Anmeldung war kostenlos, das Anlegen eines Benutzerprofils dauerte recht lang, weil sie viele verschiedene Angaben verlangten. Ich erspare dir Details." Lutz hörte interessiert zu und verdrehte nur bei der Erwähnung des Wortes 'social media' die Augen. Er war ein penetranter Gegner dieser neumodischen Kommunikationsmöglichkeiten.

„Das Ganze läuft mit einem strengen Regelwerk. Sechs Leute werden aufgrund ihrer Vorlieben und der örtlichen Nähe zueinander ausgesucht. Ein anfänglich geheimer Ort wird ausgesucht, die Koordinaten dazu werden per GPS aufs Handy geschickt." Tomas merkte, dass es gut war, darüber zu reden und der Druck ließ nach. Beherzt biss er in seinen Wrap und er genoss einen Moment lang die Frische des Eisbergsalates. Lutz hatte in

der Zwischenzeit sein Brötchen gänzlich verschlungen. Er rührte genüsslich in seiner großen Tasse, von der noch nicht getrunken hatte.
Nach einem weiteren Bissen fuhr Masbaum fort: „Wenn dir das schon absurd vorkommt, dann warte ab – es kommt noch besser! Drei Männer und drei Frauen haben sich gestern getroffen, mich inklusive. Die Leute erscheinen nacheinander, weil sie sich nicht treffen sollen, bis das Spektakel beginnt. In getrennten Kabinen sollten wir uns bis auf die Unterwäsche ausziehen und dann vor der jeweiligen Tür warten. Die wurde erst um Punkt 23 Uhr per Mechanismus zum Öffnen freigegeben. Erst dort im Hauptraum kamen wir sechs zusammen. Alles war liebevoll deklariert und vorbereitet, samt Sektkühler und allem möglichen Sexspielzeugen."

Tomas machte eine künstlerische Pause, weil er wissen wollte, ob sich Lutz genierte, aber der tat ihm den Gefallen nicht. Gefasst und gespannt wartete er auf weitere perverse Details. Obwohl er mittlerweile nur noch äußerst selten Sex hatte, konnte Reinhardt sich zu Zeiten, in der seine Frau Marie-Luise noch lebte, über sexuelle Abenteuer nicht beschweren. Seine Triebe mit der eigenen Ehefrau auszuleben, fand er nicht verwerflich. Diese Gelüste mit wildfremden Menschen zu teilen, konnte er allerdings nicht gutheißen.

Masbaum grinste verschmitzt, um zu signalisieren, dass nun der richtige Hammer kam: „Reden war auch nicht erlaubt. Nur so konnte die Anonymität gesichert werden. Jeder konnte mit jedem... interagieren.

Exakt vier Stunden lang." Tomas erwartete eine Reaktion von Reinhardt, doch dieser hing völlig seinen Gedanken nach. Plötzlich sagte er: „Wenn Larissa um drei noch gelebt hat und um fünf gestorben ist, sind die Leute von der Orgie auch verdächtig. Sie könnten ihr gefolgt sein. Du war einer der letzten, der sie lebend gesehen hat." Masbaum biss seufzend in sein Wrap und als er den Brocken hinuntergeschluckt hatte, sprach er aus, was Lutz dachte: „Das war's dann wohl mit der Anonymität. Wir müssen herausfinden, wer die anderen vier Teilnehmer sind. Das könnte hässlich werden."

Kapitel 10

Er hielt sich jetzt schon seit über einer Stunde in vier verschiedenen Portalen auf, doch niemand Passendes hatte angebissen. Ihn beschlich das Gefühl, einen Loser-Tag erwischt zu haben. Er hatte das jahrelang erforscht: es gab Tage, an denen nur ein bestimmter Schlag Mensch online war. Ohne Persönlichkeit und/oder Charakter, aber mit der Dreistigkeit gesegnet, die Interessanten anzuschreiben.
Anfangs gab er sich noch die Mühe, individuell gestaltete Körbe zu verteilen. Mittlerweile nutzte er gerne die Standardabsagen, die bereits vorgefertigt waren. Sie waren gut formuliert und trotzdem noch halbwegs wertschätzend. Außerdem sparten sie eine Menge Denkarbeit.
Das Problem war, dass er nicht genau wusste, wonach er suchte. Larissa war nicht einfach zu ersetzen. Er hatte über Monate den Kontakt mit ihr gesucht; er mochte sie. Bisher konnte er sich ihren Tod nicht erklären. Er fragte sich, ob die Polizei bereits Fortschritte machte. Vielleicht sollte er sich lieber an deren Ferse heften, um herauszufinden, ob sie ihm schon auf die Schliche gekommen waren.
   Das Wetter war viel zu schön, um den ganzen Tag im Hotelzimmer zu sitzen. Er wusste bereits, dass es ein Polizeigebäude auf der linken Seite des Marktplatzes gab. Die Kripo befand sich auf der anderen Seite. Er würde bei der direkten Polizei anfangen, wobei er tierisch aufpassen musste, nicht

aufzufallen. Er strich sich mit der rechten Hand durch die hellblonden Haare. Mit gerunzelter Stirn blickte er auf seinen großen Reisekoffer, in dem sich seine Klamotten befanden. Er fürchtete, nichts Passendes darin finden zu können.

Ihm blieb nichts anderes übrig, sich vorher ein neues Outfit zu besorgen. Vorgestern hatte er in der Fußgängerzone eine kleine Boutique entdeckt, die Sachen von 'Jack & Jones' führte. Dort würde er bestimmt etwas unauffällig Schickes finden.

Er schloss nacheinander die vier geöffneten Portale, ohne auf die letzten Nachrichten zu achten und klappte das Notebook zu. Das schwarze Blackberry verstaute er in seiner Hosentasche. In seinem ledernen Portemonnaie überprüfte er das Vorhandensein seiner goldenen Visakarte, griff den Zimmerschlüssel und ging gemütlich über den Flur zur Treppe.

Kapitel 11

Ole Janssen kam langsam ins Schwitzen. Die Person am anderen Ende der Leitung regte ihn auf. Dr. Isabella Moor war gefürchtet. Sie konnte noch so schön, intelligent und gut in ihrem Job sein. Ole konnte sie nicht ausstehen. Sie bemühte sich nicht einmal, ihre Überheblichkeit mit höflichen Floskeln zu überspielen. Ihre Arroganz zog sich durch den ganzen Monolog, den sich Janssen bereits seit zehn Minuten anhörte.

Dankbar registrierte er, wie Reinhardt und Masbaum zur Tür herein-kamen. Er würgte sie abrupt ab und ließ sich erschöpft auf den drehbaren Schreibtischstuhl fallen. Tomas schaute ihn mitleidig an und reichte ihm wortlos eine weißgelbe Tüte, in der sich zwei fluffige Croissants mit Schokoladen-füllung befanden. Nach den frustrierenden Recherchearbeiten der letzten halben Stunde war Ole unglaublich dankbar für den süßen Genuss. Er hätte Masbaum am liebsten umarmt, verkniff es sich aber.

Lutz kam Tomas zuvor und fragte ungeduldig: „War das die Forensik? Was hat Isabella, die Schreckliche, herausgefunden? Masbaum war überrascht, dass sein Kollege den Spitznamen der Gerichtsmedizinerin laut aussprach. Sarkasmus gehörte nicht in sein Repertoire, genauso wenig wie Humor. Tomas setzte sich mit an den Schreibtisch, Reinhardt blieb stehen. Janssen schob die Papiertüte neben seinen Laptop und versuchte, knapp wieder-zugeben, was er gerade überausführlich gehört hatte:

„Die Spurensicherung konnte drei verschiedene Fingerspuren sicherstellen, eine davon ist die des Opfers. Die zwei anderen haben in der Datenbank keine Übereinstimmungen ergeben.
Die Wunde im Herzen war eindeutig die Todesursache, es ist allerdings immer noch unklar, wo das Blut geblieben ist. Nicht einmal am Teppich, auf dem sie gefunden wurde, konnten Blutspuren sichergestellt werden.
Ihr ansonsten gesunder Körper weist einige Blessuren und Quetschungen auf, die in Kombination mit den Spermaspuren auch eine Vergewaltigung nicht ausschließen lassen."
Reinhardt und Masbaum wechselten vielsagende Blicke, wobei keiner von ihnen ein Wort sagte. Ole dachte über das Gesagte nach, bis ihm eine Frage auf der Zunge brannte. Allerdings hatte er keine Lust, diese laut auszusprechen. Tomas nahm ihm die Arbeit ab:

„Wir nehmen also nur an, dass sie in der Wohnung starb? Hat Dr. Moor noch etwas zur Tatwaffe gesagt?" Der junge Beamte saß schnell wieder gerade, weil er etwas Wichtiges unterschlagen hatte: „Ja! In der Wunde hat sie Splitter von Buchenholz entdeckt. Daran fand sie nach gründlicher Analyse schwarze Lackfarbe." Reinhardt setzte sich nun doch auf einen freien Stuhl: „Willst du damit sagen, jemand hat ihr die abgebrochene Stuhllehne ins Herz gerammt?"
Ole nickte, griff zur Tüte und holte das erste Croissant heraus. Tomas faltete seine Hände zusammen, bevor er sagte: „Das klingt jetzt nach Mord im Affekt. Der zerbrochene Stuhl deutet auf einen Streit hin. Nur

wissen wir nicht, mit wem oder warum. Ich habe langsam das Gefühl, dass wir immer weniger vorankommen, je mehr Informationen auftauchen. So kommen wir nicht weiter."
Masbaum schaute dem Polizisten zu, wie er mit Appetit das aufgerollte Blätterteig vernichtete. Dann fiel ihm ein: „Hast du eigentlich die Adresse von 'PrinceCharming' herausbekommen?" Hastig schluckte Ole den Bissen hinunter, allerdings las der Kommissar bereits aus dessen Gesicht, dass dem nicht so war: „Das ist leider nicht so einfach. Ich habe zwar sein Profil dort gefunden, aber das ist natürlich ohne Bild. Logischerweise steht die Adresse nicht im Profil, aber er war online. Ich habe versucht, mit ihm Kontakt aufzunehmen, aber er hat mich gnadenlos abgewiesen. Kurz danach war er off, woraufhin ich beim Betreiber der Website angerufen habe."
Er macht eine künstlerische Pause, doch er sah an den Gesichtern der Ermittler, dass es sinnvoller war, fortzufahren: „Das einzige, was der uns geben könnte, wäre die Email-Adresse. Aufgrund des Datenschutzgesetzes brauchen wir zur Aushändigung dieser privaten Angabe eine richterliche Verfügung. Die habe ich beantragt, sie wird hierher gefaxt. Danach werden wir uns auf die IT-Profis verlassen müssen, denn über die Email-Adresse an die IP-Adresse des Computers heranzukommen, ist Hackerarbeit."
Masbaum seufzte, als ihm das Ausmaß klar wurde: „Und nur über die IP-Adresse kann man den Standort feststellen. In unserem mobilen Zeitalter kann er auch in einem Internetcafé gesessen haben. Wir haben also nichts."

Alle drei schwiegen. Tomas nahm seine Gebetshaltung ein und dachte nach. Es war mittlerweile fünfzehn Uhr, eine Lösung des Falls lag noch in weiter Ferne und sein Termin mit Luca rückte immer näher. Seine Sporttasche lag noch zu Hause in seinem Flur.

Einerseits wollte er dem Fall und damit Larissa nicht in den Rücken fallen, andererseits spürte er, wie wichtig das Gespräch mit seinem Fitnesstrainer sein würde. Hier in der Zentrale waren alle zum Warten verdammt und das war nicht seine Stärke.

Er ließ sich von Reinhardt für eine Stunde freistellen, was kein Problem darstellte, weil Masbaum in sein Workout das Verhör mit dem Exfreund einbauen wollte.

Kapitel 12

Tomas schloss die Tür zu seiner Wohnung auf, wobei ihm die laute Stille unangenehm entgegenschlug. Niemand erwartete ihn hier, keiner begrüßte ihn. In seiner Eile wäre er fast über die fertig gepackte Sporttasche gefallen, aber er fing sich noch schnell genug. Ihm blieb eine halbe Stunde, um am Norder Tief 43 anzukommen. Um sich vorab aufzuwärmen, beschloss er, mit dem Fahrrad dorthin zu fahren.
Allerdings wollte er sich dafür umziehen, denn mittlerweile war es für das dunkle Outfit viel zu warm draußen. Das Schlafzimmer empfing ihn mit einer kühlen Brise. Als hätte er geahnt, welche Temperaturen sich im Laufe des Tages entwickeln würden, hatte er das Fenster geschlossen und das Rollo heruntergelassen, bevor er zur Arbeit gefahren war. Sein Bettzeug lag noch zerwühlt auf dem schwarzen Spannbettlaken. Er würde sich irgendwann heute wieder hinein begeben – allein. Also wozu die Mühe?
Die lange Schrankwand glänzte bordeauxfarben und gab sein Spiegelbild preis. Masbaum griff mit der linken Hand an den verchromten Stahlknauf und zog die Tür auf. Die inneren LED-Strahler erhellten die Fächer, sodass Tomas' überladene Regale zum Vorschein kamen. Manchmal hatte er das Gefühl, es mit der Kleiderordnung zu übertreiben. Aber er liebte Systeme und sorgte dafür, dass er genau wusste, wo welches Shirt lag. Er überlegte kurz und entschied sich für ein brombeerfarbenes T-Shirt und legte es auf

das Bett. Dazu wählte er eine dunkle Blue Jeans mit recht krassen Waschungen.
Er zog den Anzug aus, verstaute diesen in einen grauen Kleidersack, um ihn bei nächster Gelegenheit zur Reinigung zu bringen. Das weiße Hemd landete im Wäschekorb. Das Spiegelbild am Schrank zeigte nun einen Kommissar in Unterwäsche, der ohne Probleme auch Fotos von sich in einem Hochglanzmagazin finden könnte. Seine blauen Augen blieben an der kleinen Narbe an der linken Schulter hängen. Diese blöde Kugel damals brach ihm glatt das Schlüsselbein, es hätte aber auch das Herz sein können. Daher war er trotzdem dankbar. Mit geübten Bewegungen hatte er das neue Outfit übergestreift, wobei ihm beim erneuten Blick auf die glänzende Fläche ein Momentaufnahme ins Bewusstsein drang. Die gewählten Klamotten wären nach Timos Geschmack gewesen und die Erinnerung an seinen verstorbenen Zwillingsbruder hinterließ einen faden Beigeschmack.
Um sich nicht von der Traurigkeit übermannen zu lassen, verließ er das Schlafzimmer und schaltete den Computer ein. Aus dem Kühlschrank entnahm er eine Ingwer-Bionade und setzte sich an seinen schwarzen Schreibtisch. Tomas öffnete die üblichen Portale und ein Programm, um Musik abzuspielen. Er hörte leidenschaftlich gerne Klassik und Jazz, doch interessierte er sich auch für die aktuellen Hits. Er entschied sich für ein Album von der amerikanischen Countryband 'Lady Antebellum'. Das passte zu seiner Stimmung.
Masbaum hatte auch den Wicca-Chat aufgerufen, falls *Warlock365* zufällig online

sein sollte und er wurde nicht enttäuscht. Flinken Fingers schrieb er ihm eine höfliche Entschuldigung für den spontanen Abgang heute Vormittag und fragte erneut nach dem Grund, warum jemand einer möglichen Hexe den Kopf abschlagen sollte. *Warlock* erklärte, dass es dafür eigentlich nur einen Grund geben konnte: ein Fluch.

Tomas kicherte in sich hinein und nahm noch einen Schluck von der Bionade. Erfrischend prickelte es auf seiner Zunge. Er dachte darüber nach, wie häufig er in seinem Leben schon geflucht hatte. Zum Glück war niemand auf die Idee gekommen, ihm deswegen den Schädel abzureißen. Ein Blick auf die Bahnhofsuhr, die in seinem Wohnzimmer hing, zeigte ihm, dass er nur noch eine viertel Stunde hatte, bis er sich auf das Fahrrad schwingen musste. Er wollte unbedingt noch zur Toilette, bevor er das tat, aber in dem Moment des Gedankens erschien *Prince-Charming2013* im Chatroom.

Sofort klickte Masbaum auf den Button für Privatnachrichten. Mit einem leisen Plopp öffnete sich ein neues Dialogfenster, in dem er direkt hineinschrieb: „Hier ist Snow white. Charming, ich brauche deine Hilfe!" Tomas war ein Fan amerikanischer Serien, zur Zeit verfolgte er „Oncc upon a time", in der die beliebten Märchenfiguren per Fluch in unsere Welt katapultiert wurden, ohne Erinnerung an ihre eigentliche Rolle. Schneewittchen und James waren der Inbegriff der wahren Liebe und Masbaum hoffte, dass sein Gegenüber sich genau deswegen für diesen Nikname entschieden hatte.

Tatsächlich dauerte es nicht lange, bis eine

Antwort erschien: „Snow, wie kann ich dir helfen?" Innerlich triumphierte Tomas, denn endlich schien es einen guten Grund zu geben, sich mit diesen TV-Shows zu beschäftigen. Er wollte es möglichst dramatisch halten, daher tippte er: „Mein Liebster, keine Zeit für große Erklärungen. Ich muss fort, aber in einer Stunde könnte ich wieder hier sein. Wirst du auf mich warten?" Masbaums Herz schlug schneller und er verurteilte sich selbst aufgrund der kindlichen Naivität, die so gar nicht seine Art war.

Ohne auf das Geräusch zu hören, wusste Tomas, dass er die passende Antwort bekommen hatte: „Ich werde immer auf dich warten, Snow." Bewusst ging Masbaum jetzt offline und hatte sogar noch Zeit genug, seinen Toilettengang zu erledigen, ohne Angst haben zu müssen, Luca zu verpassen.

Kapitel 13

Das schwarze Aluminiumfahrrad führte Masbaum zuverlässig durch die Straßen. Nun, wo der späte Nachmittag anbrach, konnte Tomas spüren, dass das Wetter kippte. Obwohl die Strahlen der Sonne unerbittlich die Luft erhitzten, stieg die Luftfeuchtigkeit. Die Gewitteratmosphäre brachte Masbaum schon bei der kurzen Strecke von der Gartenstraße zum Norder Tief ins Schwitzen.
Tomas brauchte zehn Minuten zum FIBS, genau wie er voraus berechnet hatte. Das mochte er an Ostfriesland: es war berechenbar. Die Fahrradständer ließen seinem Citybike noch genug Platz, denn die Menschen auf Normalschicht hatten noch keinen Feierabend.

Als Masbaum die Eingangshalle betrat, wurde er von der Empfangsdame freundlich begrüßt: „Moin, Dr. Masbaum, ist es wieder Zeit für Ihr Workout?" Er lächelte charmant, sodass sie leicht errötete, dann sagte er verschwörerisch: „Sie wissen ja, wie sehr mir das beim Lösen eines Falls hilft." Ihr Blick veränderte sich zu einer bekümmerten Miene: „Also ist schon wieder etwas passiert?" Er nickte stumm. Obwohl er sie mochte, hielt er es für unangemessen, Einzelheiten seiner Ermittlungen preiszugeben. Stattdessen ging er auf die Tür zu, über der 'Herrenumkleide' stand.
Tomas schloss die Tür hinter sich, der große Umkleideraum war zum Glück recht leer. Nur vereinzelte Gestalten zogen sich um, aber er kannte die Gesichter nicht. Die Ruhe ließ ihm die Möglichkeit, im Geiste noch einmal

durchzugehen, welche Fragen er seinem Fitnesstrainer stellen konnte.
Er schloss seinen Spind mit der Nummer 42 auf. Dort hinein legte er seine Heckler & Koch P2000, die dafür vorgesehene Halterung, seine Jeans und das schöne T-Shirt. Was wusste Masbaum eigentlich von Luca Rosenbaum? Aus seiner Sporttasche holte er ein schwarzes Muskelshirt heraus und zog es über. Dazu hatte er sich eine graue Sporthose herausgesucht, die locker auf der Hüfte saß. Beim Zu-binden der weißen Nike-Schuhe ging er die Fakten durch: Luca war 28 Jahre alt, anscheinend der Exfreund von Larissa, die aktuelle Freundin war blond und machte in Immobilien. Tomas hatte häufig das Gefühl, dass Luca sehr moralisch reagierte, wenn er Unrechtes entdeckte. Möglicherweise hatte er eine religiöse Erziehung genossen, dachte Masbaum. Außerdem besaß Luca ein Boot im Norddeicher Hafen. Auf dem Foto, dass sie beim Opfer gefunden hatten, war es zu sehen gewesen. Leider endete hier die Bilanz und Tomas bereute es, vorher nicht mehr Konversation mit seinem persönlichen Coach gemacht zu haben.
Wichtig würde sein, ob Luca ein Alibi für die fehlenden zwei Stunden vorweisen konnte. Außerdem interessierte sich Masbaum dafür, ob er noch Kontakt zu seiner Verflossenen gehabt hatte. Aus Eifersucht zu töten, war keine Seltenheit und würde die Theorie für den 'Mord im Affekt' verstärken.
   Tomas ließ nur eine Flasche klaren Wassers und ein Handtuch auf der Bank liegen und schloss den Rest im Spind ein, das von einem speziellen Sicherheitsschloss ge-

sichert wurde.

Kapitel 14

Luca Rosenbaum wartete bereits am vordersten Crosstrainer. Der hellblonde Bodybuilder mit den strahlend blauen Augen schürzte beim Anblick Masbaums die sinnlich vollen Lippen. Tomas war mittlerweile drei Minuten zu spät. 'Pünktlichkeit ist eine Tugend' war auch einer der Lieblingssprüche seiner Mutter, aber spätestens seit dem Wechsel zur Polizei nahm der Psychologe es nicht mehr so genau mit der Zeit.

Tomas versuchte, mit seinem charmanten Lächeln zu punkten, doch damit hatte er bei Luca keinen Erfolg. Der blieb auf seine freundliche Art sachlich und fragte: „Wie viel Zeit hast du denn heute mitgebracht?" Das Duzen nahm Masbaum positiv auf; es entspannte ihn. Er beschloss bei den Dehnübungen zum Aufwärmen, zuerst Sport zu machen und erst am Ende mit der Befragung anzufangen. Schließlich war nicht klar, wie das Gespräch verlaufen würde.

Mit dem Schütteln der Hände antwortete er: „Wir haben eine Stunde, allerdings muss ich zum Ende noch mit dir reden." Luca quittierte das mit einem knappen „Okay." und machte dabei das Butterfly fertig. Bei diesem Gerät trainierte man die untere Oberschenkelmuskulatur und die Brustpartie. Tomas ging routiniert ans Werk und im Hintergrund hörte er, wie Luca leise mitzählte. Mit jedem Schlag wuchs in Masbaum der Wunsch, seine Fragen beantwortet zu bekommen. Er entschied sich dazu, mit belanglosen Themen zu beginnen. Nach dem

dreißigsten Schlag fragte er: „Liegt dein Boot eigentlich schon im Hafen? Bei dem tollen Wetter bietet es sich ja an, segeln zu gehen."
Luca notierte die Zahl 30 auf dem Workoutbogen und zeigte dann auf eines der Spinningräder. Im Gehen sagte er: „Bettina und ich wollen am Wochenende Richtung Norderney. Aber nur, wenn sie nicht arbeiten muss." Masbaum machte es sich auf dem Rad bequem, stellte seine Füße in die dafür vorgesehenen Schnallen, während sein Coach das passende Programm eingab. Bevor er los trampelte, fragte er noch schnell: „Wie lange seit ihr jetzt zusammen? Habt ihr nicht vor kurzem ein Jubiläum gefeiert?"

Lucas Augen blitzten auf: „Unser Zweijähriges, letzten Monat. Dass du dir das gemerkt hast!" Tomas begann zu treten und sagte verschmitzt grinsend: „Ist eine Gabe." Nach dem Warm-up wurde der Widerstand größer, doch Masbaum kam jetzt erst richtig in Fahrt: „Wie seid ihr denn zusammen gekommen?" Noch einmal wurde der Gegendruck erhöht und Tomas musste nun kräftig in die Pedale treten. Aus dem Augenwinkel nahm er wahr, dass sein Trainer über die gestellte Frage nachdachte.

„Das war eigentlich total blöd, denn zu der Zeit war ich noch in einer anderen Beziehung. Unter uns, Larissa war eigentlich meine große Liebe, aber sie forderte zu viel. Ich konnte ihr nicht geben, was sie wollte." Masbaum spürte, dass er den schwersten Teil hinter sich hatte. Nun fiel ihm das Sprechen auch wieder leichter. Um zu verhindern, dass Luca in seiner Gedankenwelt

verschwand, fragte er direkt:
„Was wollte sie denn?" Zum ersten Mal, seit er den hübschen Trainer kannte, sah Tomas, wie dieser errötete. Der Ermittler konnte sich vorstellen, in welche Richtung es ging. Er schmunzelte bei der Feststellung, dass sie beide mit der selben Frau geschlafen hatten. Luca rang offensichtlich mit sich, ob er die Frage ehrlich beantworten sollte. Er ließ sich Zeit, bis Masbaum seine Spinning-Einheit beendet hatte: „Larissa war sehr dominant, nicht nur im Alltag, wenn du verstehst. Sie war unersättlich und damit war es unmöglich, sie zufrieden zu stellen."
Luca gab Tomas ein Zeichen, ihm zu folgen. Er ging um eine blass violette Trennwand herum, hinter der sich drei Rudermaschinen befanden. Zufällig waren alle frei, sodass Luca ebenfalls auf einer davon Platz nahm. Er gab das Tempo vor und nach kurzer Zeit ruderten sie im Einklang.
Als Masbaum schon dachte, er müsste weiter bohren, fuhr Luca auf einmal von selbst fort: „Außerdem wollte sie unbedingt weg von hier. Nach New York, Paris, Tokio – Hauptsache Großstadt. Sie hatte sich dafür schon mit 16 ein Sparkonto eingerichtet, um spätestens mit 25 auswandern zu können."
Tomas horchte auf. Es müsste überprüft werden, ob das Konto noch existierte und wenn ja, wie viel Geld sich darauf befand.
Es fehlten nur noch zehn Züge bis zur 50, als Luca einwarf: „Bettina habe ich hier im FIBS kennengelernt. Ich habe mit ihr ein individuelles Programm zusammengestellt und danach trainierte sie regelmäßig hier. Sie hat mir ganz klar Avancen gemacht." Masbaum

registrierte, dass es Luca gefiel, wenn Frauen ihn toll fanden. Sie verließen die Rudermaschinen und wendeten sich stattdessen dem Laufband zu. Normalerweise stellte Tomas den Monitor an der Wand mit einem Jogging-Programm durch den Wald ein, doch heute entschied er sich für die Stadtvariante. Um die Gesprächsgewalt nicht abzugeben, fragte er: „Also hattest du eine Affäre mit Bettina, während du noch mit Larissa zusammen warst?" Der muskulöse Beau war tief erschüttert: „Was denkst du von mir? Natürlich nicht!" Er wies Tomas an, mit dem Laufen zu beginnen. Der wartete, bis das Band anfing, sich in Bewegung zu setzen.
Luca wollte sich weiter rechtfertigen: „Ich bin nicht der Typ für Affären. Ich hab Bettinas Annäherungsversuche lange Zeit abgewehrt, bis mir klar wurde, dass mir dieser andere Typ Frau besser gefällt. Meine Betty ist bodenständig, clever und liebt Ostfriesland. Sie würde nie auf die Idee kommen, von hier weg zu wollen. Außerdem ist sie nicht so sexbesessen und kann auch einfach mal kuscheln. Am liebsten vor dem Fernseher mit einem guten Krimi." Masbaum hätte am liebsten gegähnt. Er konnte mit dieser spießigen Sichtweise nichts anfangen. Aber anscheinend war Luca mittlerweile in Redelaune gekommen, denn er sagte: „Also hab ich eines Abends mit Larissa gesprochen und ihr genau erklärt, warum ich nicht länger mit ihr zusammen sein wollte. Glücklicher-weise ist sie darauf eingegangen, mit mir befreundet zu bleiben.
Denn auch wenn ich mir sie als Partnerin nicht vorstellen konnte, wollte ich unsere

Anonym

Freundschaft nicht aufgeben. Wir verstehen uns auch immer noch gut. Neulich war ich erst bei ihr zu Besuch." Obwohl Tomas gerade an einer temporeichen Stelle im Programm war und eher rannte als lief, beschloss er, den Smalltalk zu unterbrechen und Luca aufzuklären. Er sprang mit einer eleganten Bewegung vom Laufband und fand einen irritierten Trainer vor. Masbaum keuchte noch und schwitzte, aber das war ihm egal. Er wies Luca zu einer Bank und forderte ihn auf, sich zu setzen. Beide ließen sich nieder und Tomas nahm seine Gebetshaltung ein: „Luca, ich muss dir etwas sagen. Es tut mir Leid, dass ich erst jetzt mache. Jemand hat Larissa in der letzten Nacht umgebracht." Tomas wünschte sich jetzt, er hätte es nicht im offenen Raum erzählt, denn Luca brach augenblicklich zusammen. Der harte Bodybuilder, der gerade noch von seinem Frauengeschichten geschwärmt hatte, zeigte so plötzlich seine verletzliche Seite, dass Masbaum unfähig war, damit umzugehen. Er musste mit ansehen, wie dieser starke Kerl hemmungslos weinte und die Tränen auf das dunkelrote Leder der Bank tropfte. Tomas ließ ihn gewähren, aber nach einer Zeit wurde es besser und Luca fing sich wieder. Der Ermittler griff nun ein: „Kannst du dir vorstellen, wer das getan haben könnte? Oder warum?" Noch leicht schniefend antwortete Luca: „Ich hab sie geliebt, aber nicht jeder mochte sie. Mit ihrer Art stieß sie die Leute häufig vor den Kopf. Wenn sie den Raum betrat, drehten sich automatisch alle zu ihr um. Doch niemand hat sie so sehr gehasst, dass man sie umbringen müsste." Masbaum

wollte nicht taktlos sein, aber sein Workout war noch nicht zu ende. Die Crunches fehlten noch und das Bauchtraining war wichtig für sein Sixpack. Jetzt übernahm er die Leitung und lief gemächlichen Schrittes zu den Matten, Luca folgte ihm wortlos. Tomas schmiss sein Handtuch neben eine kobaltblaue Schaumstoffmatte und ließ sich darauf nieder. Er blickte zu seinem Trainer hoch und frage: „Was ist denn mit diesem Konto? Was meinst du, wie viel Geld sie mittlerweile gespart hatte? Könnte das einen Mord wert sein? Wer wusste davon?" Luca ging in die Hocke, um Masbaums Füße festzuhalten, während dieser mit den geraden Crunches begann.
„Bei ihrem Gehalt wird sie keine Millionen zusammen bekommen haben, falls du das meinst. Vielleicht ein paar Tausender." Tomas war enttäuscht. Er hatte gehofft, endlich etwas Handfestes zu finden. Auch wenn er es albern fand, musste er leider noch die Frage nach dem Alibi klären: „Wo warst du denn heute Morgen zwischen drei und fünf Uhr?" Luca schien irritiert, antwortete aber sofort: „Zu Hause, im Bett. Ich hab geschlafen, weil ich um halb acht hier anfange zu arbeiten."
Mittlerweile trainierte Masbaum die seitlichen Bauchmuskeln: „Kann das jemand bezeugen?" Auf einmal ließ Luca die Füße los und richtete sich ganz auf und stemmte die Hände an die Hüften: „Willst du damit sagen, ich wäre verdächtig? Bettina war nicht da. Sie hat bei ihren Eltern in Aurich übernachtet, weil sie morgens früh einen Termin bei einem Haus dort hatte."

Anonym

Tomas hatte genug Sport gemacht. Er beendete hier und jetzt das Workout, vor allem, weil sein Fitnesstrainer jetzt dicht machte. Er unternahm noch einen kurzen Versuch, die Situation wieder zu schlichten: „Rege dich nicht auf, Luca. Das sind Standardfragen. Die muss ich stellen. Glaub mir, ich werde alles tun, um Larissas Mörder zu finden. Ich werde jetzt duschen. Wir sehen uns übermorgen wieder." Masbaum klopfte Luca noch einmal auf die Schulter und ließ ihn im großen Saal zurück.

Kapitel 15

Endlich kam der Kommissar aus dem Fitnesscenter heraus. Zuerst hatte er geglaubt, er sähe nicht recht, aber er hatte ihn eindeutig von letzter Nacht wiedererkannt.
Die Erinnerung daran ließ ihn schmunzeln. Er konnte Masbaums Lippen noch auf seinen spüren. Die fordernde Zunge spielte mit seiner, fast wie bei einem Ringkampf. Während ihre Körper ineinander verschlungen waren, konnte er fühlen, wie das Blut durch Tomas' Venen pulsierte.
Es war so leicht gewesen, seinen Namen herauszufinden. Er hatte sogar völlig auf seine Fähigkeiten verzichtet. Stattdessen beschrieb er einfach Masbaums Aussehen und schon wusste jeder, wer gemeint war. Schwieriger war es dagegen, ihn zu orten. Er konnte nicht einfach bei der Kripo auftauchen und nach dem Ermittler fragen, das würde zu viele Fragen aufwerfen.
Er legte sich vor dem Gebäude auf die Lauer und wartete ab. Doch lange Zeit ging weder jemand hinein, noch hinaus. Beharrlich blieb er aber an seinem Posten, denn er spürte, dass es richtig war.
Irgendwann kam tatsächlich die Zeit, als Dr. Masbaum das Gelände verließ und zu Fuß durch den alten Friedhof zur Gartenstraße ging. Der verschwand in einem Mehrfamilienhaus und wieder dauerte es einige Zeit, bis er wieder auftauchte.
Umgezogen und völlig umgestylt kam er wieder heraus. Der vorhin noch seriös aussehende Kommissar wirkte jetzt viel lockerer und

fast ein wenig jugendlich. Nun ging es mit dem Fahrrad weiter, aber er hatte trotzdem keine Probleme, dem Ermittler weiter zu folgen. Dessen Weg führte hierher, zum FIBS. Als er nun herauskam, waren seine Haare noch feucht. Die kurzen haselnussbraunen Haare kräuselten sich und gaben Masbaum einen verwegenen Charme. Mit dem Citybike war er schnell wieder in Bewegung und es würde interessant sein zu wissen, was als nächstes passieren würde.

Kapitel 16

Tomas fuhr auf direktem Wege wieder nach Hause. Auch wenn dieses Outfit besser zum Wetter passte, war es für einen Kommissar nicht angemessen.
Als er zu Hause ankam, schaute er auf seine weiße Ice Swatch und stellte bestürzt fest, dass er nur fünfzehn Minuten hatte, bis er wieder zu den anderen stoßen musste. Er ging an seinem Schreibtisch vorbei und drückte auf den Knopf des Anrufbeantworters, weil dieser blinkte. Er hatte die Lautstärke so hoch geregelt, dass er sie im Schlafzimmer noch hören konnte, denn es kam häufiger vor, dass er den AB beim Umziehen abhörte.
Während ihm die weibliche Stimme mitteilte, dass er zwei neue Nachrichten hatte, zog er Jeans und Shirt aus, schmiss sie in den Wäschekorb und zog den Kleiderschrank wieder auf.
Als er seine Mutter hörte, lief er nur mit den Short pants bekleidet, ins Wohnzimmer: „Hey Tommy, dein Boss sagte mir, du wärst zum Sport. Ich habe etwas im Hexenfall recherchiert. Wusstest du, dass es verschiedene Stufen von Zaubersprüchen gibt? Der Fluch ist der Schlimmste davon. Ruf mich bitte zurück." Masbaum schmunzelte. Er erinnerte sich an seine Teenager-Zeit zurück, als mit Leidenschaft die Serie mit den 'Zauberhaften Hexen' verfolgt hatte. Damit in der Realität konfrontiert zu sein, war leider weniger spannend.
　Es piepte und die zweite Nachricht wurde abgespielt: „Hey Süßer! Marika hier. Du

denkst daran, dass wir heute Abend verabredet sind? 19:30 Uhr im Mittelhaus. Und denke ja nicht, du könntest dich mit einem Mord herausreden."

Tomas lief zurück zum Mode-Reservoire. Das Treffen mit seiner besten Freundin hatte er tatsächlich total vergessen. Er kannte Marika Kunz-Strawslowski erst, seit er in Norden wohnte. Sie wohnte schräg gegenüber, ihre psychotherapeutische Praxis befand sich in Norddeich. In einem Anflug von Leichtsinn hatte sie anfänglich beschlossen, seine Bindungsangst zu therapieren, doch nach zwei erfolglosen Jahren gab sie endlich auf. Mit ihrer flapsig-lesbischen Art brachte sie ihn zum Lachen und dafür liebte er sie.

Masbaum musste taktisch vorgehen. Er brauchte einen Look, der seriös genug war, um von Lutz keine kritischen Blicke zu bekommen, aber cool genug war, um direkt nach der Arbeit auf einen Drink in die Kneipe zu gehen.

Er öffnete alle Schranktüren, um sich einen Überblick zu verschaffen. Über die letzten Jahre hatte er sich ein beachtliches Repertoire von Anzügen, Hemden und Schuhen zusammengetragen, darunter einige interessante Designerstücke, die er aus dem Urlaub mitgebracht hatte.

In dem Regal mit den Hemden entdeckte er ein ganz hell cremefarbenes von Olymp. Er zog es an und schlug die Ärmel jeweils einmal um, sodass im Inneren ein waldgrünes Karomuster zur Geltung kam. Dazu wählte er eine graubraune Buntfaltenhose aus einem sommerlichen Tweedstoff. Das Sakko dazu würde er mitnehmen, falls es abends doch noch kühler

wurde. Das Outfit wurde komplettiert durch hellbraune Römersandalen von Hermès, die er letztes Jahr in Paris gekauft hatte.
Seine Mutter würde er vom Büro aus anrufen, Marika zur Bestätigung eine SMS schicken. Noch ein kurzer Blick in den Spiegel zeigte überzeugend, dass Masbaum stilsicher die richtige Auswahl getroffen hatte. Lässigen Schrittes griff er seine Tasche und lief mit seiner Ray-ban auf der Nase wieder Richtung Kripo.

Kapitel 17

Die Ruhe, mit der Masbaum in das Kripogebäude ging, verflog schnell beim hektischen Treiben seiner Kollegen. Tomas spürte, dass etwas geschehen war, sie irgendwie weitergekommen waren.
Er brauchte gar nicht fragen, denn Ole Janssen kam direkt auf ihn zugestürmt: „Gott sei Dank bist du wieder da. Wir wissen jetzt, wer Prince Charming ist!" Der Polizist machte einer kleine Pause und Masbaum hätte ihn dafür ohrfeigen können: „Jetzt sag schon, wer er ist!" Schließlich war es noch gar nicht lange her, dass er selbst mit dem Typen gechattet hatte. Janssen erlöste sein Warten: „Er heißt Victor van Strenge und ist wohnhaft in Hamburg-Harburg."
Tomas wollte schon zufrieden fragen, ob sie schon mit ihm telefoniert hatten, als er das zerknirschte Gesicht von Ole wahrnahm. Ihm schwante Böses, es wäre auch viel zu einfach gewesen: „Es gibt da ein Problem, Chef. Van Strenge wurde bereits vor drei Monaten als vermisst gemeldet. Bisher wurde er weder gefunden, noch für Tod erklärt. Dass wir ihn im Chat gefunden haben, ist seit langem die erste heiße Spur."
Masbaum setzte sich an einen freien Schreibtisch und holte sein Ipad heraus. Der Wicca-Chat war schnell aufgerufen und der Raum gut gefüllt. Tatsächlich war, wie versprochen Prince Charming online. Ole schaute ihm irritiert über die Schulter, um die Zusammenhänge zu verstehen. Tomas weite

ihn kurz ein: „Bevor ich zum Sport bin, war ich noch hier drin und habe ihn angeschrieben. Ich hoffe, er reagiert jetzt auch." Mit flinken Fingern tippte auf die glatte Oberfläche: „Charming, brauche deine Hilfe mehr denn je! Wirst du deiner geliebten Snow zur Seite stehen?"
An Ole gerichtet sagte Masbaum plötzlich: „Ich habe mit dem Exfreund von Larissa gesprochen. Er hat ein Sparkonto von ihr bei der Sparkasse erwähnt. Magst du versuchen, herauszufinden, wie viel Geld da im Spiel ist?" Janssen verdrehte die Augen: „Die haben doch gar nicht mehr auf! Es ist Freitag Nachmittag. Wie soll ich das denn herausfinden?" Tomas wartete auf die Antwort von Charming: „Sei kreativ." Es ploppte auf und gab eine Antwort frei: „Wie kann ich dir helfen?" Tomas dachte kurz nach, während Ole zerknirscht zum nächsten Telefon hechtete. Dann tippte er: „Deine Familie sucht dich. Komm doch zurück." Das war ein gewagter Vorstoß, dessen war sich Masbaum bewusst, aber ewig konnte er mit dieser Märchennummer nicht weitermachen.
„Ich kann nicht zurück." Immerhin war der Kontakt noch nicht unterbrochen. Nach dem Warum zu fragen, würde nichts bringen. Es musste einen guten Grund geben, wenn jemand einfach so sein Leben aufgibt und verschwindet. Und wenn er Larissa ins Spiel brächte, könnte Victor sofort eins und eins zusammenzählen und wüsste dann, dass die Polizei auf der anderen Seite säße – wenn ihm das nicht sowieso schon klar war.
Sinnvoller war es, sich mit ihm zu verbünden, daher schrieb Tomas: „Soll ich

deinen Eltern etwas ausrichten?" Auch bei dieser Frage war nicht sicher, ob er schreiben würde. Aus dem Augenwinkel nahm er wahr, dass Kommissar Reinhardt auf ihn zu kam, da ploppte es erneut: „Es geht mir gut. Sie sollen nicht mehr nach mir suchen." Und schon war Prince Charming offline. Masbaum fluchte vor sich hin und hoffte auf gute Neuigkeiten von seinem Boss.

Kapitel 18

Lutz Reinhardt sah alles andere als glücklich aus. Schlapp ließ er sich in den Stuhl neben Masbaum fallen und stemmte die rechte Hand unter sein Kinn, während er mit der linken eine Liste auf den Tisch legte.
„Ich habe jetzt endlich die Namen der anderen Teilnehmer. Von dir und Larissa abgesehen, haben an der geheimen Orgie teilgenommen: Amir Hazar, Constanze Krüger, Bettina Seefeld und Rouven Stahl. Alle zur Zeit wohnhaft in Norden." Tomas runzelte die Stirn: „Was meinst du mit 'zur Zeit'?" Reinhardt seufzte: „Der Stahl wohnt anscheinend im Hotel Stadt Norden." Masbaum nickte und schaute sich die Liste noch einmal an. Die Adressen waren auch mit angegeben. Plötzlich setzte sein Herzschlag kurz aus und ihm wurde heiß. Bettina Seefeld. Den Namen hatte er vorhin schon einmal gehört. Das war die Freundin seines Fitnesstrainers. Armer Luca.

„Ich habe Conny übrigens schon angerufen und hierher bestellt." Tomas horchte auf und ihm gefiel der Unterton überhaupt nicht: „Conny?" Lutz war aufgestanden und sein Kiefer malte vor sich hin: „Ja, Conny. Meine Nichte." Reinhardt vollzog eine 180-Grad-Drehung und ging zurück in sein Büro, wobei er schwungvoll die Tür zuwarf.
Der Kommissar war sauer und Masbaum kannte ihn mittlerweile gut genug, ihm nicht hinterher zu gehen. Stattdessen griff er zum Telefonhörer und wählte die Nummer seiner Mutter. Tomas war gespannt, welche Theorie

sie ihm unterbreiten wollte. Nach mehrmaligem Klingeln befürchtete er schon, sie wäre nicht zu Hause, doch dann ging sie plötzlich doch ran: „Tommy, endlich! Was hat dich denn so lange aufgehalten? Deine Workouts gehen doch nie länger als eine Stunde. Gibt es schon etwas Neues?"
Das hervorragende Gedächtnis hatte Masbaum von seiner Mutter geerbt; es ließ ihn schmunzeln: „Entschuldige bitte, wir hatten gerade noch eine spontane Dienstbesprechung. Hier ist mittlerweile noch ein Mord passiert und es gibt die Möglichkeit, dass sie miteinander in Verbindung stehen. Aber jetzt bin ich erst einmal gespannt, wie deine Fluchttheorie lautet." Tomas konnte vor seinem inneren Auge sehen, wie seine Mutter sich sammelte: „Seit unserem Gespräch hat mich der Tod dieser Hexe beschäftigt. Ich habe im Internet recherchiert, fühlte mich aber schnell erschlagen von den ganzen Informationen. Vieles konnte ich auch schnell als unglaubwürdig abtun, also versuchte ich, anders heranzugehen. In der Goernestraße gibt es einen 'Hexenladen'."

Masbaum ahnte bereits, dass diese Unterweisung länger dauern würde. Er ging mit dem Mobilteil in die Küche und stellte den Wasserkocher an, in dem sich gerade noch genug Wasser für eine Tasse Tee befand. Währenddessen fuhr Birgit munter fort: „Die verkaufen Kräuter, Öle, einige Heilmittel und auch Anleitungen zum Selbermachen. Die Verkäuferin war zufälligerweise auch die Inhaberin. Zuerst habe ich mich umgeschaut, doch was ich suchte fand ich nicht."

Der schwarze Behälter brodelte und ein

Klicken verriet, dass das Wasser kochte. Tomas füllte eine große Tasse mit der siedenden Flüssigkeit und ging zu seinem Platz zurück. In seiner Tasche kramte er nach einem Beutel seines Lieblingstees 'Kräutertraum' und hoffte inständig, seine Mom würde endlich zum Punkt kommen: „Daher fragte ich an der Kasse nach, ob sie auch Bücher mit Zaubersprüchen führen. Natürlich wusste ich bereits, dass es in der Fachsprache 'Gremoire' heißt, aber ich wollte nicht gleich mit der Tür ins Haus fallen. Ich hatte die Frau unterschätzt, denn sie fragte direkt, wofür ich die den bräuchte." Masbaum tränkte den Beutel genüsslich ins heiße Bad und sah dabei zu, wie sich die Farbe des Wassers langsam in ein aromatisches Hellgrün verwandelte.

Um sich einmal wieder zu Wort zu melden, fragte er: „Und was hast du gesagt?" Als hätte sie darauf gewartet, sagte sie leicht erregt: „Ich sagte natürlich, dass ich jemanden bestrafen wolle. Sofort nahm sie mich zur Seite, der Laden war leer, und verlangte genauere Details. Gleichzeitig belehrte sie mich, vorsichtig mit so etwas umzugehen, denn es scheint äußerst schwierig zu sein, das zurückzunehmen. Und da horchte ich auf." Birgits künstlerische Pause nutzte Tomas, um den Beutel herauszunehmen und ihn in den nächstgelegenen Bioeimer zu werfen. Er spürte, wie sich das Gespräch dem eigentlichen Höhepunkt näherte: „Ich ließ mir genau erklären, was sie mit dieser Warnung meinte. Anscheinend können Hexen Zaubersprüche für fünf verschiedene Dinge aussprechen: für alltägliche Kleinigkeiten,

zur Heilung, zur Bekämpfung von Feinden, um Liebe/ Hass zu fördern und als Bestrafung. Die kleinen Sachen kann man direkt mit Gegenzauber aufheben. Liebe und Hass können mit Elixieren beseitigt werden. Doch sowohl bei der Bekämpfung von Feinden, als auch bei Bestrafung sieht das schwieriger aus. Um jemanden zu bestrafen, hat man drei Härtestufen zur Auswahl." Masbaum trank einen Schluck und genoss die Mischung aus Fenchel, Melisse, Pfefferminze, Kamille, Zitronengras, Süßholz, Thymian und Anis auf der Zunge. Er lauschte seiner Mutter mit aufkeimender Faszination:
„Das Akute erfolgt unmittelbar, trifft den Gegner direkt, verklingt aber wieder. Das Permanente kann auch spätere Nachwirkungen mit sich ziehen und im schlimmsten Fall auch zum Tod führen." Birgit ließ diese Informationen erst einmal kurz sacken und trank selbst einen Schluck Tee, jedenfalls nahm Tomas an, dass sie so etwas trank. Erst dann fuhr sie fort: „Aber der Fluch ist die schrecklichste Form der Bestrafung: sie ist nicht nur endgültig für die betroffene Person, sondern kann sogar spätere Generationen noch verfolgen. Nur der sogenannte 'vollkommene Tod' der Hexe kann diesen Fluch aufheben."
Nun verstand der Ermittler, worauf sie hinaus wollte: „Lass mich raten. Der Hexe muss postum der Kopf abgetrennt werden." Tomas konnte seine Mutter förmlich lächeln sehen: „Exakt."

Kapitel 19

Masbaum hatte gerade erst aufgelegt, als Ole aufgeregt auf ihn zu stürmte: „Würdest du für 20.000 Euro einen Mord begehen?" Janssen stemmte die Hände in die Hüften und erwartete eine Antwort. Tomas dachte darüber nach, entschied sich aber dagegen: „Ich persönlich nicht, aber ich kann mir durchaus vorstellen, dass es Menschen gibt, die es tun würden. Wieso fragst du?"
Ole wunderte sich über Masbaums fehlende Kombinatorik, dann machte es endlich 'Klick': „Willst du mir sagen, so viel Geld hatte Larissa auf ihrem Sparkonto?" Der Beamte lächelte triumphierend. Er war stolz auf sich, denn der Filialleiter der Bank hatte sich nicht sehr kooperativ gezeigt, sodass er mit einer Beschwerde bei der Sparkassenleitung drohen musste, um an diese Information heranzukommen.
Tomas Gehirn quälte sich mit unbeantworteten Fragen: „Wie kann eine Frisörin, deren Lohn nur knapp über Hartz4 liegt, eine so große Summe sparen? Hatte sie vielleicht noch weitere Jobs? Wer bekommt das Geld jetzt?" Janssen entschied sich dazu, Platz zu nehmen und zückte seinen schlauen Block: „Es sind dank der Zinsen 24.114 Euro und 86 Cent. Ich habe bereits ein wenig herum gerechnet. Laut deinem Bericht hat Larissa das Konto an ihrem 16. Geburtstag eröffnet, also am 23. April 2006. Aufgrund ihres Gehalts bin ich davon ausgegangen, dass sie monatlich 50 Euro zurückgelegt und diesen Betrag auch zur Kontoeröffnung eingezahlt hat. Bei einem

Anonym

Sparzins von 1,25 % käme ich bis zum jetzigen Monat auf 10.939 Euro und 86 Cent. Ergibt eine Differenz von 13.175 Euro."
Masbaum war beeindruckt. Von Oles finanziellen Rechenkünsten wusste er bis dato nichts. Eines Tages würde er einen Mann sehr glücklich machen – aber dafür müsste er aufhören, Tomas schöne Augen zu machen. Das führte zu nichts. Doch Janssen war noch nicht fertig:
„Dann hab ich einfach etwas herum gesponnen. Was wäre, wenn Luca ihren Traum vom Auswandern unterstützen wollte? Vielleicht aus einem schlechten Gewissen heraus, weil er die Beziehung beendet hatte. Wenn er mit seiner Freundin letzten Monat das zweijährige Jubiläum gefeiert hat, wäre das Beenden seiner Beziehung zu Larissa 25 Monate her. Das wäre der Juni 2011 gewesen."
Tomas wollte ihn nicht unterbrechen, denn Ole hatte offensichtlich Spaß an solchen Rechenspielchen, daher trank er seinen Kräutertee aus und wartete geduldig, bis Janssen seine künstlerische Pause beendet hatte. Doch Ole hatte längst eingesehen, dass der Ermittler ihm nicht folgen konnte, daher rutschte er mit dem Stuhl näher an ihn heran und zeigte ihm seine Rechnung. Als sich ihre Beine berührten, durchfuhr ihn ein wohliger Schauer. Wie ein flirtender Nachhilfelehrer erklärte seine Rechenschritte:
„A_0 ist die Kontoeröffnung mit 50 Euro, danach kommen acht Monate lang jeweils immer 50 dazu, ergibt 450 Euro. Darauf gibt es 1,25 % Zinsen am Jahresende, macht 562 Euro 50 Cent. Bis zum Jahre 2010 kommen jährlich

600 Euro dazu, die, mit dem Rest als Summe, wieder verzinst werden." Bis dahin konnte Masbaum noch folgen, aber ab dann wurde es undurchsichtig. Auf dem Blatt sah er viele Versuche, die wieder durchgestrichen waren und als neuen Ansatz wieder aufgenommen wurden. Ole fuhr fort:
„Bis zum Mai 2011 geht das so weiter mit den 50 Euro monatlich, aber dann machte Luca Schluss und laut meiner Theorie kommt nun zusätzliches Geld auf das Konto. Also habe ich von dort aus das Ganze neu berechnet mit verschiedenen Werten. Ich hab zuerst nur weitere 50 dazugerechnet, also mit 100 Euro. Aber ich kam nicht auf die hohe Summe von 24.114, daher erhöhte ich den Wert auf 100, 150, 200 und so weiter. Irgendwann war ich bei 400 Euro zusätzlich pro Monat, also bei 450 Euro. Und siehe da, auf einmal kam ich exakt auf die Summe, die sich auf dem Konto befindet."
Masbaum fühlte sich, als hätte ihm jemand in den Magen getreten. Er glaubte nicht an Zufälle, sodass er sich fragte, warum Luca ihm nichts davon gesagt hatte.

Ihm blieb nicht die Chance, über das Erfahrene in Ruhe nachzudenken, denn Constanze Krüger betrat in dem Moment die Büroräume der Kripo.

Kapitel 20

Sie war eindeutig zu sexy für eine Oberstufenlehrerin. Die schwarzen Chinos endeten auf samtenen Pumps mit zehn Zentimeter langen Absätzen. Eine waldgrüne Bluse fiel fließend auf ihre Hüften und unterstützte farblich ihre roten Haare, die wie ein Flammenmeer ihr hübsches Gesicht umrahmten.
Während sie direkt auf Masbaum zuging, drehten sich alle anwesenden Polizeibeamten nach ihr um. Sie provozierte eindeutig zu viel Aufmerksamkeit für Tomas' Geschmack. Ole registrierte sein Unbehagen, ohne zu wissen, woher es stammte. Als Constanze vor im stand, sprach sie Masbaum kokett an: „Wer hätte gedacht, dass wir uns so schnell wiedersehen. Und ausnahmsweise sogar angezogen." Der sonst so smarte Ermittler wusste nichts darauf zu erwidern, spürte aber gleichzeitig, wie sein Gesicht die Farbe einer reifen Tomate annahm.
Reinhardt öffnete die Bürotür und nur selten war Tomas so glücklich darüber, dass sein Chef ihm mit dessen Anwesenheit beehrte. Denn sofort veränderte sich die Balance. Constanzes überhebliche Koketterie wich in Sekunden einer schulmädchenhaften Zurückhaltung. Sie kannte Lutz gut genug, um sich nicht mutwillig mit ihm anzulegen.
 Der Hauptkommissar blieb vollkommen sachlich: „Moin, Conny. Lass uns in mein Büro gehen. Masbaum, Sie kommen mit." Bei der Erwähnung seines Nachnamens zuckte Tomas zusammen, als hätte Lutz ihm eine schallende

Ohrfeige verpasst. Zögernd erhob er sich und folgte den beiden anderen in das geräumige Büro des ermittelnden Leiters.
Lutz selbst schloss die Tür als letzter und wies beide an, Platz zu nehmen. Reinhardts Unverständnis über das, was letzte Nacht passiert war, konnte Masbaum greifbar spüren. Keiner sprach ein Wort, bis Lutz sich mit seinem Übergewicht auf den durchgesessenen Chefsessel warf. Der Stuhl knarzte bitterlich unter der zusätzlichen Last. Abwechselnd schaute der Ermittler zu Masbaum und Constanze.
In seinem Blick stand deutlich zu lesen, was er zur Zeit von seiner Nichte hielt.
„Kann mir vielleicht mal jemand sagen, warum ich überhaupt hier bin?" Erstaunt sah Tomas in ihre smaragdgrünen Augen. Er war davon ausgegangen, dass sein Chef ihr am Telefon gesagt hätte, worum es ging. Ohne auf Reinhardt zu achten, fing Masbaum das Gespräch an: „Indirekt geht es um gestern Abend. Ja, er weiß Bescheid." Lutz Miene war versteinert und zeigte nun keinerlei Emotion mehr, ganz im Gegensatz zu der seiner Nichte. Zuerst wich die Farbe ganz aus ihrem Gesicht, nur um dann in einem kräftigen Rotton wieder zu erscheinen. Tomas gab ihr nicht die Chance, vor Scham im Boden zu versinken, sondern holte sie wieder in die Konversation hinein: „Was hast du danach gemacht? Bist du danach direkt nach Hause gefahren?"
Ihr erschloss sich auch weiterhin nicht der Grund für die Befragung. Masbaum beschloss daher, Constanze direkt reinen Wein einzuschenken. Er drehte sich ihr zu und benutzte

seine Gebetshaltung, obwohl er wusste, dass sein Chef diese albern fand: „Erinnerst du dich an die Schwarzhaarige von gestern?" Sei drehte sich ihm zu und schlug die Beine übereinander. An ihrem rechten Knöchel tauchte eine kleine Tätowierung auf. Tomas identifizierte es als Nachtigall, auf einem Ast sitzend. Conny blickte verwirrt in die blauen Augen des Ermittlers: „Ja, natürlich erinnere ich mich an die knallroten Lippen. Was ist denn? Sag mir nicht, dass sie tot ist!"

Connys Scharfsinn schaltete sich endlich ein und Masbaum wusste wieder, warum er sich früher auf sie eingelassen hatte. Tomas kam zum Punkt: „Jemand hat sie umgebracht. Ungefähr zwei Stunden, nachdem wir gegangen sind, deshalb ist es so wichtig, ob du direkt nach Hause gegangen bist. Beantworte bitte die Frage." Die Lehrerin verschränkte die Arme und lehnte sich nach hinten:
„Werde ich denn verdächtigt? Ja, ich bin direkt nach Hause gefahren. Und nein, das kann keiner bezeugen, weil ich allein war. Ich habe noch geduscht, mir ein Glas Rotwein eingeschenkt und bin im Bett beim Lesen eingeschlafen. Glücklicherweise hatte ich erst zur dritten Stunde Unterricht." Mit einer lässigen Handbewegung unterstrich sie das Wort 'glücklicherweise'.

Reinhardt fühlte sich aus dieser Konversation ausgeschlossen, daher drückte er auf eine Taste am Telefon und befahl seiner Sekretärin, für die Anwesenden Kaffee zu bringen. Masbaum spürte ihre aufkeimende Kooperationsbereitschaft, deshalb fragte er frei heraus:

„Du kanntest mich bereits. Gab es noch jemanden in der Runde, den du vor dem Treffen kanntest?" Constanze lachte kurz auf, es klang eher befreiend: „Norden ist keine große Stadt. Ich kannte Larissa. Sie war die einzige, die meine Haare vernünftig bändigen konnte. Allerdings hatte ich mit ihr außerhalb des Salons Ina nichts mit ihr zu tun. Sie galt eher als Tratschweib." Die leicht ergraute Assistentin schlurfte hinein und stellte ein Tablett mit drei vollen Tassen, Milch, Zucker und ein paar Keksen auf den Schreibtisch. Auf leisen Sohlen schlich sie wieder hinaus, ohne ein Wort zu sagen.

Mit einer einfachen Geste wies Lutz die anderen beiden an, sich eine Tasse zu nehmen. Die schwarze Brühe schwappte wie auf hoher See. Tomas nahm reichlich Milch und Zucker, weil er aus Erfahrung wusste, dass der Kaffee nicht der Grund war, warum Lutz' Sekretärin bezahlt wurde. Während er kräftig umrührte, verfestigte sich eine Frage in ihm, doch er wagte es nicht, sie laut auszusprechen. Die Anwesenheit seines Chefs hemmte ihn, daher fragte er direkt: „Lutz, wäre es okay für dich, wenn ich mit deiner Nichte kurz alleine spreche? Es ist einfach zu merkwürdig, in deiner Gegenwart darüber zu reden. Ich werde die Fakten ausführlich im Bericht darlegen."

Reinhardt schien gleichzeitig enttäuscht und erleichtert. Er schaute noch einmal in das bezaubernde Gesicht seiner Nichte; das verlegene Flehen darin ließ ihn endlich aufstehen. Mit seiner vollen Tasse Kaffee ging er hinaus und erst draußen fiel ihm

auf, dass Masbaum ihn aus seinem eigenen Büro geschmissen hatte.
In dessen Inneren fing es jetzt erst an.

Kapitel 21

„War es dir nicht peinlich, vor deiner Frisörin Sex zu haben?" Er setzte sich gemütlicher in den Stuhl und wartete gespannt auf ihre Antwort: „Das eher weniger, aber ich hatte ab und zu den Gedanken, ob sie es schaffen würde, sich an die Verschwiegenheitsklausel zu halten." Conny trank vom Kaffee und verzog angewidert ihr Gesicht, sodass etwas Lehrerhaftes darin erschien. Tomas kannte diesen Zug an ihr nicht.
Er dachte daran, wie er sie kennengelernt hatte. Jeden Samstag morgen ging er bereits früh auf den Wochenmarkt. Er bevorzugte qualitativ hochwertige Ware aus der Region und wechselte hier und da mit den Gemüsebauern ein paar Worte. Nachdem er die Sachen zu Hause weggepackt hatte, ging er Joggen. Vor zwei Jahren am Stand der Krummhörner Kräuterhexe hatte er sie das erste Mal gesehen. Sie ergriff den letzten Lavendelstrauch, den er für sein berüchtigtes Lavendelparfait gebraucht hätte. Sie fanden sich gegenseitig sehr anziehend, doch sollte es noch drei Wochen dauern, bis sie miteinander im Bett landeten.
„Wen hast du denn vorher gekannt?", fragte Constanze unverhofft und riss ihn damit aus seiner Rückblende: „Ich kannte nur dich vorher. Im Salon Ina war ich noch nicht. Wenn ich zum Frisör gehe, dann am liebsten zum Barbershop in der Kleinen Windmühlenstraße." Sie strich sich mit der linken Hand eine feuerrote Strähne aus dem Gesicht:

„An sich war das Ganze schon absurd, oder? So viele Regeln und ein Aufwand in dieser Halle! Nur bitter, dass Larissa nun tot ist. Jetzt fliegt uns diese Geschichte um die Ohren. Wenn die Presse das mitkriegt, sind wir geliefert." Masbaum drehte sich bei dem Gedanken daran der Magen um:
„Wieso hast du denn daran teilgenommen?" Conny verschränkte die Arme ineinander und schaute nun fast etwas überheblich zu ihm hinüber: „Die Frage könnte ich dir auch stellen. Ganz einfach: weil es spannend war und so herrlich verrucht. Es hatte fast schon etwas Verbotenes – und das hier in Norden! Für solche extravaganten Sachen muss ich normalerweise nach Oldenburg fahren." Tomas wusste, dass sie beim Sex eine härtere Gangart bevorzugte. Bei der Orgie hatte sie sich keinesfalls zurückgehalten. In dem Gurtsystem, dass mit Haken an der Decke befestigt war, hatte er sie heftig rangenommen und ihr einen lautstarken Dauerorgasmus verschafft.

„Mich reizte vor allem die Neugier, was für Menschen bei so etwas mitmachen würden. Ich war positiv überrascht, dass sie es geschafft hatten, so schöne Menschen an so einem Ort zu finden und zusammenzubringen." Constanze schlug die Beine zur anderen Seite: „Ja, das hat mich auch gewundert. Gerade dieser andere Typ mit den blonden Haaren fand ich faszinierend." Masbaum dachte mit Wohlwollen an Rouven zurück und er musste sich eingestehen, dass er sich darauf freute, sich mit ihm zu unterhalten. Dann fiel ihm plötzlich noch eine wichtige Frage ein:

„Könnte Larissa noch einen der anderen gekannt haben?" Conny schürzte die Lippen: „Ich kenne ihren Bekanntenkreis nicht. Vielleicht war ja noch jemand Kunde im Salon Ina. Wenn ich euch noch irgendwie helfen kann, ruft mich an. Ansonsten würde ich langsam gehen wollen. Ich muss noch ein paar Aufsätze korrigieren." Sie blickten zeitgleich auf die Uhr; es war bereits kurz vor halb sechs. In zwei Stunden musste Tomas im Mittelhaus sein. Er erhob sich und Conny folgte ihm zur Tür: „Danke für das Gespräch. Ich werde mit deinem Onkel reden."

Kapitel 22

Er sah das Rasseweib aus dem Kripogebäude gehen. Sie hielt im Gehen noch einmal inne und blickte zurück, etwas schien sie zu bedrücken. Vielleicht die Tatsache, dass die Polizei jetzt Bescheid wusste.
Auch seinen Namen kannten sie nun; aber die ganze Wahrheit noch nicht. Und das war auch gut so.
Irgendwie konnte er sich kaum vorstellen, dass diese heiße Schnecke eine Lehrerin sein sollte. Damals, als Schüler, hätte er sich bei so einer nicht eine Sekunde lang konzentrieren können.
Sie stieg in einen silbernen Polo älterer Baujahrs und war schnell aus der Sicht. Es fiel ihm schwer zu entscheiden, ob sie es getan haben könnte oder nicht. Ihr Motiv fand er schwammig, aber sie kam ihm so eiskalt vor, dass er nicht überrascht gewesen wäre.
Es waren schon ganz andere Leute zum Schweigen gebracht worden. Vielleicht wäre es sogar angebracht, Constanze eine Zeitlang zu beschatten. Gerade Killer, die sich sicher fühlen, machen Fehler. Das wurde einem auch ständig bei den Folgen von CSI vorgebetet.
  Er fragte sich, wie lange er seinen Durst noch in Schach halten konnte. Die Hitze machte ihm zu schaffen.
Vielleicht sollte er selbst die Presse einschalten. Das würde die Polizei eine Weile ablenken, bis sie ihn in die Mangel nehmen würden. Und das blieb unweigerlich,

allerdings musste er überrascht feststellen, dass auch andere Dreck am Stecken hatten. Bisher gaben alle, die Masbaum befragt hatte, ein Motiv mit dazu, sodass er noch ganz unten auf der Verdächtigenliste stand.
Sie würden ihn heute definitiv nicht mehr verhören – jedenfalls nicht, wenn der Kommissar rechtzeitig zur seiner Verabredung kommen wollte.
Anscheinend wohnte die Rothaarige in dem Bezirk Ekel, denn sie bog nun in den Försterpfad ein und hielt vor einer Doppelhaushälfte. Ein junger, gutaussehender Typ stand vor der Tür und schaute sich leicht paranoid zu allen Seiten um. Erst als sie ausstieg, beruhigte er sich und zog sie lüstern in ihre Arme.

Kapitel 23

Masbaum schloss die Tür und schaute der hübschen Rothaarigen noch hinterher, als Lutz und Ole ihn heran winkten, zum Telefon zu kommen.
Flinken Fußes ging er auf sie zu. Reinhardt sagte nur knapp: „Dante hat Neuigkeiten." Er drückte den Knopf für Lautsprecher und bat dann: „Aglieri, was haben Sie für uns?" Das Siezen zeugte von großem Respekt gegenüber Dante Aglieri. Der 37-jährige Italiener hatte sich vom gesetzlosen Hacker zum bürgertreuen Computerprofi hochgearbeitet, war glücklich verheiratet und überall sehr beliebt.

Er neigte dazu, viele Fakten mit einer schnellen Gewehrsalve abzufeuern und auch heute war keine Ausnahme: „Eure Larissa muss eine interessante Frau gewesen sein. Online Banking, über hundert Kontakte bei Skype, sehr schlüpfrige Fotos und äußerst spannende Emails mit einem gewissen 'Prince-Charming2013' haben mir den Tag versüßt. Fotos und Emails liegen schon bei euch auf dem Server, eine Auswahl an verdächtigen Facebook- und Twitterpostings ebenfalls. Ihr normales Sparkassenkonto ergab nichts, nur das Übliche. Im Browserverlauf fand ich zusätzlich zum Gängigen einige Portalbesuche: wicca-chat.com, frisör.de und secretorgy.org."

Tomas griff sich sein Ipad und ging nebenbei die Fotos durch. Er fand viele schöne Aufnahmen von Larissa selbst, einige von Luca, ein paar von beiden miteinander

und eine Menge Schnappschüsse von anderen Männer, die sie höchstwahrscheinlich selbst gemacht hatte. Dante ging ins Detail: „In der Chatchronik von Skype tauchten hauptsächlich vier Namen auf: PrinceCharming2013, DieJägerin987, BigMomma46 und Jeremiasfriend320. Ich habe natürlich auch die echten Namen, wenn ihr sie wollt."
Reinhardt stöhnte auf, weil er nicht warten wollte. Aufmerksam wie er war, fuhr Dante fort: „Okay, Victor van Strenge, Diana Cordes, Inka Weinberg-Schmidt und Luca Rosenbaum." Die Polizeibeamten waren enttäuscht; die erwähnten Namen gaben nichts Neues preis. Ole lud per Laptop die Fotos der vier Leute auf das weiße Smartboard, wobei Masbaum Luca und Diana sofort wieder erkannte. Bei der Schwester von Larissa hielt er kurz inne, denn es verblüffte ihn, dass sie so unterschiedlich waren. Auf dem Bild war eine schon fast adipös wirkende Frau zu sehen, die offensichtlich aufgegeben hatte, sich für jemanden schön zu machen. Das schnöde aschblonde Haar hing lustlos auf den Schultern, die Augen starrten trist in die Kamera und die Lippen hatten das Lächeln anscheinend schon vor Jahren aufgegeben. Tomas sah keinen Bedarf darin, sich mit dieser Frau zu unterhalten.
Allerdings interessierte er sich sehr für Victor. Er hatte sich 'PrinceCharming' ganz anders vorgestellt. Irgendwie konnte sich Masbaum nicht vorstellen, dass dieser Mann sich für fantastische Serien wie „Once upon a time" interessierte, denn mit der Nerd-Brille und dem 08/15-Haarschnitt wirkte er eher wie ein pragmatischer Bankangestellter

oder etwas ähnlichem. Seine grün-blauen Augen wirkten zwar intelligent und der angedeutete Oberkörper ließ auf eine drahtige Figur schließen, aber neben einer Frau wie Larissa Weinberg würde er optisch untergehen.

Reinhardt fragte zielgerichtet: „Können Sie uns den Inhalt der Emails zwischen Larissa und Victor kurz zusammenfassen?" Tomas öffnete das Verzeichnis mit den Emails in seinem Tablet und wischte mit dem Finger durch die Korrespondenz. Dabei fiel ihm auf, dass die elektronischen Briefe erstaunlich lang waren, ihr Kontakt muss also sehr intensiv gewesen sein. In seinem Hinterkopf machte er sich eine Notiz, das als Bettlektüre zu nutzen.

Dante gab etwas in seinem Rechner ein und rief eine Zusammenfassung der Themen auf, die auf der Leinwand auftauchten: „Letztendlich gibt es kaum ein Thema, dass sie ausgelassen haben. Über ihre Sehnsüchte und Träume, über den Alltag und wie langweilig der ist, über Probleme im Job und natürlich ganz viel über Gefühle. Außerdem haben sie sich viel von ihren jeweils Verflossenen erzählt." Nun mischte sich auch Ole in das Gespräch ein: „Hat sie irgendwann mal ein Sparkonto erwähnt und die sich darauf befindende Summe?" Janssen blickte zu Masbaum und freute sich über das bestätigende Nicken, dass die Frage zu Recht gestellt wurde. Aglieri ließ ein Tippen vernehmen und bejahte dann die Frage: „Ja, sie hat davon erzählt und auch, was sie damit machen will, allerdings erwähnt sie den Betrag nicht." Tomas musste schmunzeln:

„Also hat Larissa Victor nicht gänzlich vertraut. Kluges Mädchen. Aber genützt hat ihr das auch nicht." Er seufzte.

Reinhardt packte seinen Pragmatismus aus: „Hat ihr Victor erzählt, wo er sich zur Zeit befindet?" Er wollte endlich Ergebnisse sehen. Bisher schwammen sie auf einem Berg von Vermutungen. Schließlich warteten auch noch andere Aufgaben auf ihn. Dante konnte ihm vielleicht etwas anbieten: „In den letzten vier Emails ging es darum, dass er sie besuchen wollte."

Kapitel 24

Das Haus hatten zum Glück genug Fenster. Obwohl sich die beiden Liebenden sicher fühlten, war es kein Problem, sie zu beobachten. Er wunderte sich, dass der Typ so jung aussah. Rouven schätzte, dass er kaum älter als 19 war. Wenn überhaupt.
Obwohl er durch eine Glasscheibe vom Geschehen getrennt stand, konnte er doch die makellose Haut des Jünglings betrachten. Die muskulösen Proportionen ließen auf einen Sportler schließen.
Constanze genoss jede Berührung von ihm und anders als gestern konnte sie sich völlig gehen lassen. Das Küssen gestaltete sich so intensiv, dass ihre Münder wie verschmolzen wirkten. Sie waren nur bis zum Wohnzimmer gekommen und Rouven war sich sicher, dass sie es nicht bis zum Schlafzimmer schaffen würden.

Hinten im Garten konnte er ungestört spionieren. Ein undurchlässiger Holzraum umrahmte das Areal und schützte Conny vor ungewollten Blicken. Wahrscheinlich nutzte sie im Sommer diese Liegewiese zum Sonnenbaden oben ohne.
Auf dem violetten Sofa ging es heiß her. Der dunkelblonde Schönling zog Constanze die waldgrüne Bluse aus, so dass ein schwarzer Spitzen-BH zum Vorschein kam. Rouven erkannte, dass es nicht derselbe wie gestern war. Ein Blick auf seine teure Uhr zeigte ihm an, dass es bereits halb sieben war. Noch eine Stunde Zeit, bevor er sich wieder Dr. Masbaum zuwenden wollte.

Das Pärchen ließ sich nicht mal genug Zeit, sich aller Klamotten zu entledigen. Mit geschickten Bewegungen hatte die Rothaarige den schwarzen Ledergürtel seiner Jeans entfernt und öffnete geschwind die Knöpfe, um seiner harten Beule Platz zu machen. Die Hände des jungen Mannes erkundeten ihren Körper; als er die linke Hand in ihren Slip verschwinden ließ, stöhnte sie laut auf. Das wiederum schien ihn so sehr anzuheizen, dass er ihr kurzerhand den Slip zerriss, sodass sie sich sofort auf seine pralle Lanze setzen konnte.

Rouven fragte sich, ob der Bursche wusste, dass er nur einer von vielen auf einer langen Liste von Bettgenossen war. Es würde interessant sein, seine Reaktion darauf zu sehen...

Kapitel 25

Nun wurde auch Masbaum ungeduldig: „Steht denn irgendwo, wann er sie besuchen wollte?" Die allgemeine Anspannung spürten alle im Raum, denn wenn sich Victor tatsächlich schon in Ostfriesland befand, hätten sie endlich eine direkte Spur. Natürlich fehlte immer noch das passende Motiv, doch Tomas hoffte, im Verhör darauf zu stoßen.
„In der letzten Email bestätigt Larissa als Besuchstag den 18. Juli. Das wäre übermorgen." Ole atmete lautstark die Luft aus; er hatte gar nicht gemerkt, dass er den Atem angehalten hatte: „Es wäre also durchaus möglich, dass er bereits in Norden ist. Bleibt nur die Frage, wo." Sein Blick blieb an Masbaums blauen Augen hängen und dessen neckischer Ausdruck machte ihm deutlich, dass er besser die Klappe gehalten hätte. An ihm würde nun die Drecksarbeit hängen bleiben, alle möglichen Hotels und Pensionen anzurufen, ob sich irgendwo bereits ein Victor van Strenge angemeldet hätte. Gleichzeitig fragte sich Janssen, wie groß die Wahrscheinlichkeit sein konnte, dass Victor seinen echten Namen benutzte. Wer auf Dauer verschwinden will, legt sich eine neue Identität an.

Ole hatte Mühe, sich aufzuraffen. Solch unnötige Sisyphusarbeit traf so gar nicht seinen Geschmack. Als er aufstand, blieben seine Augen förmlich an der Eingangstür kleben. Dort stand ein stattlicher Mann in einem hellgrauen Businessanzug und blickte schüchtern in seine Richtung. Die langen

schwarzen Wimpern umrahmten schwungvoll die espressofarbenen Knopfaugen.
Als diese Masbaum entdeckten, verfärbte sich die hellbraune Haut des markanten Gesichtes leicht rötlich; die sinnlich vollen Lippen bildeten ein scheues Lächeln und zarte Grübchen links und rechts unterstützten diesen süßen Effekt. Als der hübsche Mann zu Tomas lief, war Ole enttäuscht, allerdings war er zum ersten Mal nicht eifersüchtig auf den Typen, sondern auf Masbaum. Irritiert und überrascht zog er sich in das Büro zurück, um mit dem Telefonieren zu beginnen.

Kapitel 26

Tomas schaute amüsiert zu Amir Hazar. Von Reinhardts Unterlagen wusste er, dass ihm ein 21-jähriger Auszubildender des Bankwesens gegenüber stand. Mit dem Dreitagebart und der athletischen Figur wirkte er um Jahre älter.
„Ich bin Kommissar Dr. Masbaum, das ist Hauptkommissar Reinhardt. Wir hatten Sie herbestellt." Ähnlich wie bei Constanze gingen sie in Lutz' Büro, allerdings fühlte sich Tomas diesmal wesentlich besser. Er ging voran und wartete nur, bis Amir an ihm vorbeigezogen war. Reinhardt gab er ein flehendes Zeichen und schloss die Tür. Der wunderte sich schon gar nicht mehr; dankbar setzte er sich zurück an seinen Laptop, um sich dem nervigen Papierkram zu widmen.
Amir zog sein Jackett aus, bevor er sich setzte. Das purpurne Hemd schmiegte sich elegant an seinen muskulösen Körper und beim Hinsetzen schlug die Hose im Schritt eine Falte, die Masbaums Fantasie beflügelte. Er brauchte einen Moment, um in seinem Kopf den Fokus zurück zum Fall zu lenken: „Amir, dass wir uns auf diese Art und Weise wiedersehen, ist mehr als unschön. Was hat Reinhardt dir am Telefon mitgeteilt?" Tomas fiel auf, dass der junge Mann viel zurückhaltender agierte, als gestern Nacht. Seine gesamte Gestik schien verhalten, fast einstudiert. Mit tiefer sonorer Stimme antwortete er: „Es hat wohl mit der Geschichte von gestern zu tun. Eine der drei Frauen ist tot. Welche denn?" Masbaum war zufrieden; sein Chef hatte hier

nicht den gleichen Fehler gemacht, wie zuvor bei seiner Nichte.
„Es ist die Schwarzhaarige mit dem knallroten Lippgloss. Ihr Name ist... äh... war Larissa Weinberg. Kanntest du sie?" Der Deutsche mit türkischem Ursprung blickte betreten zu Boden: „Ich kannte sie nur vom Sehen. Es kam vor, dass wir uns bei zeitgleicher Mittagspause im Bäcker Rector auf der Osterstraße trafen. Ich habe aber nie ein Wort mit ihr gewechselt." Tomas hatte mit so etwas gerechnet. Insgesamt hatte Amir den Frauen nicht die gleiche Aufmerksamkeit geschenkt wie er oder Rouven. Dafür war er äußerst gewieft mit den Männern umgegangen. Masbaum nahm an, dass der Azubi schwul war, es sich selbst und seiner Familie aber nicht eingestehen wollte.

Aufgrund des Vorgängergesprächs fragte Masbaum: „Kanntest du sonst noch jemanden auf der Runde?" Amir errötete und nickte: „Die Krüger hatte ich vor dem Abi in Deutsch. War komisch, sie nach zwei Jahren in so einer Situation wiederzusehen. Aber sie war noch so scharf wie damals. Ich denke, dass sie mich auch erkannt hat." Tomas ärgerte sich darüber, dass er Connys Aussage direkt geglaubt hatte. Rothaarigen darf man nicht trauen, das hatte sein Vater immer gesagt. Anscheinend lag er damit richtig; er wollte hier nicht den gleichen Fehler machen: „Und du bist sicher, dass du die anderen nicht kanntest?"
Amir entspannte sich ein wenig: „Ja, ganz sicher. Die sind nicht bei der Sparkasse – die Gesichter kenne ich alle." Masbaum lachte; er mochte den jungen Kerl. Er hoffte

innerlich, dass dieser für die Tatzeit ein stichhaltiges Alibi besaß. Die Verdächtigenliste war schon lang genug, außerdem fehlte ihm jegliches Motiv. Wenn er sie nur flüchtig kannte, nützte ihm der Tod der Frisörin nichts: „Wo warst du gestern Nacht zwischen drei und fünf Uhr?"
Wie auf Knopfdruck kehrte Amirs Anspannung zurück. Tomas konnte sehen, wie die Fröhlichkeit aus dem markanten Gesicht verschwand und einer tiefsitzenden Melancholie Platz machte. Zögerlich erzählte Amir: „Ich bin danach direkt nach Hause gefahren, weil ich um halb acht bereits wieder aufstehen musste, um eine Stunde später auf Arbeit sein zu können." Masbaum ahnte, dass das noch nicht alles sein würde. Er sollte Recht behalten: „Ich wohne noch zu Hause bei meinen Eltern im Warfenweg, aber nicht im Block, sondern weiter vorne in einem kleinen Haus. Ich hatte mich für die Aktion hinausgeschlichen, weil ich wusste, dass mein Vater so etwas niemals gutheißen würde. Als ich nach Hause kam, war ich anscheinend nicht leise genug. Als er mitbekam, dass ich an einem Donnerstag erst mitten in der Nacht wieder nach Hause kam, gab es mächtig Ärger. Die Strafpredigt war um fünf Uhr noch lange nicht vorbei." Amir gähnte ausgiebig: „Ich habe daher gar nicht geschlafen und bin dann direkt zur Arbeit." Tomas ließ sich vom Müdigkeitsreflex anstecken und konnte mitfühlen, dass er keine angenehme Nacht hatte.

Sein Smartphone machte plötzlich ein Geräusch, um Masbaum mitzuteilen, dass er in einer halben Stunde verabredet war. Er wollte Marika auf keinen Fall warten lassen;

außerdem glaubte er nicht mehr daran, heute noch eine richtige Spur zu finden. Es sei denn, Ole hätte bereits Neuigkeiten.
Tomas bedankte sich mit festem Handdruck bei dem süßen Bank-Azubi und führte ihn zur Tür hinaus. Als sie das Großraumbüro betraten, stand Ole bereits mit seinem schlauen Block an der Tür. Masbaum registrierte verblüfft, dass nicht er Janssens flirtenden Blick abbekam, sondern Amir. Dessen krebsrotes Gesicht sprach Bände; Tomas merkte, dass es für Ole doch noch nicht zu spät war.

Kapitel 27

Die beiden Polizeibeamten schauten Amir noch hinterher, dann ergriff Masbaum kurzerhand die Initiative: „Ole, du hast noch zwanzig Minuten Zeit, mir ergiebige Fakten zu bringen, dann mache ich Feierabend. Wir kommen ja doch nicht voran – es sei denn, du reißt das Ruder jetzt noch herum."
Janssen wurde regelrecht kleiner und blass im Gesicht: „Es gibt 110 Hotels und Pensionen in Norden. Ich habe mich zuerst an die mit den richtig guten Bewertungen im Internet gemacht, doch keines davon hat je von Victor van Strenge gehört und/oder ihn gesehen."
  Tomas hatte so etwas schon befürchtet. Falls der bereits in Norden sein sollte, hatte er sich unter falschem Namen eingenistet. Der nächste Schritt wäre, ihn per Foto suchen zu lassen, aber das würde bedeuten, dass die Presse davon Wind bekommen würde.
Dann wäre es vorbei mit der Ruhe. Er war dazu noch nicht bereit, unangenehme Fragen zu beantworten, nur um sie am nächsten Tag völlig verdreht in der Zeitung vorzufinden.
Masbaum setzte sich an einen freien Tisch und ging in die Gedanken kurz ihre Möglichkeiten durch, bis ihm noch etwas einfiel: „Was ist eigentlich mit den letzten zwei von der Liste? Bettina Seefeld und Rouven Stahl. Warum haben wir die heute noch nicht verhört?"
Ole blätterte zurück auf die passende Seite: „Frau Seefeld hat noch späte Termine, die

sie nicht verschieben konnte. Dafür wird sie morgen um neun Uhr die erste sein. Herrn Stahl haben wir bisher nicht erreichen können, haben aber eine Nachricht im Hotel hinterlassen, dass er sich schnellstmöglich bei uns melden soll. Du kannst ruhig gehen – auf mich wartet ja niemand. Ich klappere noch die anderen Unterbringungen ab und melde mich bei dir, wenn ich etwas finde. Lass einfach dein Handy an." Tomas schaute seinen Kollegen mitfühlend an und war dankbar, einen Mitarbeiter zu haben, auf den er sich blind verlassen konnte.
Er drückte kurz dessen Schulter, als er an ihm vorüberging, meldete sich bei Reinhardt ab und verließ das Kripogebäude mit gemäßigter Laune. Ein starker Drink wäre jetzt genau das Richtige.

Kapitel 28

Er hatte jetzt tatsächlich nur noch zehn Minuten, um zum Mittelhaus zu kommen. Die Café-Kneipe lag halbwegs am Anfang der Norder Fußgängerzone auf der linken Seite, direkt hinter einer weiteren Rector-Filiale. Masbaum mochte es nicht nur wegen des urigen Charmes und der subtilen Rustikalität, sondern vor allem, weil hier per Sky alle wichtigen Bundesliga-Spiele übertragen wurden. Fußball schauen machte ihm selbst in einer Gruppe von Fremden mehr Spaß als alleine zu Hause.

Tomas war erstaunt, wie warm es draußen noch war. Mit der Klimaanlage im Inneren der Kripo hatte er irgendwann vergessen, dass es Sommer war. Er legte sein Jackett über den rechten Arm, war dankbar für die weit geschnittene luftige Hose und schlenderte gemütlichen Schrittes an der Mittelmarkt-kirche vorbei. Er schaute hinüber zum Markt-café; noch erstaunlich viele Leute genossen das gute Wetter und bescherten hervorragende Umsätze.

Als er auf der Höhe des Kiosks war, blickte er auf die Kreuzung und ärgerte sich über den Verkehr. Für ihn gab es keinen Grund, an einem Freitag um halb acht abends im Auto durch die Gegend zu gurken. Er stand nicht allein an der Ampel. In der Ferienzeit wurde die Stadt förmlich überflutet mit Touristen und so wichtig sie auch für die Region sein mochten; Masbaum konnte sich nicht an dieses trödelnde, unwissende, mit der Zeit der Welt gesegnete Volk gewöhnen.

Die Osterstraße ging er auf der rechten Seite entlang, denn so konnte er die Schaufensterauslagen des Bücherladens Hasbargen betrachten. Klaus-Peter Wolf dominierte die Fensterfront und als lokaler Bestsellerautor war das auch total berechtigt.
Mühselig quälte Tomas sich durch Menschenmassen, um bei der Drogerie Müller selbst langsamer zu werden. Er genoss den Anblick der kostspielig inszenierten Parfumwerbungen, allerdings empfand er das Werbeplakat von Dior homme mit Robert Pattinson fehlbesetzt. Er musste nach rechts um die Ecke gehen und wäre fast mit einer alten Dame zusammengestoßen, wäre er nicht elegant zur Seite gesprungen. Er setzte sein gewinnendes Lächeln ein, sodass sie gar nicht anders konnte, als zu erröten und sich zu entschuldigen. Um nicht noch mehr Zeit zu verlieren, ging er weiter und auch hier, im Neuen Weg, traf er noch auf genug Fußvolk, obwohl die letzten Geschäfte bereits um 18:30 Uhr geschlossen hatten.
Als er am Pizzastübchen auf der rechten Seite vorbeikam, nahm er sich vor, demnächst einmal mit Reinhardt hierher zu kommen, denn nirgends in der Stadt konnte man besser Gyros essen. Oder Scampi mit Alioli.
Er passierte Woolworth und den Handarbeitsladen, als er Marika schon von Weitem erkannte. Niemand sonst käme auf die Idee, einen klassischen französischen Bob mit Henna zu färben. Im Licht der schräg scheinenden Sonne leuchteten ihre Haare wie ein Feuerhydrant. Die Chanel-Brille mit dem schwarzen Rand verliehen ihr zusätzlich ein

übertriebenes Selbstbewusstsein. Ihre sehr sportliche Figur hatte sie in ein graues Etuikleid gesteckt und für diese ostfriesische Kleinstadt war der Absatz ihres Pumps geradezu obszön hoch. Tomas grinste, als er seine beste Freundin umarmte.

Kapitel 29

„Du siehst scheiße aus", war Marikas Begrüßung. Alle Augen blickten zu Dr. Masbaum und auch wenn vielleicht selbst Karl Lagerfeld ihn, so wie er war, auf den Laufsteg geschickt hätte; sie kannte ihn besser als jeder andere und wusste genau, dass er noch viel besser aussehen konnte.
Sie umarmte ihn herzlich und mit ihren 1,80 Meter begegnete sie ihn, dank der hohen Schuhe, auf Augenhöhe. Aufgrund der Temperaturen hätte es sich angeboten, draußen zu sitzen. Aber erstens gab es keinen freien Tisch mehr und nur drinnen konnten sie die aktuellen Fußballspiele verfolgen.
Trotz vieler leerer Plätze gingen beide direkt auf ihren Lieblingstisch zu, der auf der linken Seite lag, relativ nah an der Leinwand zwar, aber hier hörte man am besten die Kommentatoren. Eigentlich sollte man meinen, beste Freunde feuern dasselbe Team an, aber das war hier nicht der Fall. Als Hamburger Jung war Tomas natürlich HSV-Fan während Marika seit ihrer Jugend zu Borussia Dortmund hielt. Im gewissen Sinne hielt dieser Unterschied diese Freundschaft sogar dynamischer, denn diese beiden Mannschaften hielten sich selten auf dem gleichen Level.
Eine in schwarz bekleidete weibliche Bedienung huschte durch den Raum und Tomas rief: „Guten Abend, Marie! Alles gut bei dir?" Die dunkelbraunen Augen hinter der Nerd-Brille drehten sich um und schenkten ihm ein süßes Lächeln. Gezielten Schrittes

kam sie auf die beiden zu, warf ihren schwarz gefärbten Pony zur Seite und fragte locker: „Hey, schön, dass ihr da seid. Was kann ich euch bringen?"

Marika mochte die zurückhaltende Schönheit: „Also, ich hätte gerne ein Frankenheimer, 0,3, bitte." Masbaum war nicht verwundert, weil sie den Abend grundsätzlich damit begann und bestellte seinerseits das Übliche: ein großes Köstritzer. Allerdings bestellte er zusätzlich noch einen doppelten Wodka dazu. Auf die Frage, welche Sorte, entschied er sich spontan für Stolichnaya. Als sich die Kellnerin entfernte, wagte Marika einen Vorstoß: „Was ist denn los? Du trinkst doch sonst keine harten Sachen." Der Versuch zu lächeln, misslang ihm. Er blickte sich im Raum um und entdeckte ein paar bekannte Gesichter. Ein männliches Trio saß in der einen Ecke zusammen, ebenfalls Fußballbegeisterte. Hinten an der Fensterfront saß ein älteres Pärchen, er trank Rot- und sie Weißwein. Auf einem Teil der Eckbank saß ein junges Mädchen und wartete offensichtlich auf jemanden.

Er blickte wieder zu seiner besten Freundin, die geduldig auf seine Antwort wartete, aber er zögerte noch lang genug, bis Marie ihre Getränke auf dem Tisch abgestellt hatte. Er trank die Hälfte des Wodkas aus und stellte mit Schwung das Glas zurück: „Der neue Mordfall könnte mich meinen Job kosten." Tomas beobachtete ihre Reaktion, die reservierter ausfiel, als er gedacht hatte. Offensichtlich brauchte sie mehr Details. Ohne groß zu überlegen, griff er das winzige Glas und trank auch noch die zweite Hälfte

Wodka aus, bevor er wagte, zu erzählen: „Unser neuestes Opfer wurde gestern umgebracht und zwar zwei Stunden, nachdem ich sie noch lebendig gesehen habe." Marika grinste frech: „Du hast sie also gefickt. Das ist ja nichts Neues. Und jetzt bist du der Hauptverdächtige?"

Masbaum nahm einen Schluck des Schwarzbieres, um den brennenden Geschmack wegzuspülen und sortierte dabei seine Gedanken: „Es gibt leider recht viele Verdächtige, wobei keiner davon ein richtig gutes Motiv hätte. Aber wenn die Presse davon Wind bekommt, gibt es einen riesigen Skandal." Tomas konnte an ihrem Gesichtsausdruck ablesen, dass sie nicht verstand, welche Tragweite das hatte, also setzte er neu an, diesmal flüsternd: „Es war eine Orgie, okay. Daran waren sechs Personen beteiligt, und es war so geplant, dass die Aktion geheim bleiben würde. Jetzt ist aber ein Teil davon getötet worden, sodass das Ganze an die Öffentlichkeit gerät."
Marika lehnte sich mit großen Augen zurück. Sie wuschelte sich mit der rechten Hand den gerade geschnittenen Pony zurecht und atmete einmal tief aus: „Shit, das ist aber wirklich übel. Für die Medien ist das ein gefundenes Fressen. Da könnten sogar noch mehr Jobs dran hängen, als nur deiner. Wie kommt ihr nur auf solche Ideen?" Sie trank einen Schluck ihres Altbieres und schüttelte den Kopf. Masbaum ließ den Kopf hängen. Er blickte kurz auf das Display seines Smartphones, aber Ole hatte bisher keine Nachricht geschickt. Er klickte auf die App von Secretorgy und zeigte diese wortlos

seiner besten Freundin. Sie lachte kurz auf und gab das Handy zurück: „Du und deine ewige Neugier. Irgendwann bringt die dich nochmal um!"

Nun lachte er und es war ein befreiendes Lachen. Erst jetzt fiel ihm auf, dass er heute nicht viel Spaß gehabt hatte. Tomas verspürte den Drang, das Thema zu wechseln, daher fragte er: „Und, was gibt es bei dir Neues?" Marika senkte den Blick und wirkte auf einmal verlegen. Das aufkeimende Rot auf ihren Wangen biss sich ein wenig mit dem ihrer Haare. Sie nahm noch einen großen Schluck, bevor sie antwortete:

„Ich habe da jemanden kennengelernt." Masbaum setzte sich vor und schien ganz Ohr: „Ihr Name ist Emily. Sie wohnt in Berumbur, ist 34 Jahre alt und arbeitet bei einem Rechtsanwalt in Hage." Eigentlich hatte sie hier eine künstlerische Pause vorgesehen, doch Tomas fragte sofort: „Wo hast du sie kennengelernt?" Und wieder trieb ihn seine Neugier voran, aber sie verkniff es sich, ihn darauf hinzuweisen.

„Bei www.lesarion.com natürlich. Lesben findet man hier in der Gegend selten bei Aldi an der Kasse." Beide mussten bei der Vorstellung laut lachen und zogen damit erneut alle Blicke auf sich. Als Masbaum zum Seiteneingang schaute, fiel sein Blick auf den hereinkommenden Luca Rosenbaum.
Er ließ seiner besten Freundin gar nicht die Möglichkeit zu begreifen, was nun geschah, denn Tomas stand mit einem Ruck auf und ging in die Richtung des Tresens. Verwirrt schaute sie ihm hinterher, blieb aber ruhig sitzen. Sie war solche Aktionen von ihm

gewöhnt.

Anonym

Kapitel 30

Luca hatte sich den letzten freien Barhocker an der Theke genommen und ein Kristallweizen bestellt, als ihm jemand von hinten rechts an die Schulter tippte.
Als er sich erschrocken umdrehte, blickte er in die strahlend blauen Augen von Dr. Masbaum, doch entdeckte in ihnen einen düsteren Unterton. Er schluckte und versuchte ein unschuldiges Lächeln: „Tomas, du auch hier?" Der Kommissar rückte näher an ihn heran, um aufgrund der Lautstärke nicht brüllen zu müssen: „Warum hast du mir nicht gesagt, dass du Larissa monatlich Geld gegeben hast?" Der blonde Schönling verlor jegliche Gesichtsfarbe und flüsterte verlegen: „Können wir das woanders besprechen?" Tomas zeigte zur Seitentür und ging voran. Dahinter lag ein langer geräumiger Flur, der nach hinten hin zu den Toiletten führte und in der Mitte den Anfang zur Treppe in den ersten Stock bildete. Direkt davor standen zwei gemütliche Sessel mit einem royal grünen Muster. Sie setzten sich hinein und Masbaum stellte die Frage noch einmal: „Warum hast du nichts davon gesagt?"
Luca schaute betroffen: „Ich habe gar nicht geglaubt, dass ihr das überprüfen würdet. Ja, es stimmt. Sie hat von mir monatlich Geld auf ihr Sparkonto bekommen, um ihrem Traum näher zu kommen. Ich hatte ein schlechtes Gewissen, sie einfach so wegen Bettina hängen zu lassen. Wir hatten einen Vertrag gemacht, sodass sie mir das Geld später irgendwann zurückzahlen konnte."

Masbaum wusste nicht, wie er damit umgehen sollte: „Aber warum hast du das nicht einfach gesagt? Das ist doch nichts Schlimmes." Der Ermittler hielt inne, dachte noch einmal nach und fragte: „Oder hat sie dich erpresst? Wollte auf einmal mehr Geld. Weiß Bettina denn von dieser Vereinbarung?" Luca wurde rot und senkte betreten den Blick: „Nein, sie weiß nichts davon. Sie ist sowieso schon eifersüchtig auf Larissa gewesen, weil ich immer noch so viel Zeit mit ihr verbrachte. Und nein, ich wurde nicht erpresst. Warum willst du sie denn so schlecht dastehen lassen?" Tomas schaute seinem Fitnesstrainer fest in die Augen, aber es schien, dass er die Wahrheit sagte. Seufzend gab er zu: „Nicht alle sind so gut auf Larissa zu sprechen wie du. Bettina war eifersüchtig auf sie, sagst du? Bist du dir sicher, dass sie nicht doch etwas wusste?" Die Frau des älteren Pärchens lief vorbei zur Toilette. Sie wunderte sich anscheinend, warum die beiden Männer hier im Gang saßen, sagte aber nichts dazu. Erst als sie hinter der Tür verschwunden war, antwortete Luca: „Ziemlich sicher. Sonst hätte es schon längst ein riesiges Donnerwetter gegeben." Masbaum wollte ihm keine Angst machen, aber es gab keine schöne Formulierung, also sagte er es direkt: „Dann mache dich schon einmal bereit für dieses Donnerwetter. Ich werde Bettina morgen leider fragen müssen, ob sie von dem Konto weiß." Der religiöse Bodybuilder bekreuzigte sich und flehte Tomas an: „Bitte nicht. Das würde einen großen Streit vom Zaun brechen." Dann hielt Luca auf einmal inne: „Warum triffst du Bettina

morgen überhaupt?"
Innerlich schmunzelte Masbaum. Anscheinend sprachen die beiden nicht sehr häufig miteinander. Und der arme Junge hatte tatsächlich keine Ahnung, daher verzichtete der Kommissar darauf, sich selbst den schwarzen Peter zuzuschieben: „Sie kommt morgen um neun zur Kripo – wegen einer anderen Geschichte. Das soll sie dir aber selbst erzählen."
Er ließ Luca mit genug Stoff zum Nachdenken in dem Sessel sitzen, wünschte ihm noch einen schönen Abend und ging zurück in den Hauptraum, denn dort wartete immer noch Marika auf ihn.

Kapitel 31

Tomas fand seine beste Freundin an der selben Stelle, an der er sie zurückgelassen hatte, allerdings hatte sie mittlerweile ein neues Bier vor sich stehen. Sie verfolgte angeregt das Spiel, dass auf der großen Leinwand übertragen wurde. Die erste Halbzeit hatte bereits begonnen. Er setzte sich müde zurück auf seinen Stuhl und erntete dafür ein mildes Lächeln.
„Entschuldige die Unterbrechung. Ich weiß ja, dass ich Beruf und Freizeit trennen sollte – aber es fällt mir manchmal schwer. Hast du diese Emily auch schon real getroffen?" Während er auf die Antwort wartete, nippte er an seinem mittlerweile fast schalem Bier und wünschte sich, er hätte ein Glas Rotwein genommen. In Marikas Augen kehrte das Leuchten zurück: „Wir haben vorgestern Abend bei ihr zu Hause gekocht. Es war ein sehr schöner Abend."
Masbaum freute sich für sie, aber er hatte auch Bedenken: „Du kennst sie vom Chat her aber bereits länger, oder? Was weißt du denn von ihr? Und ihr habt doch nicht gleich...?"
Die Powerlesbe verschränkte die Arme: „Hey, ich bin nicht wie du! Wer hat denn hier die Bindungsphobie?!
Ich weiß, dass ihre letzte Beziehung zwei Jahre zurück liegt. Dass sie davor noch mit einem Mann liiert war. Sie hat noch eine Schwester, die in Hage wohnt. Ihr Kater heißt Felidae, was ich persönlich etwas albern finde. Sie ist eher spirituell und nicht gläubig, mit einem Hang zum

Mystischen. Und sie ist gegen Nüsse allergisch. Reicht das fürs Erste?"
Beschwichtigend hob Tomas die Hände: „Okay okay, das Wichtigste weißt du anscheinend schon. Ich gönne dir das total. Wäre doch super, wenn wenigstens einer von uns beiden glücklich ist." Jetzt ging er ihr aber zu weit. Mit der Hand schlug sie auf den Tisch, dass die Gläser wackelten: „Jetzt reiß dich mal zusammen. Was du hast, sind Luxusprobleme! Du hast Arbeit, okay, da läuft es gerade nicht so gut. Eine schicke Wohnung, siehst gut aus und auf den Kopf gefallen bist du auch nicht. Außerdem bin ich mir sicher, dass dich auch noch jemand knacken wird." Masbaum blickte zweifelnd in ihr Gesicht. Er konnte die Güte darin lesen und wunderte sich einmal mehr, wie sie so viel Vertrauen in ihm und seine Fähigkeiten hatte.
Das Fußballspiel plätscherte langweilig vor sich hin. Anscheinend waren beide Mannschaften nicht mit dem Siegesgedanken auf das Spielfeld gegangen. Bei Marie bestellte der Kommissar noch ein weiteres Bier; während Marika den Spielverlauf verfolgte, dachte Tomas über das Gesagte nach.
Die Wahrheit war einfach: die erste große Liebe hatte seine Gefühle so sehr missbraucht und mit Füßen getreten, dass er danach nicht mehr fähig war, sich richtig auf einen Menschen einzulassen. Er war zutiefst misstrauisch, sein Selbstwertgefühl stand im krassen Gegensatz zu seinem Selbstbewusstsein. Aus dem Psychologiestudium heraus war es ihm gut möglich, anderen in diesem Bereich zu helfen, aber ihm fehlte

der Ansatz, das Wissen bei sich selbst anzuwenden.
Dr. Kunz-Strawslowski hatte tatsächlich versucht, dem Problem auf den Grund zu gehen, doch letztendlich konnte Marika nur bis zu einem bestimmten Punkt zu ihm durchdringen. Als ihr klar wurde, dass der frühe Tod des Vaters und der Mord an seinem Zwillingsbruder das Feuer der Verlustangst noch geschürt hatte, musste sie sich eingestehen, dass Dr. Masbaum zu rehabilitieren eine Lebensaufgabe sein würde. Daher hatte sie sich als Psychotherapeutin zurückgezogen und war eine tiefe Freundschaft mit dem gutaussehenden Kriminalbeamten eingegangen. Dass sie als Lesbierin kein sexuelles Interesse an ihm hatte, empfand er selbst als äußerst befreiend.
Am Ende der ersten Halbzeit hatten sie beide ihr Bier ausgetrunken. In der Kneipe war es nicht voller, die anwesenden Leute nicht interessanter geworden. Sie beschlossen gemeinsam, das Mittelhaus zu verlassen und stattdessen früh zu Bett zu gehen. Nachdem sie bei der netten Bedienung bezahlt hatten, traten sie zusammen den Heimweg an. Masbaum überprüfte erneut sein Smartphone, aber es gab keine Neuigkeiten über Victors Aufenthalt. Es war bereits kurz nach halb neun und der fleißige Polizeibeamte hatte tatsächlich alle Möglichkeiten abtelefoniert und war erfolglos geblieben. Diese Nachricht hatte Tomas vor einer halben Stunde erhalten und Janssen daraufhin einen schönen Feierabend gewünscht.
Plaudernd schlenderten die Freunde über die Fußgängerzone zur Osterstraße und danach am

alten Friedhof am Markt entlang. Sie ahnten nicht, dass sie beobachtet wurden.

Kapitel 32

Rouven war von Masbaum beeindruckt. Obwohl der zwei Mordfälle auf dem Schreibtisch liegen hatte, machte er sich einen gemütlichen Abend mit der besten Freundin.
Es war nicht weiter verwunderlich, dass die Ermittlungen sich im Kreis drehten. Schließlich hatten sie die Hauptverdächtigen noch gar nicht befragt. Diese Bettina schien ein ziemliches Früchtchen zu sein, auch wenn ihm das gestern Nacht nicht aufgefallen war. Ihren Freund nach Strich und Faden zu hintergehen - außerdem vermutete Rouven, dass sie trotzdem nicht scharf darauf war, ihren Freund emotional mit einer anderen Frau zu teilen.
Andererseits fand er das Auftreten von Constanze ebenfalls mehr als fragwürdig. Von ihrer mehr als heißen Affäre hatte sie Masbaum gegenüber nichts erwähnt. Wer so schamlos log, durfte nicht unterschätzt werden.
Der blonde Hüne stand an einem Baum gelehnt im Schatten des alten Friedhofs. Durch die am Boden installierten Lichter am Wegesrand blitzte Masbaums ebenmäßiges Gesicht zeitweise auf und die Gedanken an frühere Zeiten ließen Rouven erschauern. Obwohl das Gesicht aus seiner Erinnerung die selben Züge hatte wie das von Tomas, wirkte es jetzt völlig anders, freundlicher und sympathischer.
Er huschte einen Baum weiter und sah zu, wie die Freunde in die Gartenstraße einbogen. Er stellte sich vor, wie Masbaum alleine im

Bett lag, nackt, nur leicht bedeckt und die Augen geschlossen. Eine äußerst erregende Vorstellung; am liebsten würde er sich in dessen Wohnung hineinschleichen und an den Szenen von gestern anknüpfen.
Doch wenn er sich vernünftig auf den morgigen Tag vorbereiten wollte, musste er langsam zurück in das Hotel gehen.

Kapitel 33

Tomas gab der Wohnungstür einen Schubs und ließ nach dem Zuschließen den Schlüsselbund stecken. Seine Tasche stellte er neben die Flurgarderobe auf den Fußboden und zog erleichtert die Schuhe aus. Routiniert stellte er sie an die dafür vorgesehene Box seines wandhohen Schuhregals.
Im Wohnzimmer drückte er auf einen kleinen Knopf am Monitor und schon erstrahlte sein Desktop in strahlend blauem Gewand. Den Anzug verstaute er wieder in dem beigefarbenen Kleidersack, das Hemd landete mit den Socken im Wäschekorb; nur mit Shorts bekleidet ging er in die Küche und öffnete den Kühlschrank. Ein leichtes Hungergefühl animierte ihn, die grüne Salatgurke und zwei Scheiben Fetakäse, die er in einer Tupperware-Dose aufbewahrte, heraus. Im Innenteil der Kühlschranktür entdeckte er noch eine angebrochene Flasche Chardonnay, dessen kühlen Inhalt er genüsslich in ein Weißweinglas goss und sich dann eine Zwiebel aus einem weißen Porzellangefäß nahm.
Diese Gurkensalatversion bereitete er häufig zu, wobei er das Dressing je nach Laune variierte. Als Hintergrundmusik wählte er eine experimentelles Lounge-CD eines ortsansässigen Künstlers, der sich „H.A.B." nannte. Die 17 Titel des Albums „Dedication 2 the sun" passten hervorragend zum Wetter und fügten Masbaums Gedanken eine gewisse Leichtigkeit zu. Allerdings dauerte es nur bis zum Ende des fünften Liedes, bis er den Salat fertig zubereitet hatte. In einer

Portionsschüssel umgefüllt und mit dem Weinglas in der anderen Hand kehrte Tomas ins Wohnzimmer zurück und setzte sich vor den PC.

Auf dem großen Bildschirm hatte er nicht nur Gayromeo und Facebook geöffnet, sondern zusätzlich noch den Wicca-Chat und die VICAP-Seite, wobei ihm noch nicht klar war, was er dort eigentlich suchte. Während er sich die ersten Happen in den Mund schob und dabei die Würzigkeit des griechischen Fetakäses genoss, scrollte er sich durch die Pinnwand von FB. Die meisten Einträge interessierten ihn nicht. Er verabscheute diese meist übertrieben kitschigen Sprüche, dessen Inhalt nur in seltenstem Falle tatsächlich ernst gemeint waren.

Als er an dem 2001er Chardonnay nippte und die fruchtige Stachelbeernote ihn im Abgang kitzelte, kam er auf die Idee, alle Beteiligten bei FB einfach mal zu suchen. Zwar würde er nicht sehen können, wer mit wem befreundet war, aber vielleicht käme ihm dadurch noch eine andere Idee.

Er fing mit Rouven Stahl an, gab den Namen in die Adresszeile ein und drückte die Eingabetaste. Zwar erschien ein Eintrag, aber es war eindeutig nicht der blonde Surfertyp, den er treffen durfte.

Als Masbaum den Namen Larissa Weinberg eingab, musst er überrascht feststellen, dass es gleich mehrere gab. Doch es war klar ersichtlich, welche seine war. Als er das Profil aufrief, traf es ihn völlig unerwartet: viele liebe Beileidsbekundungen fanden sich hier in der Chronik und eine große Schar Menschen trauerten offen und

intensiv um diese lebenshungrige Frau.
Er hatte die Gabel niedergelegt, denn ihm war schlagartig der Appetit vergangen. Spätestens bei dem Eintrag: „Hoffentlich findet die Polizei den Übeltäter". Es war nicht nur durchgesickert, dass sie nicht mehr lebte, sondern auch, dass sie ermordet wurde.
Also würde morgen nicht nur ein weiterer Tag mit Verhören und endlosen Recherchen beginnen, sondern auch die Hetzjagd der Presse. Eine Presseerklärung musste einberufen werden, um die Spekulationen im geringsten Maß einzudämmen.
Tomas schaute auf die Uhr und überlegte, ob er Lutz noch kurz anrufen sollte, um ihm die neueste Begebenheit mitzuteilen. Um halb zehn sollte er noch wach sein. Sein Chef lag auf einer der ersten Schnellwahltasten und es dauerte auch gar nicht lange, bis dieser ans Telefon ging:
„Tomas, was gibt es? Neuigkeiten?" Masbaum musste schmunzeln; sein Chef hatte den Fall ebenfalls nicht aus seinem Kopf heraus bekommen. Für kriminale Ermittler war das Abschalten einer der schwierigsten Herausforderungen ihres Alltags. Er suchte nach einer Möglichkeit, die Information nett zu verpacken und einen cholerischen Anfall Reinhardts zu vermeiden, aber ihm fiel partout nichts Passendes ein, daher entschied er sich für die schonungslose Variante: „Ich sitze gerade vor Facebook und befinde mich auf der Seite von Larissa Weinberg. Ihre Freunde hoffen, dass die Polizei ihren Mörder möglichst schnell findet." Tomas ließ diesen Satz erst einmal

im Raum stehen und wartete auf Lutz' Reaktion. Es dauerte eine Zeitlang, in der Masbaum schon befürchtete, die Leitung wäre spontan unterbrochen gewesen, aber dann kam sie um so heftiger: „Wie kann es denn sein, dass das schon im Internet steht? Wir haben doch noch gar nichts offiziell gemacht. Das können ja nur die Familienmitglieder, die beste Freundin oder der Ex gemacht haben! Wie können die nur so blöd sein, ich fasse es nicht! Jetzt können wir uns mit der Presse herumschlagen. Dabei haben wir noch gar nichts Offizielles in der Hand." Anscheinend holte Reinhardt gerade Luft für den nächsten Redeschwall, doch Masbaum unterbrach ihn harsch:

„Vergiss aber bitte nicht, dass die Familie und Freunde trauern müssen. Sie haben einen geliebten Menschen verloren. Sie haben ein Recht dazu, ihre Trauer zu verarbeiten. Und wenn sie dazu ein Internetportal nutzen, ist das ihr gutes Recht."

Er hörte förmlich, wie Reinhardt mit den Zähnen knirschte: „Deswegen muss mir das noch lange nicht gefallen. Ich werde mal schauen, ob ich für zehn Uhr morgen früh eine Pressekonferenz einberufen kann. Vorher kommt ja noch diese Bettina Seefeld. Vielleicht bringt die ja ein paar sinnvolle Indizien, auf denen wir aufbauen können."

Masbaum war sich dessen fast sicher. Er durfte diese Frau keinesfalls unterschätzen. Er beendete das Gespräch und schloss die Portale. Ausnahmsweise hatte er genug davon. Stattdessen schob er sich eine DVD in den Player und ließ sich von der seichten Story berieseln. Dabei fand er seinen Appetit

wieder.
Als er sein Weinglas geleert hatte, beendete er den Film, den er bereits auswendig mitsprechen konnte und legte sich zu Bett. Er würde morgen reichlich Energie brauchen und dafür brauchte er Schlaf. Erstaunlicherweise fiel er recht schnell in einen tiefen Schlaf und träumte nichts.

Kapitel 34

Der Wecker klingelte gnadenlos um sechs und Tomas wünschte sich, er könnte noch einmal so lange schlafen. Einerseits fühlte er sich wach und erholt, andererseits war er sich nicht sicher, ob er wissen wollte, wie der Tag verlaufen würde.
Mit geschickten Bewegungen schälte er sich aus dem Bett. Dankbar schien ihm die Sonne bereits zu so früher Stunde durch die weißen Lamellen des Rollos und erwärmten den Raum. Masbaum streckte und dehnte sich, schmiss sich auf den Boden und genoss die ersten zehn Liegestütze. Erst danach fühlte er sich halbwegs bereit für den Tag. Er verzichtete auf eine Tasse Kaffee und riss stattdessen einen kleinen Becher Buttermilch auf, dessen Inhalt er in einem Zug verschlang.
Im geräumigen Badezimmer putzte er sich die Zähne, ließ den aufkommenden Bart im Gesicht stehen und haute sich stattdessen eine Ladung kaltes Wasser durch das Gesicht. Aus dem Schlafzimmer nahm er seine hellgraue Jogginghose und ein weißes Muskelshirt, schnappte sich Handy und Schlüssel und marschierte damit aus der Tür.
Er rannte nach links, über die Schul- in Richtung Jahnstraße. Seine Samstagsroutine sah eigentlich vor, dass er zuerst zum Wochenmarkt ging und danach joggte, aber durch die bevorstehenden Termine hatte er sich für eine andere Reihenfolge entschieden.
Vereinzelte Gestalten wanderten zum Marktplatz, um die qualitativ hochwertigen

Kohlköpfe und andere Gemüsesorten zu ergattern. Tomas hörte ab und zu Autos fahren, ohne einen davon zu Gesicht zu bekommen. Am Sportplatz bog er links ab, um die nächste Straße gleich wieder rechts hinein zu laufen. Die Parkstraße überquerend lief er stur die Nordseestraße entlang.
Beim Ernst-Reuter-Platz bog er links ein, bis er auf die Norddeicher Straße kam. Dort lief er wieder nach links, an den leerstehenden Läden von Takko und Deichmann vorbei und folgte dem Straßenverlauf, wobei er die geradeaus laufende Straße mochte. Ab und an fuhren Autos an ihm vorbei, doch er schenkte ihnen keine Beachtung. Nach kurzer Zeit konnte er das Imbiss „Gitti's Grill" schon gut erkennen, denn dort musste er wieder nach links einbiegen, um zur Gartenstraße zurück zu kommen.
Zufrieden und verschwitzt traf er wieder vor dem Mehrparteienhaus ein und schloss, immer noch auf der Stelle laufend, die Haustür auf. Im Inneren seiner Wohnung stellte er zuerst die Kaffeemaschine an, dann ging er unter die heiße Dusche. Er ließ das Wasser an seinem gestählten Körper hinunterlaufen, wobei manche seiner Gedanken an der Orgie hängenblieben und sein bestes Stück in Wallung brachten. Nachdem er den inneren Druck nachgegeben hatte, konnte er sich der restlichen Körperpflege widmen.
Masbaum war kein Fan davon, konsequent das gleiche Duschbad und Shampoo zu benutzen, daher befand sich in dem dafür vorgesehenen Regal eine ganze Batterie an verschiedenen Sorten. Er entschied sich für einen Magnolienduft für den Körper und ein

Anonym

leichtes Vanille-Aroma für die Haare.
Er ließ die Haare an der Luft trocknen, denn nur so entstanden diese überaus sexy Wellen in dem glänzend haselnussbraunen Haar. Sein Spiegelbild sah zufrieden aus und die langen schwarzen Wimpern klimperten verwegen.
Um acht Uhr wollte er in der Kripo sein, sodass er noch eine Stunde Zeit übrig hatte. Mit der ersten Tasse Kaffee setzte er sich vor den Rechner und studierte die Nachrichten. Erleichtert stellte er fest, dass der Mord an Larissa noch nicht die Titelseite des „Ostfriesischen Kuriers" füllte. Tomas wollte sich gar nicht vorstellen, was passieren würde, wenn seine Mutter von dieser Sache erfuhr. Insgesamt stand sie natürlich hinter ihm; aber wenn herauskam, dass ihr gefeierter Kommissar an zwielichtigen Orgien teilnahm, bei denen es egal schien, wer mit wem schlief, könnte es schon sein, dass sie das nicht gutheißen konnte.
Er brauchte Ablenkung – und suchte diese im Kleiderschrank. Laut Wetterbericht würde es ein heißer Tag werden, daher wollte er Fehler bei der Klamottenwahl vermeiden. Natürlich würde er seriöse Kleidung wählen müssen, doch gab ihm sein großes Repertoire einen gewissen Spielraum. Um der Suche nach dem richtigen Outfit etwas mehr Spaß zu verleihen, schaltete er das Musikprogramm an und wählte das Shuffle-Prinzip, bei dem die Lieder in willkürlicher Reihenfolge abgespielt werden.
Der erste Song hieß „Spectrum" und kam von der Band „Florence and the Machine". Er passte sowohl zum Wetter und vermittelte ein wenig Großstadtflair. Tomas ließ sich von

der durchdringenden Stimme der Sängerin mitreißen und wählte eine cremefarbene Leinenhose. Nach leichtem Zögern ergriff er aus einer anderen Ecke ein weißes hautenges T-Shirt mit sehr großzügigem V-Ausschnitt. Als danach die Stimme von Adam Levine erklang, der mit seiner Band „Maroon 5" zur groovigen Nummer „One more night" ansetzte, fürchtete Masbaum schon, sich zu sehr mitreißen zu lassen. Er verzichtete trotz leichter Gewissensbisse auf ein Sakko und entschied sich stattdessen für einen dunkelmarineblauen Cardigan, der am Revers rote und weiße Streifen hatte und unübersehbar von Tommy Hilfiger stammte.

Dazu fand er in seiner Schuhwand ein Paar leichte Mokassins in der Farbe des Cardigans. Vor dem Spiegel griff er sich noch einmal in das feste wuschelige Haar und war sehr zufrieden mit seinem Anblick.

Tomas überlegte noch kurz, ob er es noch schaffen konnte, vor der Arbeit zum Wochenmarkt zu gehen, aber er entschied sich dagegen. Er hätte doch keine Freude daran; besser früher im Büro sein, denn vielleicht hatten sich über Nacht schon wieder neue Sachen ergeben, von denen er noch nichts wusste.

Er griff sich seine Tasche, überprüfte kurz, ob diese inhaltlich alles enthielt, was er heute brauchen würde und verließ dann mit dem Schlüssel die Wohnung.

Kapitel 35

Es war kurz nach halb acht, als Masbaum gemächlichen Schrittes die Treppe zum Großraumbüro erklomm. Samstags befand sich nur die Sparbesetzung in der Kripo, daran änderten auch die zwei vergangenen Morde nichts.
Wie er sich schon dachte hatte, fand er Ole Janssen schon im regen Betrieb vor. Er war eindeutig nicht der einzige Workaholic hier und war dankbar für die Gesellschaft. Als Tomas seine Tasche mit Schwung auf den Schreibtisch warf, zuckte Ole zusammen. Wie ein aufgeschrecktes Reh drehte er den Kopf und bekam dafür Masbaums sexy Lächeln geschenkt, sodass er errötend den Kopf senkte und flüsternd „Guten Morgen" sagte.
Der Kommissar schaltete seinen Computer an und ging dann in die Küche, um sich, wie jeden Morgen, einen Mate-Guarana-Tee zuzubereiten. Gewisse Rituale musste er sich erhalten, wenn schon alles andere aus dem Ruder lief.
Während er auf das Klicken des Wasserkochers wartete, schaute er zum Büro seines Chefs und stellte verwundert fest, dass sich darin jemand bewegte. Er ging zu Janssen, stellte sich dicht neben ihn, sodass er dessen Parfum riechen konnte und fragte leise: „Ist Reinhardt auch schon hier?" Ole nickte nur; er wagte nicht zu atmen, um den Moment der Nähe längstmöglich auskosten zu können.
   Als hätte er es laut gedacht, entfernte sich Masbaum, als sich die Tür des Hauptkommissars öffnete. Ole seufzte und

machte sich wieder an den Papierkram. Lutz ging auf seine Kollegen zu und lächelte ausnahmsweise: „Tomas, schön, dass du schon hier bist. Dann können wir ja ein paar Sachen besprechen, denn die Löwin will klare Informationen von uns, bevor wir mit der Presse sprechen dürfen."

Leonore Mattée, die Staatsanwältin mit dem Spitznamen „die Löwin", führte eine strenge Hand in solchen Situationen und war gefürchtet. Ähnlich wie Masbaum besaß sie einen zweifelhaften Ruf und war bei den Rechtsanwälten und der Polizei alles andere als beliebt. Ihr ausgeprägter Gerechtigkeitssinn sorgte bereits in manchen Fällen für böses Blut und böse Zungen behaupteten, sie hätte nicht nur die Weisheit, sondern auch den Zynismus mit Löffeln gegessen.

Die Tatsache, dass sie mit ihren 42 Jahren und dem schwarzen elfenhaften Kurzhaarschnitt über jeden Pariser Laufsteg gehen konnte, machte es ihr nicht leichter. Lutz fand sie schrecklich, Tomas erfrischend. Dieser stellte nun die Gretchenfrage: „Was wollen wir den Medien überhaupt mitteilen?"

Reinhardt ließ sich müde in einen Chefsessel fallen. Beim Quietschen der Feder verzogen Masbaum und Janssen leidvoll das Gesicht.

„Ich bin mit meinem Latein am Ende", sagte Ole etwas resignierend, „Ich habe nun wirklich alle Ferienhäuser, Pensionen und Hotels der Umgebung abgefragt. Niemand hat etwas von Victor von Strenge gehört, geschweige denn gesehen. Entweder ist der noch nicht da oder ist mit falscher Identität unterwegs, was ja auch vollkommen logisch wäre, schließlich ist er bewusst untergetaucht und möchte auch nicht mehr entdeckt werden."

Tomas übergoss in der Küche seinen Teebeutel, nachdem der Wasserkocher geklickt hatte und sagte im Gehen, während er die heiße Tasse balancierte: „Meiner Meinung nach haben wir zur Zeit fünf Verdächtige, wobei wir keinen blassen Schimmer haben, wer davon der eigentliche Täter war. Möglicherweise war es ein Mann, aber selbst dann bleiben noch drei Leute übrig. Davon ist einer verschollen und der andere unpässlich. Oder hat sich Rouven inzwischen gemeldet?"

Janssen duckte sich und schüttelte den Kopf, war aber clever genug, sofort zum Telefon zu greifen, um im Hotel Stadt Norden durchzurufen.

Er wurde durchgestellt und Masbaum bekam mit, wie Ole 9:30 Uhr als Termin bestätigte. Es war gut, einen Termin vor der Presseerklärung zu wählen; so konnten sie mögliche wertvolle Informationen auch kurzfristig einbringen. Als der junge Polizeibeamte aufgelegt hatte, fragte Reinhardt plötzlich: „Wieso eigentlich fünf Verdächtige? Ich käme nur auf vier. Kannst du deine möglichen Täter bitte einmal aufzählen, Tomas?"

Masbaum schlug die Beine übereinander und lehnte sich zurück. Er wusste, dass gleich eine heiße Diskussion beginnen würde und bereitete sich innerlich darauf vor: „Da wäre zum Ersten der ominöse Chatpartner Victor van Strenge. Er hat zwar kein Motiv, wollte sich aber mit Larissa treffen und ist ein Mann. Vielleicht hat ihm nicht gepasst, dass sie auf Orgien stand."

Lutz verdrehte die Augen; Tomas trank einen

Schluck Tee, bevor er fortfuhr: „Dann hätten wir als Nächsten den Exfreund Luca Rosenbaum. Zwar ein Mann, der sie geliebt hat, aber er wusste von dem Sparbuch und der Summe darauf. Außerdem hat Larissa ihn womöglich erpresst, um mehr Geld zu bekommen und deswegen musste sie weg. Im gleichen Atemzug zu nennen, ist wohl Bettina Seefeld, Lucas Freundin. Luca selbst hat sie als sehr eifersüchtig beschrieben und falls sie doch gewusst hat, dass Luca seiner Ex monatlich einen nicht unbeachtlichen Betrag zugesteckt hat, wäre das ein gutes Motiv für einen Mord."

Masbaum rührte mit dem Löffel im Tee herum und dachte über das Gesagte nach. Es würde noch eineinhalb Stunden dauern, bis er prüfen konnte, ob seine Theorie stimmte. Aber seine Liste war noch nicht zu Ende: „Fehlt noch Rouven Stahl, der letzte und bisher fehlende Mann der Orgie. Ob er ein wirklicher Verdächtiger ist, wissen wir noch nicht. Vielleicht hat er ja ein stichfestes Alibi, das werden wir später feststellen. Und letztendlich noch Constanze Krüger." Bei der Erwähnung diesen Namens stand sein Chef behäbig auf und warf die Stirn in Falten: „Wieso verdächtigst du den Conny? Meine Nichte würde niemals jemanden umbringen."
Tomas seufzte: „Ganz einfach. Niemand kann ihr Alibi bezeugen, ergo hat sie keines und im Gespräch mit ihr hat sie mich gnadenlos angelogen, ohne mit der Wimper zu zucken. Ich werde sie auf jeden Fall noch einmal befragen müssen." Lutz ließ sich wieder auf den Stuhl fallen: „Sie hat dich angelogen?" Masbaums Züge blieben hart: „Sie hat steif

und fest behauptet, dass Larissa und ich die einzigen waren, die sie bei der Orgie kannte, aber Amir hat im Gespräch zugegeben, dass er ihr Schüler war. Und jemand, der im polizeilichen Zeugengespräch lügt, kann auch ein Alibi erfinden."
Reinhardt nickte zustimmend.

Kapitel 36

Rouven erwachte hungrig aus seinem tiefen Schlaf. Vielleicht hätte er gestern noch etwas trinken sollen, doch er wollte nicht noch mehr Aufmerksamkeit auf sich ziehen. Der Anruf der Polizei hatte genug Fragen aufgeworfen. Es hatte ihm einige Überzeugungsarbeit gekostet, die Wogen mit dem Portier wieder zu glätten.
Er schlug die Bettdecke zurück und blickte an sich hinunter. Tatsächlich schimmerte seine Haut etwas blass, in seinem Kopf wummerte der gierige Durst und benebelte seinen Verstand. Seine Hand ergriff das Telefon, dass neben dem Bett stand. Er bestellte den Zimmerservice.
Er zog sich ein schwarzes Shirt über und ein paar Boxershorts mit hellblauem Karomuster. Sein Spiegelbild zeigte ihm an, dass das Haar gekämmt werden musste. Und als er halbwegs erfrischt war, klingelte es auch schon an der Tür.
Ein junges Mädchen, wahrscheinlich eine Auszubildende stand in schwarz-weißem Outfit vor ihm und lächelte verlegen bei der Frage, was sie für ihn tun könne. Rouven bat sie hinein und wie in Trance lief sie ihm nach. Als sie sich umsah, fand sie nichts, was hätte aufgeräumt werden müssen, noch eine andere Aufgabe für sie. Als sie ihn wieder anblickte, schaute er ihr direkt in die Augen und gab mit der rechten Hand den Hinweis, sich auf das Bett zu setzen.
　Sie tat es, als wäre es das Natürlichste auf der Welt für ein Zimmermädchen. Dann

schloss er die Zimmertür und drehte den Schlüssel herum.

Kapitel 37

Tomas trank seinen Tee aus und versuchte, in seinem Kopf den zu planen. Zuerst musste er Bettina vernehmen, dann diesen Rouven Stahl. Er bezweifelte, dass er es zur Presseerklärung schaffen würde; diese überließ er gerne dem Hauptkommissar. Stattdessen wollte er sich lieber Constanze noch einmal vorknöpfen. Vielleicht hätte er danach noch die Möglichkeit, über den Wochenmarkt zu gehen, denn die Stände blieben nur bis ein Uhr mittags.
Das Telefon klingelte und riss ihn aus den Gedanken. Er nahm den Hörer ab und sprudelte seine Begrüßungsformel heraus: „Kripo Norden, Kommissar Dr. Masbaum am Apparat, was kann ich für Sie tun?" Am anderen Ende hörte er ein erleichterten Seufzer: „Tomas, schön, dich zu erreichen. Isabella Moor hier. Ich habe Neuigkeiten im Fall Lana Schröder."
Masbaum entdeckte zwei neugierige Gesichter und drückte grinsend auf einen bestimmten Knopf: „Du bist jetzt auf Lautsprecher, Isa. Was für Neuigkeiten hast du denn?" Sie atmete tief ein, bereit, einen längeren Monolog zu fuhren: „Also, ich habe mir noch einmal den Tatort angeschaut. Weil ich mir nicht vorstellen konnte, dass es keine Spuren gab, habe ich mir das Grundstück noch einmal genauer angesehen. Laut Bericht ist der Postbote um das ganze Haus herum gegangen, deswegen haben die Kollegen nur seine Schuhabdrücke gefunden."
Mittlerweile saßen die drei Beamten allesamt

und schauten gespannt zum Telefon: „Die Kollegen waren aber anscheinend nicht sonderlich gründlich. Obwohl die Abdruckart die gleiche ist, sind sie von zwei verschiedenen Schuhpaaren. Ich habe Abdrücke gefunden, die einen Zentimeter größer sind, als die anderen. Ich vermute, dass der Täter den gleichen Schuh wie der Postbote trug, nur entweder eine Nummer größer oder kleiner. Es wäre daher gut, wenn ihr mit dem Postboten zum Tatort geht, um zu prüfen, wessen Spuren zu ihm gehören."
Ole saß bereits an seinem Schreibtisch und suchte dessen Nummer heraus. Masbaum warf kurz dazwischen, dass sie bereits daran seinen, als Dr. Moor auch schon fortfuhr: „Dann habe ich mir noch den Kräutergarten genauer angeschaut. Die Frau muss einen außerordentlich grünen Daumen gehabt haben, denn sie hat Pflanzen angebaut, die unter normalen Umständen in unserem Klima gar nicht gedeihen." Reinhardt wurde ungeduldig; er verstand nicht, worauf sie hinaus wollte: „Was haben die Pflanzen denn jetzt mit ihrem Tod zu tun?" Die Gerichtsmedizinerin zischte schnippisch und machte damit klar, dass sie niemals etwas umsonst erzählte. Als hätte sie die Frage nicht gehört, sprach sie weiter:
„Als ich am Lavendel schnupperte, fiel mir hinter dem Garten eine Stelle auf, die relativ frisch umgegraben war. Die obere Schicht war durch die Hitze der letzten Tage staubtrocken, aber direkt darunter war es noch frisch, woraus ich schließe, dass es erst vor ein paar Tagen bearbeitet wurde. Ich habe dort ein wenig gebuddelt und fand

dort unten eine kleine verschlossene Box. Ich habe es nicht geschafft, sie zu öffnen. Sie ist bereits auf dem Weg zu euch." Tomas wollte mehr Informationen: „Wie groß war die Box? Und wieso konntest du sie nicht öffnen?" Nervös trommelte er mit den langgliedrigen Fingern auf der Tischplatte. Isabella brauchte einen Moment, um die Antwort zu formulieren:

„Die Box ist quadratisch, zwanzig Zentimeter pro Seite und einfach schwarz glänzend. Aber es gibt keinen Deckel. Es ist in sich geschlossen, ohne Naht, wie in einem Guss. Aber wenn man sie schüttelt, hört man ganz klar, dass das Behältnis hohl ist. Irgendetwas ist dort drin und soll anscheinend verborgen bleiben. Ich nehme an, der Mörder wollte diesen Inhalt, aber die Schröder wollte den Standort nicht preisgeben. Und dafür musste sie sterben."

Masbaum hatte bei diesen Neuigkeiten seine Gebetshaltung eingenommen und fiel ins Grübeln. Reinhardt bedankte sich bei Frau Dr. Moor und wünschte ihr noch ein schönes Wochenende, bevor sie auflegte.

Kapitel 38

Tomas kam aber nicht weit mit seinen Überlegungen. Die Tür öffnete sich und eine offensichtlich gehetzte Blondine betrat das Großraumbüro.

Bettina Seefeld war eine imposante Erscheinung. Sie trug ein dunkelgraues Kostüm, bei dem Ole vermutete, dass der Kaufpreis deutlich über seinem Monatsgehalt lag und dazu eine signalrote Bluse. Das ausladende Dekolleté erweckte den Anschein, jeden Moment die Knöpfe der Bluse zu sprengen. Ihre dazu passenden High heels klackerten auf dem Fußboden.
Als sie Masbaum erkannte, ging sie zielstrebig auf ihn zu. Er erhob sich und wollte sie höflich begrüßen, doch sie ergriff seine ausgestreckte Hand und zog ihn verschwörerisch zu sich heran: „Was machst du denn hier? Haben sie dich auch vorgeladen? Ich habe so schon genug Ärger mit meinem Freund. Wenn der jetzt auch noch von der Orgie erfährt, kann ich gleich meine Sachen packen."
Tomas konnte sich ein verschmitztes Lächeln nicht verkneifen; kurzweilig überlegte er sogar, diese Flüsterpartie weiterzuspielen, aber er wollte Bettina nicht weiter vorführen. Es wäre nicht fair gewesen, daher trat er ein Stück zurück, wechselte zu seinem charmanten Arbeitslächeln und stellte sachlich fest: „Frau Seefeld nehme ich an. Wir wurden uns noch nicht vorgestellt. Ich bin Kommissar Dr. Masbaum, ich habe sie herbestellt."

Bettina wurde blass und der grell rote Lippenstift unterstrich den erschrockenen Ausdruck. Aber so schnell der Schock kam, verschwand er auch wieder. Eine kühle Professionalität erschien in ihrem Blick und sie versteifte ihre Haltung à la 'Brust raus, Bauch rein'. Mit einem Verkäuferlächeln entgegnete sie:
„Dr. Masbaum, schön, sie kennen zu lernen. Ich hoffe, das Gespräch wird nicht allzu lange dauern, denn ich habe noch ein paar Besichtigungstermine heute Vormittag."
Masbaum ahnte, dass es eine komplizierte Unterhaltung werden würde, betonte aber trotzdem: „Wir wollen uns beide bemühen, uns kurz zu fassen." Tomas zeigte ihr den Weg zum Besprechungsraum und ließ sie vorangehen. Er schaute mit einem Hundeblick zu Ole und formte mit den Lippen das Wort Kaffee. Der verdrehte die Augen und begab sich in die Küche.
Die Immobilienmaklerin hatte es sich bereits auf ihrer Seite des Tisches gemütlich gemacht. Ihr weißes HTC One lag vor ihr, die schwarze Handtasche stand neben dem Stuhl. Tomas setzte sich ihr gegenüber, machte es sich ebenfalls bequem, als auch schon Ole mit dem Kaffeetablett hereinkam. Dafür erntete er Masbaums sexy Lächeln und ein Dankeschön.
Erst als Janssen den Raum verlassen hatte, konnte der Verhör beginnen. Er wusste, dass sich Reinhardt hinter der Spiegelwand befand und wählte seine ersten Worte mit Bedacht:
„Dir ist bereits bekannt, dass Larissa Weinberg in der Nacht von Donnerstag auf Freitag umgebracht wurde. Ist das korrekt?"

Bettina lehnte sich zurück und verzog ihr Gesicht zu einer Grimasse, die womöglich mitfühlend wirken sollte, aber stattdessen eher selbstgerecht aussah: „Ja, das hat Luca mir erzählt, nachdem du ihn ja eiskalt im Fitnesscenter hast stehen lassen. Warum hast du ihm gestern eigentlich von dem Termin hier erzählt? Das hat noch richtig Ärger gegeben."
Masbaum faltete seine Hände: „Das war leider unvermeidbar. Den Grund dafür erfährst du noch. Wo warst du Freitag morgen zwischen drei und fünf Uhr?"
Die schlanke Blondine schlug die Beine übereinander: „Ich bin zu meinen Eltern nach Aurich gefahren. Ich habe dort noch immer ein Zimmer, weil ich häufig dort geschäftlich zu tun habe. Also können Sie mich von der Verdächtigenliste streichen. Ich habe ja auch gar kein Motiv." Masbaum setzte sich aufrecht hin und schaute ihr ernst in die Augen:
„Das sehe ich anders. Du warst eifersüchtig auf Larissa, weil Luca so viel Zeit mit ihr verbrachte." Bettina reagierte schnippisch: „Eifersüchtig? Auf die? Dass ich nicht lache. Eine einfache Frisöse ist doch keine Konkurrenz." Tomas musste lachen: „Aber sie war außerordentlich hübsch, das wirst du zugeben müssen. Ich hatte auch nicht das Gefühl, dass ihre Berührungen dir nicht gefallen haben." Die 31-jährige schaute verlegen zu Boden. Nun setzte Tomas zum finalen Schlag an:
„Wusstest du, dass Luca seiner Ex monatlich Geld gegeben hat?" Sie blickte ihn verdutzt an: „Er hat was? Wofür denn? Und wie viel?"

Masbaum war enttäuscht; anscheinend hatte sie keine Ahnung. Er gab seine Haltung auf und rückte weiter nach vorne:
„400 Euro auf ihr Sparkonto, damit sie ihren Traum vom Auswandern mit 25 verwirklichen konnte."
Sie ballte ihre Hände zu Fäusten; der Kommissar bekam Angst, dass sie sich mit den langen Fingernägeln ins Fleisch schnitt. Um Luca in Schutz zu nehmen, fügte er hinzu:
„Er hatte ein schlechtes Gewissen, weil er ihren Traum nicht erfüllen konnte. Schließlich war sie seine große Liebe." Er biss sich auf die Lippen. Den letzten Satz hätte er sich besser verkniffen. Wütend war sie aufgesprungen:
„Und was bin ich? Der billige Ersatz? Ich nehme an, er hat dir das so gesagt. Na warte, das wird ein Nachspiel haben."
Masbaum schien nun irritiert. Er trank einen Schluck vom bereits kalt werdenden Kaffee und fragte dann etwas überlegen:
„Was regst du dich denn so auf? Du betrügst ihn doch sowieso. Also scheint dir die Beziehung nicht viel wert zu sein, oder sehe ich das falsch?" Resigniert setzte sie sich wieder auf den Stuhl:
„Nur weil ich Sex mit anderen habe, heißt das nicht, dass ich Luca nicht liebe." Sie gab zwei Würfelzucker in das rabenschwarze Getränk und rührte um, bevor sie einen Schluck nahm. Für eine Sekunde schloss sie die braunen Augen und sammelte sich:
„Er sieht verdammt gut aus, ist bodenständig und will irgendwann eine Familie. Das will ich auch irgendwann. Aber jetzt möchte ich noch ein wenig Spaß haben – und dafür taugt

Luca einfach nicht."

Tomas lehnte sich an die lederne Stuhllehne und schmunzelte. Anscheinend war der Sex für seine Freundin doch wichtiger, als Luca dachte. Am liebsten hätte er gefragt, ob der Fitnesstrainer schlecht im Bett war, aber sie befanden sich in einem professionellen Polizeigespräch. Solche Themen gehörten nicht hierher. Stattdessen entsann er sich einer Frage, die er auch bereits den anderen gestellt hatte: „Kanntest du bei der Orgie noch jemanden, außer Larissa?" Sie schaute ihn ausdruckslos an: „Nein, nur sie."
Masbaum trank seinen Kaffee aus und stellte dann nüchtern fest: „Also gehe ich erst einmal davon aus, dass du Larissa nicht umgebracht hast. Ich hoffe, deine Eltern bestätigen dein Alibi."

Es klopfte an der Tür und Ole öffnete sie nur einen Spalt breit, um mitzuteilen, dass Rouven Stahl angekommen war. Tomas blickte zu Bettina und fragte: „Wir sind soweit durch, oder? Draußen wartet das letzte Mitglied unserer sexuellen Eskapade. Falls dir noch etwas Wichtiges einfällt, ruf hier bitte an oder komm vorbei."
Die blonde Geschäftsfrau stand auf, ihre Tasche bereits in der Hand und packte ihr Smartphone ein. Sie gab Masbaum die Hand und zog mit schnellen Schritten von dannen.

Kapitel 39

Tomas blieb gleich im Besprechungsraum sitzen und wartete aufgeregt auf den letzten im Bunde. Ihm wurde bewusst, dass er diesen Mann nicht einschätzen konnte. Weder hatte er mit ihm jemals gesprochen, noch wusste er, wie dieser angezogen aussah.
Das einzig Klare war die Tatsache, dass er endlich Ergebnisse benötigte. Daher erhoffte er sich von dem Verhör eine Menge, allerdings schwang in seinem Hinterkopf der Name Victor mit, sodass auch Rouven wahrscheinlich nichts mit dem Fall zu tun hatte und es reiner Zufall war, dass Larissa vor ihrem Tod bei der Orgie dabei war.
Mit dem Öffnen der Tür schlug Masbaums Herz gleich ein paar Takte höher und wurde leicht nervös; ein Zustand, den er überhaupt nicht mochte. Er stand begrüßungsbereit auf und war plötzlich ganz erstaunt, denn die Erscheinung, die sofort nach seiner Hand griff und mit freundlichen braunen Augen lächelte, hatte kaum etwas mit dem Bild zu tun, dass er sich in seinem Kopf zusammen fantasiert hatte.

  Vor ihm stand ein stattlicher junger Mann Ende zwanzig, der aussah, als käme er direkt vom Strand. Die karamellfarbenen Chinos waren unten abgeschnitten und zeigten stramme, gleichmäßig gebräunte Waden. Ein dunkelblaues Muskelshirt spannte sich über einen fest trainierten Rumpf und ein schneeweißes Leinenhemd umspielte es fließend. Seine Füße waren offensichtlich pediküert und steckten in Vintage-

Sandaletten.
„Herr Stahl, trotz der leidlichen Umstände ist es schön, sie wiederzusehen. Bitte nehmen sie doch Platz." Mit einer Lässigkeit, die nur angeboren sein konnte, nahm er auf dem Stuhl Platz, der ihm angeboten wurde. „Ich muss nicht gesiezt werden. Herr Stahl war mein Vater. Und nach der Aktion Donnerstag Nacht empfinde ich es mehr als lächerlich." Rouven grinste frech, sodass sich feine Grübchen um seine Mundwinkel fächerten. Masbaum grinste ebenfalls, wenn auch eher etwas beschämt: „Du hast wohl Recht. Weißt du, warum wir dich herbestellt haben?"
Ole brachte erneut ein Kaffeetablett hinein und nahm das andere wieder mit hinaus. Tomas nahm aus dem Augenwinkel einen äußerst eifersüchtigen Blick Oles wahr. Amüsiert musste er lächeln und erntete sofort eines von Rouven, dass ihm mehr gefiel, als er zugeben würde.
„Diese Larissa Weinberg wurde umgebracht. Welche war das denn bei der Aktion? Die Blonde von gerade eben ja wohl nicht." Er lachte leise und strich sich mit einer unbewussten Geste das kinnlange blonde Haar nach hinten. Masbaum nahm sich eine Tasse und einen Löffel vom Tablett und lud seinen Gegenüber dazu ein, das gleiche zu tun: „Larissa war die Dunkelhaarige. Hast du sie vorher gekannt? Oder einen der anderen?"
Rouven beantwortete diese Frage nicht sofort. Er spielte mit dem matt silbernen Ring an seinem linken Mittelfinger. Tomas schaute sich derweil die Tätowierungen an den Armen des Surfertypen an, die er in der

Nacht gar nicht beachtet hatte. Er entdeckte oben links einen Wolf in Flammen, wobei die Flammenspitzen unter dem Hemd verschwanden. Auf dem andern Oberarm, ungefähr auf der selben Höhe schwang sich ein schwarzes Flügelpaar um den kräftigen Bizeps herum.
Plötzlich hatte sich Rouven entschieden, denn er ließ den Ring los und rührte stattdessen mit Löffel seinen Kaffee um und sagte dabei: „Nein, ich habe vorher keinen von ihnen gekannt." Masbaum spürte, dass das noch nicht die ganze Wahrheit war. Obwohl ihm bekannt war, dass man Verdächtige am leichtesten damit überführt, sie frei reden zu lassen und darauf zu warten, dass sie sich in ihren Lügen verstricken, entschied er sich für eine andere Taktik.
Der hübsche Kerl ihm gegenüber zeigte sich freundlich und aus irgendeinem Grund, den Tomas nicht definieren konnte, wollte er ihm vertrauen. Daher konfrontierte er ihn direkt mit dem aktuellen Stand: „Ich sag es dir jetzt ganz offen. Die Sache ist folgende: Wir wissen, dass Larissa nach unserem Tête-a-tête noch männlichen Besuch hatte. Sie starb zwischen drei und fünf Uhr, so weit konnten die Gerichtsmediziner das eingrenzen. Dieser Besucher könnte der Mörder gewesen sein, muss aber nicht. Amir, der dritte Mann bei unserer... Geschichte hat ein wasserdichtes Alibi. Ich war definitiv auch nicht da, daher besteht der Verdacht, du könntest dort gewesen sein. War das so?"
Rouven schaute in Tomas' Augen und versuchte abzuwägen, wie viel er ihm erzählen konnte. Dank der Halogenstrahler an der Decke schimmerten die Pupillen leuchtend blau und

erinnerten an das warme Wasser der Karibik. Die langen dunklen Wimpern unterstützten diesen Eindruck; Rouven dachte an Palmen am Strand und verlor sich in seinen Gedanken. Bis der Kommissar ihn anzüglich angrinste: „Warst du noch bei Larissa oder nicht?"
Der Verdächtige errötete und setzte sich jetzt gerader auf den Stuhl: „Ja, ich war da. Umgebracht habe ich sie allerdings nicht. Als ich ging, hat sie noch gelebt! Ich bin ihr hinterhergefahren, weil ich sie interessant fand. Ich wollte mich mit ihr unterhalten, etwas von ihr erfahren. Dort durften wir ja nicht reden. Sie war auch aufgeschlossen dazu und hat mich mit in ihre Wohnung genommen. Aber nach einer Stunde hat sich mich quasi herausgeworfen, weil sie schlafen wollte. Ich hab noch versucht, sie zu überreden, mich übernachten zu lassen, aber darauf wollte sie nicht eingehen. Also bin ich wieder zurück ins Hotel, das kann der Nachtportier bestätigen. Muss gegen halb fünf gewesen sein."
Obwohl er nicht durstig war, trank Masbaum einen Schluck Kaffee. Er wusste nicht, was er davon halten sollte. Insgesamt klang das zwar plausibel und möglich, aber es würde bedeuten, dass er den Mörder immer noch nicht im Visier hatte. Irgendwie musste er herausfinden, ob der Kerl hier die Wahrheit sagte: „Was haben sie denn über Larissa erfahren?" Aufgrund seiner Recherche wusste Masbaum, dass Rouven nicht bei Facebook war, sodass er die Informationen nicht vorher auswendig gelernt haben konnte.
Tomas schaute auf seine weiße Ice Swatch und registrierte, dass es viertel vor zehn war.

Er trommelte mit den Fingern der rechten Hand auf dem Tisch und wartete, bis Rouven anfing: „Sie war 23 Jahre alt, arbeitete im Salon Ina als Frisörin, wollte aber unbedingt nach New York, um professionelle Stylistin zu werden. Sie hat eine Schwester und Eltern in Lütetsburg. Ihr Exfreund ist Fitnesstrainer. Sie steht total auf alles, was mit Hexen zu tun hat. Und ihre Lieblingsband ist Amon Amarth, auf deren Konzerten sie schon dreimal war. Genügt das, um dich zu beruhigen?" Er schmunzelte ein wenig überlegen; Masbaum war sich nicht sicher, ob er das sexy oder als arrogant empfand. Jedenfalls war für ihn jetzt klar, dass Rouven tatsächlich bei Larissa gewesen sein musste.

Ihm fiel ein, dass Isa etwas von drei verschiedenen Fingerspuren gesagt hatte, wobei die einen von Larissa selbst und die anderen höchstwahrscheinlich von Luca waren. Wäre zu überprüfen, ob die dritten von Rouven waren. Wobei auch noch nicht sicher war, ob es tatsächlich die Fingerabdrücke des Fitnesstrainers waren.

„Okay, ich nehme das erst einmal so an. Ich kann dir nichts Gegenteiliges nachweisen. Allerdings wäre es nett, wenn du uns freiwillig deine Fingerabdrücke hinterlässt, damit wir sie mit denen in Larissas Wohnung überprüfen können." Rouven räusperte sich und atmete tief ein und wieder aus: „Die könnte gern haben, aber ihr werdet in der Wohnung von mir keine finden. Ich habe Handschuhe getragen."

Masbaum lachte laut auf: „Handschuhe im Juli? Ernsthaft?" Rouven verdrehte die Augen und spielte wieder an seinem Ring: „Sie passten einfach so gut zu meinem Outfit an dem Abend. Ich gebe zu, dass ich da etwas eitel bin, aber du scheinst in Modefragen ebenfalls versiert zu sein und müsstest das verstehen können." Er grinste verschmitzt, sodass die leichten Grübchen wieder erschienen und Masbaum konnte nicht verhindern, dass sich sein sexy Lächeln auf seinen Lippen ausbreitete.

„Okay, aber wendete dich bitte trotzdem an Ole Janssen und gib die Abdrücke ab. Wenn ich Näheres erfahre oder wenn sich neue Fragen ergeben, melde ich mich bei dir. Falls dir noch etwas Wichtiges einfällt, dann ruf an oder komm vorbei." Beide erhoben sich und gaben sich erneut die Hand, wobei der Kontakt diesmal länger hielt. Masbaum bemerkte, dass sein Pulsfrequenz deutlich höher lag, als normalerweise und ein leichtes Kribbeln zog sich durch seinen ganzen Körper. Er ließ Rouven den Vortritt und während dieser auf Janssen zuging, lief Tomas zu seinem Schreibtisch und griff zum Telefon.

Kapitel 40

Er wusste nicht, ob Luca zu Hause sein würde oder im FIBS war, trotzdem probierte es Masbaum erst einmal bei ihm zu Hause. Beim zweiten Klingeln hob dieser ab und meldete sich kurz mit „Rosenbaum".
Tomas ahnte, dass sein Fitnesstrainer zur Zeit nicht gut auf ihn zu sprechen sein würde, daher blieb er sachlich: „Luca, Masbaum hier. Kannst du heute Vormittag noch kurz bei der Kripo vorbeikommen? Wir brauchen deine Fingerabdrücke, um sie mit denen in Larissas Wohnung zu vergleichen."
Obwohl er einen Wutausbruch oder bissigen Vorwürfe erwartete, kam nur ein hinnehmendes „Okay" von Luca. Allerdings legte er auch direkt danach auf. Der Ermittler konnte es ihm nicht übel nehmen.
Rouven war mittlerweile gegangen, genauso wie Hauptkommissar Reinhardt. Was die Ergebnisse anging, ergab das Verhör keine neuen Indizien und waren daher für die Presseerklärung irrelevant. Stattdessen beschloss Masbaum, zuerst zum Wochenmarkt zu gehen und dann noch einmal Constanze aufsuchen, um zu klären, warum sie gelogen hatte.
„Ole, ich werde noch einmal losziehen und Frau Krüger auf den Zahn fühlen. Luca Rosenbaum wird hier gleich auftauchen, nimm ihm bitte die Fingerabdrücke ab und gleiche dann seine und die von Rouven mit denen von Larissas Wohnung ab."
Tomas griff sich seine Tasche, schaute sich genau um, ob er noch etwas vergessen hatte

und bewegte sich auf die Tür zu. Dann fiel ihm doch noch etwas ein: „Schick mir doch bitte eine SMS, wenn diese Box hier auftaucht. Danke, bis später!" Er ließ Janssen keine Zeit für eine Widerrede, sodass er gemütlichen Schrittes das Gebäude verlassen konnte.

Draußen traf ihn das fast der Schlag. Es war furchtbar heiß und drückend, ohne auch nur den Hauch eines Lüftchens. Sofort stellte er seine Tasche ab und zog den Cardigan aus. Während er links an dem Gebäude entlang zum Marktplatz ging, fragte er sich, wie es Reinhardt erging. Er hoffte, dass die Medien nicht genug Interesse aufbrachte, um die gefährlichen Fragen zu stellen. Ein griff in die Tasche holte das Ipad hervor und schnell war er auf der Nachrichtenseite. Masbaum scrollte sich durch die Themen, entdeckte aber nichts, dass so drastisch wäre, nur davon zu berichten. Ein Politiker hatte sich daneben benommen, ein alternder Schauspieler war gestorben und Google kaufte immer mehr Firmen auf. Das Übliche halt.

Mit schnellen Schritten lief er an der Marktkirche vorbei und konnte schon auf die verschiedenen Stände und Wagen blicken. Reges Treiben herrschte hier, Kunden krochen von Angebot zu Angebot und die Verkäufer schienen bemüht, ihre Waren an den Mann zu bringen. Norden war, trotz des Tourismus, keine reiche Stadt und auch der Bevölkerung fehlte es häufig an gutbezahlten Jobs. Und doch bevorzugten viele Bewohner die einheimischen und/oder regionalen Waren, als sich die manipulierten, häufig wässrigen Obst- und Gemüsesorten der Kaufhäuser andrehen zu lassen.

Tomas packte sein Tablet wieder weg, als er den Marktplatz betrat und überflog stattdessen seine Einkaufsliste. Er brauchte mindestens eine neue Gurke, zwei Fleischtomaten für Caprese und ein paar Äpfel, vorzugsweise Granny Smith. Er liebte diesen ersten Bissen in diese grell grüne Frucht, die so sauer war, dass man das Gesicht verzog. Außerdem brauchte er eine neue Basilikumpflanze, denn obwohl er keinen braunen Daumen hatte, starben Blumen und ähnliches in seiner Wohnung aufgrund seiner wechselnden Arbeitszeiten.

Die Kräuterhexe besaß einen festen Stand und so fand Masbaum sie, ohne suchen zu müssen. Zusätzlich zu den mit Liebe angebauten Kräutern bot sie allerlei Salben, Marmelade und verschiedene Öle an. Fast wie ein Ritual konnte er nicht widerstehen, sich alles einzeln anzuschauen, als plötzlich neben ihm eine bekannte Gestalt auftauchte:

„Wieso wusste ich, dass ich dich hier finde. Für einen unberechenbaren Mann bist du recht durchschaubar." Ein anzügliches Grinsen umspielte Constanzes amüsiertes Gesicht. Er blickte nach links in ihr Gesicht und darin erkannte sie, dass ihre Belustigung völlig fehl am Platze war. Seine blauen Augen schauten so düster auf sie herab, dass ihr fast das Blut in den Adern gefror. Sie schluckte und musste fragen:

„Mein Gott, was ist denn los?" Masbaum schnaubte verächtlich, erbost von ihrer Dreistigkeit. Ihre angebliche Unschuldigkeit machte ihn unglaublich wütend. Es war ihm vollkommen egal, wo sie sich befanden, es

platzte förmlich aus ihm heraus:
„Wieso lügst du mich an?" Jegliche gesunde Farbe wich aus ihrem Gesicht. Panisch blickte sie sich um, doch niemand interessierte sich für diese Konversation. Beschwichtigend strich sie ihm über die Schulter und dem Arm, doch seine Reaktion war gänzlich anders. Als hätte sie einen Elektroschocker benutzt, zuckte er zurück und baute sich nun breitbeinig vor ihr auf:
„Du hast mir ins Gesicht gesagt, dass du nur Larissa und mich kanntest. Das war gelogen. Du hast Amir in Deutsch unterrichtet und warst damals schon scharf auf ihn." Constanze zog ihn von dem Stand weg in Richtung Marktplatz-Café: „Um Gottes Willen, zügle doch deine Stimme. Das muss doch nicht jeder mitkriegen. Willst du meinen Ruf völlig zerstören?" Nun blickte auch Tomas nach links und rechts, spürte aber, dass die vorbeiziehenden Menschen nicht an ihnen interessiert waren.
Anscheinend hatte Conny sich wieder im Griff, denn nun versuchte sie zu kontern: „Ja, ich hatte Amir im Unterricht, okay? Und ja, es fiel mir schwer, seinem offensichtlichen Sexappeal zu widerstehen. Zufrieden?" Tomas fragte sich, ob er sich mit so einem schnell erworbenem Geständnis zufriedengeben konnte. Auch wenn er es nicht zugeben wollte, fühlte er sich von ihr betrogen. Ganz so einfach wollte er es ihr nicht machen, daher sagte er leise zu ihr nach vorn gebeugt: „War dein Alibi auch gelogen?" Als hätte sie vollkommen vergessen, wer vor ihr stand, schubste sie ihn mit beiden Händen von ihr weg: „Spinnst

du jetzt völlig? Willst du das wirklich hier und jetzt klären?" Nun hatten sie doch die Aufmerksamkeit auf sich gezogen und ein paar Kunden blieben sogar stehen, um keine Sekunde dieser Szene zu verpassen. Beim Frühstück konnten sie dies als heitere Anekdote benutzen.
Auch Constanze nahm die vielen herablassenden Blicke wahr und sah sogar einige Elternteile ihrer Schüler, daher beschloss sie, das Ganze hier und jetzt zu beenden: „Lass uns hier einen Kaffee trinken. Bitte!" Masbaum sah ein, dass er es zu weit getrieben hatte, daher ließ er sich bereitwillig in das kleine Café inmitten des Marktplatzes führen und setzte sich bewusst an einen Tisch ohne Fensterblick.

„Wenn ich dir die Wahrheit über die Zeit nach der... Aktion erzähle, musst du das unbedingt für dich behalten. Das darf auf keinen Fall in einem Protokoll auftauchen." Die fast olivgrünen Augen schauten flehend in das Gesicht des Ermittlers. Der hatte Probleme, sich zu entscheiden. Auf der einen Seite brannte er darauf, die Wahrheit zu erfahren. Aber wenn er das Berichtete unterschlug, konnte ihm das negativ angelastet werden, was ihm im schlimmsten Fall ein Disziplinarverfahren einbringen würde.
Die Kellnerin war auch gleichzeitig die Besitzerin, eine überarbeitete Frau um die fünfzig, die lieber eine Bar auf Barbados hätte, als hier in Ostfriesland zu versauern. Müde und uninteressiert nahm sie die Bestellung auf, beide wählten Kaffee und verschwand wieder hinter ihrem sicheren

Tresen.

Tomas neigte sich nach vorn und schaute eindringlich in das hübsche Gesicht gegenüber: „Ich kann das nicht machen. Als hätte ich nicht so schon genug Probleme. Zwei ermordete Frauen und keinen Täter. Mein Chef will endlich Ergebnisse sehen und mittlerweile hat die Presse davon erfahren, der Druck steigt. Ich kann dir nur helfen, wenn ich weiß, was Sache ist." Die rassige Lehrerin rang mit sich. Sie sehnte sich nach einem Verbündeten, der von ihrem Geheimnis wusste, andererseits hatte sie panische Angst vor den Konsequenzen, die es mit sich brachte, davon zu erzählen.

Kapitel 41

Rouven genoss die Sonnenstrahlen auf seiner Haut. Das Gespräch mit dem Kommissar war viel besser verlaufen, als er erwartet hatte. Sie hatten tatsächlich keine Ahnung.
Ob ihm das letztendlich helfen würde, wusste er noch nicht, doch vorerst konnte er sich in Sicherheit wiegen. Beim Händeschütteln am Ende hatte Rouven etwas gespürt, was er nicht vermutet hatte. Aber es ergab Sinn.
Dieser Ermittler hatte nichts mit seiner Vergangenheit zu tun. Er war so ganz anders; sinnlich, fast schon Besorgnis erregend erotisch und dieses Gefühl der Faszination legte sich auch nicht nach der mittlerweile vergangenen halben Stunde.
Nach dem Verhör im Kripogebäude war er die Westerstraße hinuntergelaufen, um den sogenannten 'Schwanenteich' an der Welle einen Besuch abzustatten. Dieser Ort war so unglaublich beruhigend und strahlte eine besänftigende Kraft aus, die nicht nur ihn bestärkte, sondern sowohl viele Einheimische als auch Touristen anzog.
Während er den kreisrunden Pfad entlang schritt und den Enten und Möwen bei ihrem Treiben zuschaute, spurte er, dass die Lage hier gewichtiger war, als er bisher dachte.
Anscheinend glaubte niemand hier an das Übersinnliche, vor allem die Kommissare nicht. Doch das würden sie müssen, um die Fälle zu lösen.
Ein Blesshuhn kreuzte seinen Weg. Mit Respekt blieb Rouven stehen und ließ das schwarze Geschöpf vorbeiziehen. Erst danach

setzte er seinen Spaziergang fort.
Er fragte sich, ob es an ihm war, die Morde mit aufzuklären. Es war lange her, dass er etwas Gutes getan hatte und vielleicht wollte das Schicksal, dass er diese Tatsache endlich änderte.
Zu Masbaum bestand eindeutig eine Verbindung, das konnte er spüren. Er wollte ihm helfen. Er musste.

Kapitel 42

Die Cafébesitzerin brachte den Kaffee in weißen schnörkellosen Porzellanbechern. Ohne sich weiter aufzuhalten, wandte sie sich anderen Gästen zu.
„Ich war nicht allein zu Hause. Da war noch jemand, aber ich kann dir nicht sagen, wer. Das würde mich in Teufels Küche bringen. Zur Zeit bin ich liiert und derjenige weiß nichts von dieser... Eskapade – und das soll auch so bleiben!" Masbaum runzelte die Stirn. Das war keine wirklich hilfreiche Erklärung. Damit ihr Alibi tatsächlich glaubhaft wäre, müsste er dies mit der anderen Person absichern.
„Ist er danach noch zu dir hingekommen? Oder war der schon da?" Tomas beugte sich nach vorn und wartete gespannt auf ihre Antwort. Ihre Unmut, es laut auszusprechen machte klar, dass sie sich dafür schämte: „Er war schon da. Ich hab ihm gesagt, ich würde mit ein paar Freundinnen etwas trinken gehen. Und er hat mir geglaubt."
Masbaum lehnte sich zurück und nahm seine Gebetshaltung ein: „Was soll ich nur mit dir machen? Du lügst und betrügst, wie es dir gerade in den Kram passt." Tatsächlich konnte er die neue Aussage genau so wenig glauben, wie die vorige. Jedenfalls nicht ohne Absicherung des Typen, wer auch immer er war.
Schmollend rührte sie in ihrem Kaffee herum und verfiel in ein zeitweises Schweigen. Anscheinend wog sie ab, wie viel sie ihm erzählen konnte. Constanze war eine leiden-

schaftliche Lehrerin und liebte ihre Arbeit. Beim Stichwort Presse gingen ihre Alarmglocken an, doch gleichzeitig kam damit eine Frage auf:
„Weiß denn die Presse auch von der Orgie?" Tomas verzog das Gesicht zu einer bedrückten Grimasse: „Bisher nicht. Und ich gedenke, es dabei zu belassen. Auf jeden Fall möchte ich das so lange heraushalten, wie es geht."
Erleichtert atmete sie auf. Als müsste er sie beruhigen, fügte er hinzu: „Es ist ja nicht so, als wenn wir den Medien direkt unsere Polizeiberichte geben würden. Die bekommen von uns nur das, was wir ihnen mitteilen wollen."
Ein Schluck vom schwarzen Kaffee brachte ihn wieder zurück zum ursprünglichen Thema: „Willst du deinen Verdächtigenstatus nun verlieren oder nicht? Dann brauchen den Namen von deinem Typen." Conny wand sich und rutschte auf ihrem Stuhl hin und her. Sie schaute sich leicht paranoid im Raum um, ob ihnen jemand zuhörte. Doch niemand schien sich für die beiden hübschen Menschen zu interessieren. „Tomas, ich kann dir das nicht sagen. Wenn du nichts mit der Polizei zu tun hättest, dann ja. Aber... so geht das leider nicht."
Nun würde Masbaum richtig neugierig – und machte sich gleichzeitig Sorgen, ob sie in Schwierigkeit steckte. Er beschloss daher, die Taktik zu ändern: „Ich mache dir ein Angebot: wir gehen jetzt zu mir nach Hause und du erzählst mir das als Patientin, schließlich bin ich immer noch Psychologe. Dann würde das Gespräch in meine Schweigepflicht fallen. Das würde dich zwar nicht

entlasten als Verdächtige in diesem Mordfall, aber ich habe das Gefühl, dass du das gerne loswerden würdest von deiner Seele."
Die rothaarige Schönheit blickte flehend zu ihm und nickte nur stumm. Er zahlte für beide die Rechnung und verließ mit ihr zusammen in Richtung Gartenstraße das Café am Marktplatz.

Kapitel 43

Den Weg zu Masbaums Wohnung hatten die beiden schnell zurückgelegt. Tomas war Conny dankbar, dass er vorher noch schnell seine Einkäufe erledigen konnte und so musste sie seine zwei Tüten halten, während er die Haustür aufschloss.

Seine Wohnung lag im ersten Stock, sodass nur wenige Treppenstufen erklommen werden mussten. Die rassige Schönheit betrat nicht zum ersten Mal diese Wohnung; sie bog sofort nach links ab und stellte die Taschen auf den großen Küchentisch mit der milchigen Glasplatte.

Tomas schaltete währenddessen den Computermonitor an und warf dann einen Blick auf den Anrufbeantworter. Der blinkte tatsächlich und er rechnete damit, eine Nachricht seiner Mutter vorzufinden. Er drückte auf den roten Knopf und hörte: „Hallo Tommy, wie läuft dein Fall? Habt ihr den oder die Mörder schon gefasst? Ich war heute Vormittag noch einmal im Hexenladen. Könnte dir Neuigkeiten zu den Tattoos anbieten. Ruf mich dann bitte auf dem Handy an. Werde die meiste Zeit unterwegs sein. Bis dann."

Constanze erschien nun auch im Wohnzimmer: „Hilft dir deine Mutter immer noch fleißig?" Sie setzte sich in einen der gemütlichen schwarzen Sessel hinein, sodass sich Tomas ihr gegenüber setzen konnte: „Allerdings und ich möchte diese Hilfe auch nicht missen. Sie erstaunt mich jedes Mal aufs Neue, mit welchen Informationen sie glänzen kann." Der Ermittler stand noch einmal auf, um zwei

Gläser und eine Flasche Wasser zu holen. Masbaum hatte einen Faible für französisches Mineralwasser und kam mit einer kalten Flasche Perrier zurück.
„Ich wünschte, ich hätte einen so guten Draht zu meiner Mutter. Sie wird mir nie verzeihen, dass ich mit 35 Jahren immer noch Single bin und ihr noch keine Enkel gezeugt habe. Obwohl ich mit Leib und Seele unterrichte, habe ich nie den Drang nach eigenen Kindern verspürt." Tomas schenkte beide Gläser halb voll und stellte sie jeweils in greifbare Nähe und machte es sich wieder gemütlich im Sessel. Mit seiner berühmt-berüchtigten Gebetshaltung harrte er nun der Geschichte, die nun folgen sollte. Constanze spannte sich etwas an, schlug die Beine übereinander und warf mit routinierter Geste das feurige Haar nach hinten: „Und was jetzt kommt, bleibt wirklich zwischen uns in dieser Wohnung?" Masbaum lächelte mitfühlend und nickte.
„Okay. Ich habe eine Affäre mit Raul Verbeek. Er ist Schüler am hiesigen Gymnasium und wird nächste Woche 18 Jahre alt." Schon nach diesen wenigen Worten spürte der Psychologe, wie der Druck der letzten paar Wochen wie Altlasten von ihr abfielen. Sie wollte darüber reden, hatte aber bisher vergeblich nach einem passenden Verbündeten gesucht:
„Er ist jung und gibt mir das Gefühl, auch noch jung und begehrenswert zu sein. Der Sex mit ihm ist einfach fantastisch und ich denke, er ist in mich verliebt. Ich allerdings nicht in ihn." Im letzten Satz schwang ein Hauch Erkenntnis mit. Offen-

sichtlich hatte sie sich darüber noch nicht allzu viele Gedanken gemacht.

Tomas war wenig verwundert, mit welcher Kaltschnäuzigkeit sie diesen Jungen für ihr privates Vergnügen benutzte. Scheinbar war es für Conny nicht möglich, eine intime Beziehung mit jemanden zu führen. Sie schwamm auf der Oberfläche wie eine Teichrose auf den großen Blättern, völlig unfähig, in tiefere Gefilde vordringen zu können.

„Dann kann ich ihn ja fragen, ob du danach direkt nach Hause gekommen bist. Was hast du ihm denn gesagt, wo du warst? Und wieso war er bei dir und nicht zu Hause?" Unbehaglich rutschte sie auf dem Leder hin und her: „Zur Zeit übernachtet er häufiger bei mir, offiziell bei einem Freund, der uns deckt. Es sind ja Sommerferien. Was Donnerstag Nacht angeht, habe ich behauptet, mit ein paar Freundinnen einen Mädelsabend zu machen."

Masbaum lachte laut: „Freundinnen? Nenne mir zwei! Anscheinend kennt er dich nicht sonderlich gut." Eingeschnappt verschränkte sie ihre Arme: „Du tust ja gerade so, als hätte ich gar keine Freunde." Tomas grinste breit: „Sexpartner zählen nicht." Sie versuchte, einen Schmollmund zu fabrizieren, konnte aber ein verzogenes Lächeln nicht aufhalten: „Warum nicht?" Masbaum nahm einen Schluck vom prickelnden Nass, erst danach antwortete er: „Weil die nichts von deinem Innenleben mitbekommen. In der Hinsicht scheine ich eine Ausnahme zu sein. Auch wenn ich dich nicht verstehe. Wenn du deinen Job so liebst, warum setzt du ihn dann so

einfach auf's Spiel?" Du machst dich strafbar und könntest für so etwas sogar im Knast landen."
Constanze schlug die Beine auseinander und beugte sich leicht vor: „Du bist doch nicht besser! Machst bei einer geheimen Orgie mit und wirst zum Verdächtigen eines Mordfalls – der werte Herr Kommissar." Tomas verschränkte die Arme und schlug das rechte Bein locker über das andere: „Du verdächtigst mich des Mordes? Vielleicht ist das der Grund, warum du keine Freunde hast. Welches Motiv hätte ich denn?" Conny lehnte sich zurück und dachte nach. Ihr Gegenüber stieg in das Denken mit ein.
Könnte man dem Ermittler ein Motiv vorwerfen? Er kannte das Opfer nicht, daher konnte ein Beziehungsmord ausgeschlossen werden. Raubmord war es nicht, weil nichts gestohlen wurde und die Tat eines Psychopathen konnte es auch nicht sein, weil es dafür zu willkürlich erschien.
„Das einzige, was du mir vorwerfen kannst, ist mein Alibi. Ich habe nämlich kein Handfestes, es ist so ähnlich wie dein erstes, erlogenes Alibi." Zum ersten Mal in diesem Gespräch errötete Conny: „Tut mir Leid, dass ich gelogen habe. Ich wusste mir nicht anders zu helfen." Masbaum schüttelte den Kopf:
„Du hast echt Talent darin, dich in Schwierigkeiten zu bringen. Wo kann ich denn schnellstmöglich allein mit Raul reden?" Sie schaute auf die Uhr und blickte dann kurzweilig aus dem großen, weiß gerahmten Fenster: „Wahrscheinlich schläft er noch. In meinem Bett. Er ist eher nachtaktiv." Sie

schauten sich an und lachten lauthals los. Ein befreiendes Lachen, bis ihnen die Tränen an den Wangen herunterliefen.

„Du könntest gleich mitkommen, wenn du es so eilig hast." Er grinste breit und nickte: „Ich kann mir ja einmal anschauen, was du dir da Schmuckes angelacht hast. Was hat dich nur geritten?"

„Nicht was, wer!" Aus dem Kichern erhob sich ein erneuter Lachkrampf; als dieser langsam verebbte, fragte sich Tomas, wann er das letzte Mal so herzhaft gelacht hatte.

Er verstaute die eingekauften Lebensmittel, während Constanze im Bad ihr Make up auffrischte. Keine fünf Minuten später befanden sie sich wieder in der Hitze. Es war kurz vor elf, die Sonne stand hoch am Himmel und sorgte dafür, dass Schatten wie Mangelware gehandelt wurden. Conny war mit dem Fahrrad unterwegs, sodass Tomas das Citybike mitnahm und sie gemeinsam zum Försterpfad fuhren. Dank des Sommerwetters blieb sogar der Fahrtwind weitgehend aus und Masbaum hätte einiges für eine leichte Brise gegeben.

Kapitel 44

Sie brauchten nicht lange, obwohl die Straße mit Connys Wohnhaushälfte in einem anderen Stadtteil lag. Trotz Ferienzeit waren nicht viele Autos unterwegs und behinderten die zwei auf der kurzen Strecke nur selten.
Als sie die Fahrräder abstellten, vibrierte Tomas' rechtes Bein; ein Griff in die entsprechende Tasche gab den Blick auf sein Smartphone frei. Ole teilte ihm mit, dass die Box eingetroffen war und auf Masbaums Schreibtisch wartete. Der Ermittler bedankte sich und fragte per SMS, ob Hauptkommissar Reinhardt bereits zurück sei.
  Die Lehrerin kramte währenddessen in ihrer Handtasche nach dem Hausschlüssel. Als sie ihn fand, öffnete sich die Tür bereits von innen. Ein hochgewachsener Heißsporn stand vor den überraschten Freunden, nur mit einem weißen Sportslip bekleidet; Masbaum verstand nun besser, warum Constanze nicht widerstehen konnte.
Rauls Figur erinnerte eher an einen Rugbyspieler als an einen Gymnasiasten. Der spärliche Stoff bemühte sich vergeblich, die überdimensionale Beule im Zaum zu halten und die süßen braunen Kuhaugen brachten für Tomas das Fass zum Überlaufen.
Er schaute mit Respekt zu Conny, diese schaute verlegen zu Raul und der checkte Masbaum misstrauisch von oben bis unten ab: „Wer ist das?" Tomas registrierte fasziniert, dass der junge Mann keinerlei Anstalten machte, seine erregte Scham zu bedecken.

Anonym

„Ich bin Kommissar Dr. Masbaum, freut mich, dich kennenzulernen." Masbaum streckte ihm die Hand entgegen, doch erfuhr er keine Erwiderung. „Ich bin ein Freund von Conny, haben uns gerade auf dem Wochenmarkt getroffen."

Die rassige Frau schob ihren Liebhaber genervt zu Seite und schob sich an ihm vorbei: „Jetzt komm schon herein, Tomas. Auch wenn er so aussieht, er beißt nicht. Im Gegensatz zu mir." Masbaum konnte sich ein Grinsen nicht verkneifen. Als er an Raul vorbeiging, roch er dessen Parfum. Eine sehr holzige Note mit Jasmin und Weihrauch stach in seine Nase. Diesen Duft hatte er auch schon einmal im FIBS gerochen, vielleicht trainierte er dort.

Mit routinierten Schritten ging Tomas ins Wohnzimmer und setzte sich auf das große violette Sofa, während sich Raul und Constanze auf den wuchtigen Sesseln platzierten. Der Ermittler spürte ihre Anspannung; es war ihr offensichtlich unangenehm, dass sich der Junge so respektlos aufführte. „Kannst du bitte mal nach oben gehen und dich anziehen. Dankeschön." Jedes Wort kam so gepresst durch ihre Lippen, dass der expressive Nachdruck zum Greifen fühlbar war.

Ohne auch nur ein Wiederwort zu geben, verschwand er flinken Schrittes auf die Treppe. Sichtlich erleichtert atmete Constanze aus und entschuldigte sich bei Masbaum für Rauls schlechtes Benehmen.

Die neu gewonnene Zweisamkeit nutzte Tomas für Absprachen: „Ich möchte hier jetzt kein Verhör aufbauen und es ist besser, wenn er

keinen Verdacht schöpft. Ich könnte dich ganz verbindlich nach dem Mädelsabend fragen und ihn dabei in das Gespräch verwickeln. Es ist wichtig, dass ich aus seinem Mund höre, dass du kurz nach drei wieder hier warst. Dann ist alles gut. Okay?"
Sie strich ihm dankbar über den rechten Arm und diesmal zuckte er nicht zurück. Stattdessen lächelte er verschworen und schlug das rechte Bein über das andere: „Hast du vielleicht etwas zu trinken da? Wenn das mit dieser Hitze heute noch so weiter geht, trifft mich noch der Schlag." Lachend ging Conny in die Küche und kam mit einer großen eisgekühlten Karaffe Eistee und drei Longdrinkgläsern zurück: „Denn habe ich selbst gemacht, ist eine Mischung aus Ostfriesentee und dem Früchtetee namens 'Rote Grütze'. Total lecker, den gibt es in dem Teeladen am Ende vom Neuen Weg."
Raul kam die Treppe herunter gelaufen, sodass sich die andren beiden umdrehten. Als wäre er am Ende eines Laufstegs blieb er kurz stehen. Er trug eine moderne schwarze Bermuda, die weit über dem Knie endete und so viel braun gebrannte Haut preisgab, darüber ein lockeres seidenes Hemd mit fliederfarbenem Paisleydruck. Masbaum war von dieser Stilsicherheit beeindruckt, fragte sich aber insgeheim, ob nicht doch Constanze dieses Outfit ausgesucht hatte.
Der junge Mann setzte sich wieder dazu und schien sichtlich entspannter. Als wäre nichts passiert, führten Tomas und Conny das Gespräch weiter: „Kann man da gut einkaufen? In dem Teeladen am Anfang der Fußgängerzone war ich schon ein paar Mal. Die Beratung ist

zwar gut, aber der Laden ist so dunkel." Constanze schenkte die Gläser voll und setzte sich dann:
„Ich kaufe gerne bei denen ein. Die Besitzerin ist sehr kompetent und die Räumlichkeiten sind hell und freundlich. So lange gibt es den Laden noch nicht." Raul hörte zu, beteiligte sich aber nicht an der Konversation. Stattdessen nippte er kontinuierlich an seinem Eistee.

Masbaum versuchte nun, locker auf das passende Thema zu kommen: „Wie war denn eigentlich dein Mädelsabend neulich?" Conny schlug die Beine übereinander und schlug sanft auf das überkreuzende Knie: „Das war so lustig! Zuerst haben wir gemeinsam Lasagne gemacht und dann beim Essen den ersten Film von 'Sex and the City' geschaut. Nadine hat dabei schon so viel Sekt getrunken, dass wir sie erst einmal wieder ausnüchtern mussten."
Tomas lachte laut. Das war gut gelogen, denn er kannte besagte Nadine und tatsächlich konnte diese beim Thema Alkohol kein Maß halten. „Habt ihr danach noch die Kneipen unsicher gemacht?" Masbaum trank einen großen Schluck und war überrascht von der Geschmacksexplosion auf seiner Zunge. Die holzige Bitternoten des Schwarztees ergänzten sich hervorragend mit der waldfruchtigen Säure des Früchtetees. Anscheinend hatte sie noch Waldhonig mit eingerührt, denn eine feine Süße spielte mit und rundete den Geschmack exquisit ab.
„Klar waren wir noch unterwegs! Zuerst sind wir ins Mittelhaus, aber dort war nicht viel los, dann wollte Annika unbedingt in

Hermann's Musikkeller. Auch gähnende Leere, daher sind wir danach noch in den Club. Es ist alles nicht mehr so, wie es mal war."

Tomas seufzte; das Nachtleben in Ostfriesland ließ tatsächlich zu Wünschen übrig. Es gab hauptsächlich nur kleine Etablissements und Großraumdiskotheken, aber wenige Läden dazwischen. Aber nun kam der entscheidende Schlag. Er wendete sich zu Raul und fragte belustigt: „Da war deine Liebste aber lange unterwegs. Wann ist sie denn wieder zu Hause gewesen?" Der muskelbepackte Jüngling merkte nichts von dem intriganten Zwischenspiel: „Gegen halb vier erst. Ich schlief ja längst, aber Conny musste ja unbedingt mit den ollen Klackerschuhen über das Parkett gehen. Da wäre jeder wach geworden. Sie hat es aber ordentlich wieder gut gemacht." Raul zwinkerte ihr zu und grinste selbstherrlich.

Tomas hatte bekommen, was er wollte. Diesmal hatte sie die Wahrheit gesagt. Dankbar lächelte er sie an; anstelle auf die Uhr zu sehen, holte er sein Smartphone heraus und sah erst jetzt, dass Ole geantwortet hatte. Reinhardt war zurück, anscheinend mit schlechter Laune: „Mein Chef ist zurück und erwartet mich im Präsidium. Danke für den Tee und diese nette spontane Pause." Er trank das Glas leer und stellte zufrieden das Glas auf den niedrigen Couchtisch aus Ahorn. Als er sich erhob, reichte er Raul noch einmal die Hand: „Freut mich, dich kennengelernt zu haben." Dank des strahlenden Lächelns konnte dieser gar nicht anders; er nahm die Hand und sagte: „Gleichfalls."

Anscheinend war das Eis gebrochen, völlig entspannt begleitete Constanze den Kommissar zur Haustür, Raul blieb zurück: „Ich weiß gar nicht, wie ich dir danken soll." Masbaum warf die Stirn in Falten: „Danke mir nicht zu früh! Ich muss deinem Onkel jetzt irgendwie verkaufen, dass du ein abgesichertes Alibi hast, ohne es ihm erzählen zu können. Ich habe noch keine Ahnung, wie ich ihm das beibringen soll."
Die Lehrerin blieb zuversichtlich: „Wenn es jemand schaffen kann, dann du."

Kapitel 45

Die Stimmung im Großraumbüro war eisig. Anscheinend hatte sich Reinhardts schlechte Laune auf den Rest des Kollegiums übertragen. Ole saß apathisch vor seinem Monitor, vom Hauptkommissar war keine Spur, aber verdächtig genervte Geräusche kamen aus dessen Büro.
Tomas wollte sich den Tag nicht von seinem Chef kaputt machen lassen, daher ließ er diesen lieber in Ruhe. Stattdessen wendete er sich Janssen zu: „Was ist denn mit dir los? Du siehst so aus, als wenn dich etwas bedrückt." Der junge Polizist blickte verwundert zu ihm hoch, irritiert von dem plötzlichen Interesse Masbaums. Ole kaute auf seiner Unterlippe, unentschlossen, ob er dem Kollegen mit Privatkram kommen sollte oder nicht.
Der Ermittler griff sich einen Stuhl und setzte sich zu seinem Schreibtisch dazu. Ole sah dies als Ermutigung und zögerlich kam er heraus mit der Sprache: „Mein Date für heute Abend hat abgesagt. Jetzt habe ich seit langem einmal ein Wochenende abends frei und sitze anscheinend zu Hause alleine herum." Tomas musste sich ein Grinsen verkneifen. Er hatte noch keinen Gedanken an die dunkle Zeit des Tages verschwendet. Tatsächlich hatten die beiden noch nie ein vergleichbar persönliches Gespräch geführt. Immer ging es um die Arbeit und dass Ole ihm nun einen solchen Vertrauensbeweis gab, machte dem Kommissar bewusst, dass er sich mittlerweile etabliert hatte.

„Na komm, du bist doch ein hübscher Kerl. Es sollte doch nicht schwer sein, eine Alternative zu finden. Die blauen Seiten sind immer da. Das ist wie bei Ebay – wer am meisten bietet, bekommt den Zuschlag." Janssen lachte laut auf, etwas erschrocken von der zynischen Sichtweise seines Gegenüber. Er betrachtete die markanten Gesichtszüge, die dunklen Bartstoppel, die kräftige Nase und die fast femininen Ohren. Mit einem Seufzen sagte Ole:
„Manchmal wünschte ich, mehr wie du zu sein. Mit einen gewinnenden sexy Lächeln die ganze Welt auf meine Seite ziehen zu können. Das Leben ist einfach für dich." Nun war es an Masbaum, laut zu lachen: „Einfach? Das empfinde ich nicht so. Es ist eher anstrengend, wenn dir alles zufällt. Wo bleibt da noch eine Herausforderung? Das Leben wird dann ganz schön langweilig und du findest irgendwann nicht mehr wieder auf der Suche nach dem nächstbesten schnellen Kick." Der Blick des Ermittlers schweifte ab ins Leere; sein Kollege starrte ihn mit schräg gelegtem Kopf an, verwundert, endlich einmal hinter die Fassade schauen zu dürfen.

„Warum fragst du nicht Amir? Er hat dir doch offensichtlich gefallen." Tomas gefiel die Idee, als Kuppler zu fungieren. Janssen Gesichtsfarbe wechselte zu tomatenrot, verschämt schaute er zu Boden, dann wieder hoch mit diesem scheuen Rehblick: „Meinst du?Vermische ich damit nicht Privatleben mit Arbeit?"
Masbaum warf das Bein über das andere: „Warum denn? Er hat ja ein gutes Alibi und ist damit für den Fall nicht mehr von

Bedeutung. Und du hast ihm auch gefallen, dass konnte ich sehen. Die Telefonnummer steht in der Verdächtigenliste. In meinen Augen hast du nichts zu verlieren. Ich werde in der Zwischenzeit meine Mom anrufen. Anscheinend hat sie etwas über die Tätowierungen herausgefunden."

Kapitel 46

Auf seinem Schreibtisch stand die schwarze Box, die Dr. Moor ihnen zugeschickt hatte. Tomas hatte dieses ominöse Stück schon vergessen, doch hier lag es vor ihm. Mit den Fingern strich er über das Material. Es war glatt und kalt. Er drehte den viereckigen Kasten in alle möglichen Richtungen, fand aber weder eine Öffnung noch irgendeine Vorrichtung, mit der es möglich gewesen wäre, das Ding zu öffnen.
Tatsächlich klapperte darin etwas, als er es schüttelte, aber es hörte sich nicht so an, als könnte es darin kaputt gehen. Zwar fragte er sich, was sich in dieser Box befand, doch er entschied sich dafür, mehr über die Tattoos herauszufinden.
Auf dem Smartphone fand er schnell die Mobilnummer seiner Mutter. Nach dem dritten Klingeln ging sie ran: „Tommy, endlich! Du hast dir ja Zeit gelassen." Masbaum schaute auf die Uhr; es war keine Stunde vergangen, seit sie auf seinen AB gesprochen hatte. Er seufzte: „Mama, was hast du für mich?"
Mit dem Handy in der Hand ging er zur Küche. Im großen amerikanischen Kühlschrank lagerte ein großes Arsenal kalter Getränke. In dieser heißen Jahreszeit war es für Polizisten und Kriminalbeamte wichtig, einen kühlen Kopf zu bewahren. Er griff sich einen halben Liter Apfelschorle heraus und hörte gespannt den Ausführungen seiner Mutter zu: „Das Wicca-Symbol, dass Lana auf der Hand trug, nennt sich 'Triqueta', den sogenannten 'Knoten der Dreisamkeit'. Ein Kreis mit drei

Halbkreisen, die sich in der Mitte kreuzen und an den Ecken miteinander verbunden sind. Aber das wirst du beim Googeln auch schon herausgefunden haben." Tomas hatte einen großen Schluck genommen und war mit der offenen Flasche an seinen Platz zurück marschiert: „Ja, ich erinnere mich dunkel. Aber was bedeutet es in diesem Fall? In der indianischen Kunst wird das Ding schon seit 5000 Jahren verwendet."
Masbaum schaltete den Monitor an und rief nebenbei das passende Foto der Gerichtsmedizin auf. Seine Mutter war nun in ihrem Element: „Als ich das letzte Mal im Hexenladen war, habe ich nicht darauf geachtet, aber als ich zu Hause ankam, fiel es mir wie Schuppen von den Augen. Luthmilla trägt das gleiche Symbol auf ihrer Hand." Tomas nutze ihre künstlerische Pause, um irritiert zu fragen: „Wer ist Luthmilla?" Als hätte er eine dumme Frage gestellt, antwortete Birgit genervt:
„Die Besitzerin natürlich. Ich bin also zurückgegangen, um sie darauf anzusprechen. Weißt du, was ein Coven ist?" Blitzschnell hatte er einen Browser geöffnet und das Wort eingegeben, die Pause schien ihr zu lang, deswegen fuhr sie mit ihrem Vortrag fort: „Es ist eine Art Hexenzirkel. Hexen mit gleicher Gesinnung und Idealen schließen sich zusammen, um ihre Macht zu verstärken. Jeder Coven hat seine eigenen Symbole, die Triqueta gehören zu einem uralten Zirkel guter Hexen. Die drei Kreisbögen stehen in diesem Fall für Sonne, Mond und Erde; der Kreis darum herum für die Magie, die alles zusammenhält."

In Masbaums Kopf ratterten die Gedanken: „Kennen sich alle Hexen eines Covens untereinander? Oder gibt es davon so viele, dass die Möglichkeit besteht, zwei Hexen an einem Ort zu haben, die nichts voneinander wissen?" Er rief Google Maps auf und gab nacheinander Bleicherslohne und Hooge Riege ein; zu Fuß brauchte man angeblich nur 17 Minuten.

„Die werden sich gekannt haben. Die Triqueta haben zwar viele Mitglieder in Deutschland, trotzdem kommen sie nicht einmal auf hundert." Obwohl Tomas immer noch nicht davon überzeugt war, dass es tatsächlich magisch begabte Hexen gab, glaubte er sehr wohl an die guten ermittelnden Fähigkeiten seiner Mutter:

„Wenn wir schon bei so abstrusen Dingen sind: bei Lana im Garten wurde eine schwarze Box mit einem noch unbekannten Inhalt gefunden. Ob deine Luthmilla vielleicht weiß, was ihre Hexenfreundin verbergen wollte?" Birgit stutzte und einen Moment lang herrschte auf beiden Seite Stille, bis sie sich wieder gefangen hatte: „Warum macht ihr die Box nicht einfach auf?"

Masbaum lachte: „Es ist nicht so, dass wir es noch nicht probiert hätten. Bisher hat es noch keiner geschafft." Er konnte fast spüren, wie Birgits Augen aufblitzten: „Du meinst, sie könnte magisch geschützt sein?" Allmählich nervte ihn dieser Eifer für Hexen: „Ich versuche nur, alle Möglichkeiten auszuschöpfen. Frag sie einfach, okay?" Tomas bemerkte, wie schroff er das gesagt hatte und fügte schlichtend hinzu: „Danke für die gut recherchierten Fakten. Du bist

mir eine große Hilfe, mache weiter so."
Sie lächelten beide und zufrieden sagte sie: „Dann lasse ich dich weiterarbeiten. Wenn ich etwas Neues weiß, sage ich Bescheid." Wie üblich, hatte sie aufgelegt, bevor er etwas erwidern konnte.

Kapitel 47

Masbaum warf den Blick auf das Büro von Reinhardt. Zwischenzeitlich war es sehr ruhig darin geworden und Tomas fragte sich, ob sich sein Chef mittlerweile wieder beruhigt hatte. Er ging zum Kühlschrank und holte eine Flasche Wasser heraus. Für seinen Blutdruck war es wichtig, dass Reinhardt genug trank, aber es kam vor, dass er es über Stunden hinweg vergaß.
Vorsichtig klopfte Masbaum an die Tür und öffnete sie ein Stück weit: „Alles okay bei dir?" Lutz winkte ihn hinein; Tomas spürte sofort eine bedrückte Stimmung und fragte sich, ob die Presseerklärung dermaßen schlecht gelaufen sein konnte.
    Tatsächlich hatte Reinhardt trotz der Hitze nichts zu trinken in seinem Büro. Masbaum stellte die Wasserflasche auf den schwarzen Schreibtisch ab und wunderte sich, als sich Lutz kommentarlos bei ihm bedankte. Normalerweise fühlte der sich bei solchen Aktionen eher bevormundet.
Tomas setzte sich auf einen Stuhl und schaute seinem Kollegen ins Gesicht. Dessen Hautfarbe sah nicht gesund aus, die grauen Haare verstärkten den Effekt noch. Rote Adern fanden sich sowohl auf der wurzeligen Nase als auch im Weiß seiner Augäpfel.
„Wie war es denn vorhin? Haben dich die Reporter schlimm in die Mangel genommen?" Reinhardt schaute ihm das erste Mal in die Augen: „Nein, das war nicht so schlimm. Sie haben keine Ahnung von euren nächtlichen Aktivitäten. Natürlich wollen sie schnell

Ergebnisse sehen und hoffen, dass es kein Serientäter ist." Insgesamt waren das gute Nachrichten, daher konnte Masbaum noch weniger verstehen, warum die Stimmung seines Vorgesetzten so weit unten war: „Was ist denn los mit dir?"
Der Hauptkommissar lehnte sich zurück und rang offensichtlich mit sich, ob er sich seinem Kollegen offenbaren sollte. Eigentlich teilte er keine privaten Details mit dem Möchtegern-Casanova, aber vielleicht war es besser, es sich von der Seele zu reden: „Während du unterwegs warst, habe ich schlechte Nachrichten erhalten. Meine Schwester ist schwer krank, Lymphdrüsenkrebs im Endstadium. Wenn sie Glück hat, bleibt ihr noch ein Jahr, wahrscheinlicher sind aber nur ein paar Monate."
Tomas war froh, dass er saß. Damit hatte er nicht gerechnet: „Das tut mir aufrichtig Leid. Kann es sein, dass Constanze keine Ahnung davon hat? Ich komme nämlich gerade von ihr." Nun wurde Lutz wieder lebendiger: „Nein, das ist auch gut so! Hildegard möchte es ihren Kindern persönlich sagen. Das wird hart werden. Sie hat ihren ersten Mann Gerold schon wegen einer aggressiven Form von Magenkrebs verloren. Der Leidensweg war lange und qualvoll. Ich finde es schrecklich, dass sie das noch einmal erleben müssen." Unbewusst schraubte er die Verschlusskappe ab und trank einige Schluck Wasser. Masbaum fand, dass etwas Mehrprozentiges sinnvoller gewesen wäre.
Gleichzeitig bot Reinhardts, mit anderen Gedanken gefüllter, Kopf den richtigen Moment, um von den neuesten Entwicklungen zu

erzählen: „Conny ist übrigens entlastet und...", Tomas machte eine künstlerische Pause, „... wir haben endlich Neuigkeiten über die Tätowierungen. Anscheinend gehören Lana und Larissa dem sogenannten 'Triqueta-Coven' an."
Hauptkommissar Reinhardt riss die Augen auf: „Dem was?" Masbaum lächelte und erhellte damit den Raum, als hätte er den Lichtschalter betätigt: „Ein Hexenzirkel, der an den Verbund von Sonne, Mond und Erde glauben. Gute Hexen."
Lutz schnaubte verächtlich: „Glaubst du jetzt auch schon diesen Mist?" Langsam brachen die normalen Eigenschaften des Hauptkommissars wieder durch. Auch Masbaum entspannte sich: „Ich nicht, aber ich bin davon überzeugt, dass unsere Mordopfer daran geglaubt haben. Und der und/oder die Mörder auch."

Diesem Argument konnte sich auch der erfahrene Ermittler nicht verschließen: „Also suchen wir einen Hexenmörder? Vielleicht einen überzeugten Katholiken. Waren die nicht für die Hexenverbrennung damals verantwortlich?" Tomas musste sofort an Luca denken, der in sehr religiösen Kreisen aufgewachsen war.

Wie von der Tarantel gestochen, sprang er auf, riss die Tür auf und rief quer durch den Saal: „Ole, hat der Rosenbaum seine Fingerabdrücke abgegeben?" Erschrocken zuckte dieser zusammen, stand auf und kam auf sie zu: „Ja, der war da. Der Vergleich hat auch bestätigt, dass die Abdrücke zu denen in Larissas Wohnung passen."

Nun war auch der Hauptkommissar aufgesprungen: „Meinst du, der Fitnesstrainer hat sie umgebracht, als er herausfand, mit was für Leuten sie sich umgab?"

Kapitel 48

„Ole, ruf bitte ihre beste Freundin an. Vielleicht kann dir Diana sagen, seit wann Larissa das Tattoo hat. Wenn sie das nicht weiß, dann Frau Weinberg und/oder die Schwester. Falls die sich auch nicht erinnern können, hat vielleicht Isa eine passende Methode, so etwas zu bestimmen."
Der nickte nur und verkroch sich wieder hinter seinem Schreibtisch.
Masbaum blickte zu Reinhardt und grinste: „Und wir machen jetzt Sport." Lutz blickte wütend zu seinem Kollegen, bis er verstand, worauf der Ermittler hinaus wollte. Ein paar andere Gedanken konnten nicht schaden.
Obwohl Tomas sein Citybike vor der Tür stehen hatte, bestand Reinhardt auf den BMW. Es war Mittag und die Sonne hatte den höchsten Punkt erreicht. Masbaum machte den Fehler, sich mit einer Hand auf das schwarze Blech zu stützen. Mit schmerzverzerrter Miene zog er sie blitzschnell zurück und kühlte die verbrannte Fläche an der weißen Steinwand des Kripogebäudes.
Mit Widerwillen setzte er sich in den fahrbaren Backofen. Den Cardigan hatte er clevererweise oben liegen gelassen. Lutz schien die Hitze kaum etwas auszumachen. Hinter dem Sichtschutz holte er eine häufig getragene Sonnenbrille hervor, schnallte sich an und ließ den Wagen an.
Der Verkehr trödelte schleichend vor sich hin; theoretisch konnte man mit dem Auto in fünf Minuten am 'Norder Tief' sein, aber Tomas kam die Strecke endlos vor. Jede Ampel

schaltete auf rot, unwissende Urlauber hielten sich nicht an das empfohlene Tempo und es schien, dass Fußgänger und Fahrradfahrer sie bewusst aufhalten wollten.

Als sie das Auto auf dem kleinen Parkplatz lenkten, hatte sich das Wageninnere soweit aufgeheizt, dass Masbaums Schweißdrüsen die salzige Flüssigkeit nicht mehr zurückhalten konnten. Auf seiner glatten Stirn bildeten sich kleine Tröpfchen und die feuchte Haut verwandelte das enge weiße Shirt in ein fast durchsichtiges Hauch von nichts. Mittlerweile fand er die Wahl seiner Kleidung nicht mehr so gut durchdacht, wie heute morgen. Er gab Adam Levine die Schuld dafür.

Beim Öffnen der Autotür hatte er noch die Hoffnung, eine kühle Brise zu erhaschen, doch die drückende Luft spielte mit seinem Kreislauf. Wenn es gut lief, würde es heute noch ein dickes Gewitter geben.

Beim Betreten der Muckibude entdeckte Tomas ein bekanntes Gesicht am Empfangstresen: „Moin Silke, ist Luca gerade verfügbar?" Die sportliche Vermittlerin warf die Stirn in Falten: „Aber Dr. Masbaum, Sie waren doch gestern erst hier! Kommen Sie in ihrem Fall nicht weiter?" Ihre mitfühlenden Augen taten ihm gut; gleichzeitig bemerkte er Reinhardts bösen Blick im Nacken. Er drehte sich zum Hauptkommissar und versuchte ihn mit einem Kopfschütteln mitzuteilen, dass er ihr nichts erzählt hatte.

„Ist Luca nun frei, oder nicht?" Ihnen lief die Zeit davon und Tomas wollte sich daher nicht mit Smalltalk aufhalten. Sie warf einen Blick auf ihren Monitor, ohne etwas einzutippen: „Luca hat sich heute morgen krank gemeldet, ich weiß allerdings nicht, was er hat." Die Ermittler schauten sich an und versuchten, in dem Gesicht des jeweils anderen zu lesen. Masbaum nickte zur Tür und sagte noch lächelnd zu Silke gewandt: „Danke für die Info. Du hast uns sehr geholfen. Schönen Tag noch."

In Windeseile waren sie wieder draußen. Lutz wollte nun das Zepter in die Hand nehmen: „Wir fahren jetzt zur Wohnung von Rosenbaum. Mal sehen, wie krank er wirklich ist." Tomas grinste schelmisch: „Du weißt schon, dass Luca hier gegenüber wohnt, oder?" Er zeigte mit der rechten Hand auf ein großes Blockgebäude aus rotem Backstein: „Das ist die Bernd-de-Vries-Straße, er müsste dort im zweiten Stock wohnen."

Reinhardt seufzte: „Gehen wir." Er war es allmählich Leid, sich von dem Möchtegern-Model vorführen zu lassen. Die Zeiten, in denen er gerne auf Verbrecherjagd ging, waren längst vorbei. Jetzt lag sein Herz in seiner Orchideen-Zucht. Die Jungpflanzen müssten dringend umgetopft, seine Lieblinge abgebraust werden. Stattdessen lief er mit seinem Kollegen in der prallen Sonne die Straße entlang, um einen völlig abstrusen Fall zu lösen.

Um zur Haustür zu kommen, mussten sie um das Gebäude herumgehen. Den schmalen Weg liefen sie stumm hintereinander her. Nach den Klingelschildern zu urteilen, wohnten zwölf Partien in diesem Gebäude.

Das Drücken von Rosenbaums Klingel blieb erfolglos. Auch nach den nächsten zwei Versuchen wurde der Summer nicht betätigt.

„Vielleicht sitzt der noch beim Arzt?" Doch Lutz glaubte selbst nicht an diese Theorie. Stattdessen drückte er willkürlich eine andere Klingel. Endlich wurden sie vom öffnenden Vibrieren erlöst und konnten eintreten. Die überraschte ältere Dame schien ein wenig enttäuscht, dass die werten Kriminologen nicht zu ihr wollten, war aber trotzdem dankbar für dieses neue Tratschthema.
Der Flur lag angenehm kühl und Masbaum erwog tatsächlich, es sich hier für den Rest des Tages gemütlich zu machen, als sie Lucas Wohnungstür erreichten. Bevor sie erneut klingelten und klopften, lauschten sie. Kein Geräusch drang durch die Tür. Tomas meinte, das Brummen des Kühlschranks zu hören. Anscheinend war niemand zu Hause.
Missmutig verließen die Kommissare das Gebäude. Es war halb eins, von Luca keine Spur. „Meinst du, er hat sich abgeseilt? Dann hätte er seiner Freundin doch bestimmt Bescheid gesagt, oder?" Masbaum legte den Kopf schief: „Du meinst, weil sie ja so viel miteinander reden? Ich weiß nicht. Mein Gefühl sagt mir, dass etwas anderes passiert ist."
Reinhardt sah misstrauisch zu seinem Kollegen. Einerseits wollte er dessen Intuition vertrauen, aber die Fakten sprachen gegen ihn: „Ich würde jetzt gerne zur Claashen GmbH fahren. Während der Fahrt ruft wir dort an, um uns sagen zu lassen, wo sich die Seefeld gerade befindet."
Widerwillig stieg Tomas ein und war dankbar für die hellen Sitze des BMW – die einzigen Elemente, auf denen man keine Spiegeleier braten konnte. Er schloss die Augen und

atmete tief ein und aus. Seine Hände ruhten still auf seinen strammen Oberschenkel. Plötzlich öffnete er wieder die Augen: „Ich weiß, wo Luca ist. Wir fahren zu Claashen, aber du gehst allein zu Bettina. Ich gehe zwei Türen weiter ins Mittelhaus." Entgeistert starrte Lutz nach rechts, blickte dann aber wieder zur Straße. Sie befanden sich in der Dornkaatlohne; der Verkehr war zwar viel geringer als am Burggraben, aber die schmale Pflasterstraße wurde von Häuserrückseiten gesäumt, zwischen denen Passanten häufig ohne Vorwarnung auftauchten.

„Wieso glaubst du, dass er im Mittelhaus ist? Dann kann er ja nicht sonderlich krank sein. Und du meinst, der gefährdet so leichtfertig seinen Job?" Masbaum faltete seine Finger zur Gebetshaltung: „Ich weiß es einfach."

Kapitel 49

Hauptkommissar Reinhardt parkte die schwarze Limousine hinter der Traditionsgaststätte. Erstaunlicherweise fand sich noch eine leere Lücke. Auch bei dieser Fahrt hatte die Klimaanlage keine Chance gehabt. Schweißgebadet schälte sich Masbaum vom Ledersitz und schwor sich, dieses Gefährt heute nur noch im allerschlimmsten Notfall zu betreten.
Egal, wie das nun kommende Gespräch verlaufen sollte – danach würde er sich zu Hause duschen und umziehen müssen.
Durch den Hintereingang betrat er das Mittelhaus; er nutzte den breiten Flur, um die Toilette aufzusuchen. Die sanitären Räumlichkeiten waren großzügig ausgelegt. Von den fünf verfügbaren Pissoirs wählte er das Hintere am Fenster – wie jedes Mal, wenn er hier war. Nur wenn es belegt war, suchte er sich eine Ausweichmöglichkeit. Der Mensch ist eben ein Gewohnheitstier und der Ermittler keine Ausnahme.
Aufgrund des Blasendrucks hatte er sein Spiegelbild ignoriert, doch nun wagte er tapfer den Blick zum spiegelverkehrten Gegenüber. Tomas fühlte sich erschlagen und verbraucht. Sein Haar lag nass und verklebt auf seine Kopfhaut. Durch sein Shirt konnte er nicht nur seine Brustmuskeln, sondern auch die Brustwarzen sehen. Das Sitzen hatte der Leinenhose nicht gut getan. Sie warf Falten; Masbaum hätte sich jetzt ein Bügeleisen gewünscht. Nur ungern betrat er in solchem Aufzug eine öffentliche

Lokalität, aber ihm blieb keine Wahl.

Am Ende des Flures öffnete er die schwere dunkelbraune Tür und blickte sofort nach rechts. Wie vorausgesagt, saß der blonde Fitnesstrainer in zusammengesunkener Haltung am Tresen. Vor im stand ein halbleeres Kristallweizen und ein kleines Glas, dessen Form eindeutig Jägermeister zuzuordnen war. Der Anblick war jämmerlich und Tomas fühlte den inneren Schmerz, der Luca offensichtlich zusetzte. Mit elegantem Schwung ließ er sich auf den Hocker daneben nieder. Petra stand hinter der Theke; groß und kräftig, mit der unverkennbaren Tina-Turner-Gedächtnisfrisur und einer großen Menge frechen Charmes versprühte sie auch heute pure Energie: „Hallo, Tomas. Was treibt dich denn zu dieser Uhrzeit hierher? Möchtest du etwas trinken?" Erst jetzt blickte Luca nach rechts und nahm den Ermittler wahr: „Was willst du hier?", säuselte er. Masbaum lächelte: „Ich hätte gerne ein alkoholfreies Weizen und ein großes Wasser für meinen Freund hier." Der Provokation bewusst, rechnete er schon mit einer lautstarken Szene, doch die blieb aus. Stattdessen wurde er mit Ignoranz bestraft. Masbaum schaute sich um; er entdeckte auf den anderen Plätzen die gleichen Gesichter, die hier jeden Tag zur selben Uhrzeit auftauchten und die Kneipe ihr zweites Zuhause nannten. Mit dem Unterschied, dass sie in ihrem ersten Wohnsitz nicht mehr als flüchtige Bekannte waren.
Petra stellte das große kelchförmige Gefäß vor Tomas ab, das andere neben Lucas. Der quittierte die gut gemeinte Handlung mit einem bösen Blick. Der Ermittler begann mit

neuem Ansatz: Ich habe nach dir gesucht."
Mit einem Zug trank Luca den Jägermeister aus und setzte das Glas mit einem lauten 'Klack' wieder ab: „Um noch mehr Schaden anzurichten?"
Masbaum nahm einen Schluck von dem kalten Weizen und wünschte sich, er hätte kein Alkoholfreies bestellt: „Was meinst du damit? Welchen Schaden denn?"
Der Fitnesstrainer schaute auf und blickte wütend in die blau schimmernden Augen des Kommissars: „Du bist schuld, dass ich wieder ganz von vorne anfangen kann." Tomas stand auf dem Schlauch; er gab der Hitze die Schuld, dass sein Gehirn nicht so gut funktionierte, wie sonst: „Wieso von vorne? Und warum ich?"
Luca trank großzügig vom Kristallweizen; beim Abstellen schwappte die Zitronenscheibenhälfte wie auf hoher See: „Bettina ist weg und das nur wegen dir."
Masbaum wurde blass um die Nase: „Sie ist weg? Aber sie liebt dich doch! Das hat sie mir heute morgen selbst gesagt." Erstaunlicherweise nahm Luca nun einen kleinen Schluck vom Wasserglas. Auch seine Sitzhaltung veränderte sich; der Rücken spannte sich und die Hände lagen auf der Tresenoberfläche: „Das tut sie vielleicht sogar. Aber ihre Lügen kann ich nicht verzeihen. Ich weiß jetzt alles." Bewusst schaute er mit funkelndem Blick in das Gesicht von Masbaum und mit Freude nahm er wahr, wie Tomas errötete und verlegen den Blick senkte:
„Ich wusste nicht, dass sie deine Freundin ist! Ich habe das erst am Tag danach

erfahren, nachdem du mir von ihr erzählt hast und ihr Name auf der Verdächtigenliste auftauchte." Sein Mund fühlte sich so trocken an wie die Wüste Gobi. Er setzte an und trank das isotonische Getränk zur Hälfte aus. Luca tat es ihm mit dem Mineralwasser nach:
„Und ich war so naiv zu denken, Betty mache sich nichts aus Sex. Du musst mich für einen totalen Trottel halten." Tomas wunderte sich, dass sein Coach noch auf seine Meinung wert lag:
„Du bist kein Trottel. Du suchst dir nur die falschen Frauen aus." Luca hob die Augenbrauen: „Mache ich das? Als wenn Sex wirklich so etwas Tolles wäre." Masbaum musste laut lachen und selbst Petra konnte sich ein Kichern nicht verkneifen. Als sich der Ermittler wieder halbwegs im Griff hatte, stellte er nüchtern, wenn auch belustigt, fest:
„Vielleicht bräuchtest du mal Nachhilfe in dieser Hinsicht." Luca schaute schockiert: „Willst du etwa dabei den Lehrer spielen?" Masbaum grinste anzüglich: „Bei mir haben sich Larissa und Bettina jedenfalls nicht beschwert." Treffer und versenkt.
Luca fiel in sich zusammen, als hätte jemand mit einer Nadel die Luft aus seiner Haltung gelassen. Tomas biss sich auf die Zunge; er hatte sich hinreißen lassen und war mit Höchstgeschwindigkeit über die Ziellinie gestolpert: „Es tut mir Leid. Ich hätte das nicht sagen sollen."
Um das Ruder wieder herumzureißen, wechselte er das Thema: „Ich habe dir gar nicht gesagt, weswegen ich dich gesucht habe. Du

hast mir zwar erzählt, dass Larissa ein Fan von Okkultem, aber nicht, dass sie eine Hexe war." Der Fitnesstrainer besann sich wieder seiner Körperspannung: „Sie war keine Hexe. Sie mochte nur alles, was damit zu tun hatte."
Masbaum war nicht überzeugt: „Laut meiner Quelle war sie eine gute Hexe und gehörte zum Triqueta-Coven. Das Tattoo ist ihr Erkennungszeichen."
Luca runzelte die Stirn: „So etwas wie Hexen gibt es doch gar nicht." Tomas nahm noch einen Schluck: „Ich persönlich denke das auch, aber es spricht viel dafür, dass Larissa daran glaubte. Hat sie mal eine Frau namens Lana Schröder erwähnt?"
Der blonde Schönling überlegte, dann sagte er nachdenklich: „Nein, nicht in meiner Gegenwart. Wer ist das?" Masbaum verzog das Gesicht: „Das andere Mordopfer, dessen Fall noch nicht geklärt ist. Aber Larissa hat sie gekannt, das wissen wir mittlerweile. Sie besaß das gleiche Tattoo auf der Hand."
Luca wurde anscheinend wieder wacher: „Das hat Larissa übrigens erst nach unserer Trennung machen lassen!"

Kapitel 50

Ein schrilles Klingeln durchbrach die Konversation und Tomas griff eilig zu seinem Smartphone. Diesen Klingelton hatte er speziell für den Hauptkommissar eingerichtet. Er wischte mit dem Finger von links nach rechts:
„Lutz, was gibt es? … Ja, der ist hier. Habe mit ihm gesprochen, aber anscheinend hatte er keine Ahnung von ihrem Hexendasein. Außerdem hat sie das Tattoo erst machen lassen, als sie nicht mehr zusammen waren. … Du hast also mit Bettina gesprochen. … Ja, das hat er mir auch erzählt. … Ich weiß es auch nicht. Vielleicht sollten wir erst einmal Mittag machen und dann eine neue Besprechung anberaumen. Vielleicht können Dr. Moor und Aglieri auch dazukommen. Wir können jedes denkende Gehirn gebrauchen. … Nein, danke, ich gehe zu Fuß. Ich will einfach nur Duschen. Sommer in Ostfriesland macht keinen Spaß. … Bis später."

Reinhardt hatte bereits aufgelegt, als er auf den Beenden-Knopf drücken wollte. Er wendete sich wieder seinem Fitnesstrainer und Freund zu. Jedenfalls spürte er, dass er Luca als diesen noch nicht verloren hatte: „Okay, du. Gut, dass wir darüber gesprochen haben. Lass dich davon nicht herunterziehen und hör bitte auf, dich hier volllaufen zu lassen. Das bringt doch nichts. Wenn du Lust hast, können wir heute Abend zusammen um die Häuser ziehen. Was hältst du davon?"
Der blonde Muskelprotz schaute schüchtern nach rechts in das wohlwollende Gesicht des

Ermittlers. Dessen Dreitagebart war kurz davor, zu einem Viertagebart zu werden und musste gestutzt werden. Aber sein Blick zeugte von Ehrlichkeit und Mitgefühl, sodass Luca gar nicht anders konnte: „Okay, das klingt gut. Vielleicht kannst du mir ja tatsächlich den einen oder anderen Tipp geben." Er lächelte verschmitzt und auch bei Masbaum erschien das sexy Lächeln, das so herrlich überzeugend war.

Mit einem Schulterklopfen verabschiedete sich der Kommissar und winkte noch kurz zu Petra hinüber, die im Gespräch mit einem anderen Gast war. Tomas benutzte den Ausgang zur Fußgängerzone hin. Die Sonne war unerbittlich und nachdem er einige Zeit in dem dunklen Raum verbracht hatte, musste Masbaum blinzeln und seine Augen vor der grellen Helligkeit schützen.

Obwohl es im Inneren des Mittelhauses schlecht besucht ausgesehen hatte, zeigte die Außenfront ein gänzlich anderes Bild. Hier saßen an vielen Tischen und Stühlen bestimmt zwei Dutzend Menschen; Gaby und Marie versuchten ihr Bestes, die nicht enden wollenden Bestellungen in die Tat umzusetzen.

Tomas grüßte die beiden und auch noch ein paar Gäste, machte sich dann aber stur nach rechts auf den Weg nach Hause. Das Vorankommen gestaltete sich allerdings schwierig. Samstag Mittag in der Innenstadt, während der Sommerferien, hielt den Vergleich mit dem Versorgungspfad eines Ameisenbaus stand. Überall wuselten Leute vor sich hin – mit Hunden, Kindern und weiterem Zubehör, dass ein gesittetes Gehen schier unmöglich machte.

Masbaum machte drei Kreuze, als er das Ende des 'Neuen Weges' erreicht hatte und weitere drei am Ende der Osterstraße. Vom Marktplatz aus zur Gartenstraße war es nicht mehr so schwer. Die hohen alten Bäume des Alten Friedhofs spendeten ein wenig Schatten und tatsächlich ging der Ermittler hier ein wenig langsamer als vorher.

Sein Shirt war mittlerweile völlig durchgeschwitzt und obwohl er es unangebracht fand, zog er es einfach aus. Die letzten paar Meter bis zu seiner Wohnung würde er auch mit nacktem Oberkörper schaffen. Leichte, kaum sichtbare Stoppeln zierten seine fein definierte Brust- und Bauchpartie. Der Schweiß verwandelte den muskulösen Rumpf in ein glänzendes Arrangement purer Körperkraft.

Einerseits wünschte er sich, ihm würde niemand auf dem Rest der Strecke begegnen, aber gleichzeitig genoss er die bewundernden Blicke der vorbeiziehenden Passanten. Er arbeitete hart daran, seinen Körper fit und gesund zu halten und schämte sich daher kein bisschen, ihn zu zeigen.

Eilig benutzte er seinen Schlüssel dazu, die Haustür aufzuschließen. Schon im Flur empfing ihn eine angenehme Kühle und geschlaucht lehnte er sich kurzweilig an die weiß gestrichene Wand und genoss den kalten Schauer, der sich von seinem Rücken durch alle Gliedmaßen zog. Er musste sich zwingen, weiterzugehen, bereute es aber nicht. Auch in seiner Wohnung schien es lang nicht so heiß zu sein, wie draußen.

Das Licht des Anrufbeantworters leuchtete

diesmal nicht und Tomas war dankbar dafür. Aus dem Kühlschrank nahm er eine Bionade und trank mehrere Schlucke hintereinander weg. Die offene Flasche ließ er auf dem Schreibtisch stehen und ging ins Schlafzimmer; nach dem Ausziehen schmiss er Hose und Retropants in den Wäschekorb. Er würde heute oder morgen noch eine Ladung durch die Waschmaschine jagen müssen.
Er genoss das Nacktsein und fühlte sich frei in seinen Bewegungen. Den Computer ließ er ausnahmsweise unberührt, er wollte einfach nur genießen, für einen kurzen Zeitrahmen nicht denken zu müssen. Im Bad stellte er den CD-Player an und drückte auf Shuffle. In dem kleinen Gerät befand sich eine selbst gebrannte Scheibe mit Musik, die ihm zur Zeit gefiel. Der Rapper 'Wax' begann, über ein Mädchen namens 'Roxanna' zu erzählen. Der Beat war sommerlich und fast schon etwas funky. Masbaum genoss die Leichtigkeit dieser Nummer, als er unter die Dusche ging.

Kapitel 51

Es war schwer einschätzbar, was im Folgenden passieren würde. Rouven hoffte darauf, sich sinnvoll in die Ermittlungen einbringen zu können – aber würde man ihm überhaupt zuhören?
Der Kommissar war zu Hause, das wusste Rouven, denn er hatte ihn mit herrlich nacktem Oberkörper nach Hause schlendern sehen. Er bewunderte dieses Selbstbewusstsein und fragte sich, ob er dasselbe getan hätte. Vermutlich.
Allerdings störte ihn die Sonne weniger als Masbaum. Er liebte die starken hellgelben Strahlen und die Wärme, die von ihr ausging. Er sah es als Privileg, unter ihrem Licht gehen zu dürfen.
Auf dem Klingelschild stand Dr. Masbaum in der Schriftart Arial, fett gedruckt aber ohne Schnörkel. Zögerlich drückte auf den runden weißen Knopf und erschrak, als ein schrilles Klirren ertönte, dass Tote hätte aufwecken können. Es dauerte recht lange, bis das Summen ertönte, wonach er die Tür öffnen konnte.
Der Flur war breit und hell; hier herrschten anderen Temperaturen und Rouven führte das auf eine gute Isolierung zurück. Der Ermittler wohnte im ersten Stock und obwohl er die Stufen in Windeseile erklimmen konnte, ließ er sich Zeit. Eine Tür öffnete sich mit einem leichten Knacken und genau in dem Moment, als Rouven oben ankam, ging die Tür soweit auf, dass er einen noch nassen, nur mit einem weißen Handtuch bekleideten

*Masbaum vorfand.
Anscheinend blieb beiden die Luft aus, denn jeder harrte in seiner Bewegung. Erst das Lächeln des hellblonden Beaus brachte Tomas zum Ausatmen:
„Was machst du denn hier?" Ein verlegenes „Hi" war die Reaktion darauf. Dann versuchte Rouven, sich zusammenzureißen: „Kann ich hereinkommen? Ich möchte etwas mit dir besprechen."
Anscheinend schien Tomas abzuschätzen, ob das sinnvoll wäre, seufzte kurz und öffnete die Tür ganz, sodass Rouven vorbeigehen konnte.*

Kapitel 52

Als Rouven auf Masbaums Höhe war, nahm dieser den Duft wahr, den der fast noch Unbekannte verströmte. Eine betörende Mischung aus männlichem Schweiß, Tannennadeln, Waldbeeren und eine Spur Muskat. Tomas tippte auf eine Sorte von Hugo Boss, war sich aber nicht sicher, welche davon. Er benötigte seine vollständige Konzentration, um nicht sexuell erregt zu werden; das wäre in dieser Situation, nur mit einem Handtuch bekleidet, sehr unangebracht gewesen.
Er führte seinen Gast in die Küche und bot ihm etwas zu trinken an. Der nahm das Angebot gern an und so saßen sie sich einer Bionade jeweils voreinander, als Masbaum das Wort erhob: „Du wolltest mit mir etwas besprechen. Worum geht es?"
Rouven strich sich eine Haarsträhne hinters Ohr, atmete tief ein und wieder aus, bevor er mit der Sprache herausrückte: „Ich möchte euch bei eurem Fall helfen." Tomas riss die Augen auf und lehnte sich amüsiert zurück: „Wieso meinst du, dass wir Hilfe brauchen?" Die sinnlichen Lippen verwandelten sich zu einem Strich, bevor Rouven antwortete: „Soweit ich das bisher beurteilen kann, habt ihr bisher nicht viel mehr als einen Haufen Vermutungen und nicht zu gebrauchende Indizien. Sehe ich das falsch?"
Masbaum saugte scharf die Luft ein, schluckte eine Erwiderung nach dieser Anmaßung aber herunter, weil der süße Kerl leider nicht ganz Unrecht hatte mit seiner Feststellung. Er überlegte kurz und fragte

dann: „Und wie gedenkst du, unsere Ermittlungen zu unterstützen?" Überlegen kreuzte er die Arme und wartete gespannt auf eine Antwort.
Rouven nahm einen Schluck des prickelndes Getränks und stellte die Flasche wieder ab, bevor er sagte: „Ich überlege schon seit längerem, eine eigene Privatdetektei aufzumachen. Ich wollte mich auf das Suchen und Finden vermisster Personen spezialisieren. Ich besitze Fähigkeiten und Möglichkeiten, Dinge herauszufinden, die außerhalb der polizeilichen Maßnahmen liegen."
Mit einem Ruck setzte sich Tomas nach vorne und stützte den Ellbogen auf dem Tisch ab, um seinen Kopf in die rechte Handfläche zu betten: „Welche Möglichkeiten sind das denn?"
Rouven lächelte kokett: „Ein Meisterkoch gibt doch auch nicht einfach so sein Geheimrezept heraus, oder?" Masbaum runzelte die Stirn und setzte sich wieder gerade hin: „Doch hoffentlich nichts Illegales!" Sein blondes Gegenüber lachte herzhaft und zupfte sich das blassblaue Shirt zurecht: „Nein, keine Angst. Kannst du mir eventuell einen Gefallen tun?"
Tomas legte den Kopf schräg und fragte sich, was nun kommen würde: „Würde es dir etwas aufmachen, dir etwas anzuziehen? Es fällt mir doch sehr schwer, mich zu konzentrieren bei dem Anblick." Der Kommissar schaute an sich herunter und merkte jetzt erst, dass er noch immer nur mit dem Handtuch bekleidet war. Die Röte stieg ihm ins Gesicht; er stand peinlich berührt auf und sagte verlegen: „Entschuldige bitte. Warte kurz,

bin gleich wieder da."
Masbaum verschwand im Schlafzimmer und schloss die Tür. Er atmete drei Mal tief ein und aus, um sich unter Kontrolle zu kriegen. Das Gefühl, sich nicht im Griff zu haben, ärgerte ihn und machte ihm Angst. Es war nicht seine Art, sich einschüchtern zu lassen; er musste schnell einen Weg finden, seine Kraft zu bündeln, um wieder Herr seiner Sinne zu werden.
Er schnappte sich eine türkis-weiß karierte Dreiviertelhose und ein dazu passendes türkisfarbenes Poloshirt von Lacoste. Ein Blick in den Spiegel ließ seine Zuversicht zurückkehren. Noch einmal Durchatmen und dann ging er zurück in die Küche. Rouven saß noch an der Stelle, wo er ihn verlassen hatte, doch hatte sich dieser mittlerweile Alfons Schuhbecks Kochbuch gegriffen und blätterte interessiert durch die verschiedenen Kräuter und Gewürze.
Als Tomas die Seite mit dem Basilikum sah, fiel ihm ein, dass er seit heute morgen nichts mehr gegessen hatte und es mit dem Duschen ein Grund war, warum er nach Hause gegangen war: „Hast du schon zu Mittag gegessen?" Irritiert schaute Rouven auf, lächelte dann aber erleichtert, als er Masbaums Outfit wahrnahm: „Nein, hab ich nicht. Kochst du gerne? Dein Kochbuchregal ist ja prall gefüllt und deckt eine interessante Bandbreite ab." Der große Ermittler lehnte sich lässig an den Türrahmen: „Meine Mutter hat mir das Kochen beigebracht und mit der Zeit hab ich mir selbst ein breites Repertoire zugelegt.
Ich mag es, die verschiedenen Küchen mit-

einander zu verbinden und damit einen Stilmix zu kreieren, der Gaumenfreunden zu neuen Genüssen verhilft. Ich hab Zutaten für Caprese gekauft, hast du Lust darauf?" Rouven suchte verzweifelt in seinem Kopf nach einer Erinnerung, doch anscheinend war ihm dieses Gericht noch nicht begegnet, deshalb fragte er einfach: „Und was muss ich mir darunter vorstellen?"

Tomas ging nun in die Küche hinein und holte eine mittelgroße flache Pfanne aus einem Schrank und stellte ihn auf den Herd, dabei erklärte er: „Das ist letztendlich eine lauwarme Variante von 'Tomate-Mozzarella', bei der sowohl die Tomatenscheiben als auch der weiße Käse kurz durch heißes Öl angebraten werden."

Ohne auf eine Antwort zu warten, holte Masbaum die Fleischtomaten und den Büffel-Mozzarella heraus. Rouven schaute ihm fasziniert zu, doch dabei fiel ihm wieder ein, worum es eigentlich ging: „Was ist denn jetzt mit meinem Angebot?" Tomas träufelte Trüffel-Öl in die heiße Pfanne, schwenkte diese kurz und legte die zuvor geschnittenen Tomatenscheiben hinein: „Nun ja, prinzipiell kann ich dich nicht davon abhalten, privat zu ermitteln. Ob wir dich aber direkt in den Fall integrieren können, weiß ich nicht. Das müsste ich mit dem Hauptkommissar und der Staatsanwältin abklären. Das ist keinesfalls üblich. Andererseits können wir jede Hilfe gebrauchen."

Er drehte die Scheiben um und schnitt nebenbei den Mozzarella ebenfalls in flache Tranchen. „Wer ist denn im Moment noch im Rahmen der Verdächtigen?", fragte Rouven mit einer gewissen Erwartungshaltung. Masbaum nahm die Tomatenflächen heraus und ließ sie auf einem Stück Küchenkrepp abtropfen, danach legte er den Käse in die Pfanne. Er entschied sich für die Mühle mit dem grünen Pfeffer, nahm eine kleine Schale und gab ein paar Umdrehungen des aromatischen Gewürzes hinein, gab einen Esslöffel des Öls dazu, sowie einen Schuss weißen Balsamico und zupfte ein paar Blätter des neu erworbenen Basilikumpflänzchens. „Das darf ich dir gar nicht erzählen, weil das polizeiinterne Informationen sind, die nicht an die Öffentlichkeit dringen dürfen." Um den Elekrolythaushalt in Balance zu halten, fügte er der Mischung noch ein wenig hawaiianisches Salz hinzu. Während Masbaum zwei Teller aus einem Regal nahm, sagte Rouven bedächtig:

„Versteh ich. Soweit ich das beurteilen kann, war es keiner von uns fünf, die an der Orgie teilgenommen haben. Mittlerweile haben alle in irgendeiner Form ein Alibi." Tomas schichtete abwechselnd Tomate und Mozzarella aufeinander, gab etwas von der angerührten Mischung darüber und garnierte es jeweils mit zwei Basilikum-blättern. Er stellte die Teller auf den Tisch und setzte sich dazu. „Guten Appetit." Er lächelte leicht verschmitzt und zufrieden.

Beide griffen beherzt zu und mehrfach versicherte Rouven ihm, dass es fantastisch schmecke. Nach den ersten Happen hielt Tomas inne: „Hm... wir haben gleich eine Besprechung im Präsidium, wo auch all die anderen teilnehmen werden. Du könntest mitkommen und wir könnten direkt vor Ort klären, ob du 'mitmachen' darfst." Masbaum deutete mit beiden Händen die Gänsefüßchen an und beide mussten lachen.

Kapitel 53

Vierzehn Uhr im Kripogebäude an einem Samstag. Niemand der Anwesenden wollte hier sein. Mit Freunden im Garten grillen, in Norddeich am Strand liegen oder im kühlen Kellerraum der Sonne entfliehen – aber keiner der Beteiligten legte Wert darauf, am Wochenende zu arbeiten.
Doch Reinhardt und die Löwin hatten darauf bestanden. Eine Gesamtkonferenz sollte nun mit vereinter Gehirnpower die nötigen Fakten bringen, um die Fälle Schröder und Weinberg zu Ende zu bringen.
Bisher fehlte nur noch Kommissar Dr. Masbaum. Dante Aglieri saß an einem überdimensionierten Notebook und tippte fleißig darauf herum, Ole Janssen ging die Infos in seinem schlauen Block noch einmal durch, die Staatsanwältin Leonore Mattée saß mit Reinhardt noch im Büro des Hauptkommissars und Dr. Isabella Moor ging ihre Fotos am Smartboard durch.
Endlich ging die Tür auf und der fehlende Mann marschierte in das Großraumbüro; er zog die Blicke auf sich, weil er nicht alleine erschien. Ole erkannte als einzigen den zuvor Verdächtigen Rouven Stahl wieder und fragte sich, was dieser hier zu suchen hatte.
Die beiden begrüßten die Leute im Raum ohne große Zeremonien und gingen stattdessen sofort zum Büro des Hauptkommissars. Lutz und Leo schauten sich erschrocken um, als Masbaum nach kurzem Klopfen direkt die Tür aufriss und sagte: „Ich muss mit euch

sprechen." Reinhardt winkte ihn herein, registrierte aber gleichzeitig, dass hinter seinem Kollegen eine weitere Person den Raum betrat: „Was macht der denn hier?"
Beschützend baute sich Masbaum vor Rouven auf und versuchte zu erklären: „Er bietet uns seine Hilfe an. Er hat vorher in einem ähnlichen Tätigkeitsfeld gearbeitet und könnte von Nutzen sein. Aber natürlich liegt die Entscheidung dafür bei euch." Lutz runzelte missbilligend die Stirn und verdrehte die Augen: „Wir brauchen keine Hilfe von außen. Wie sieht das denn für die Öffentlichkeit aus. Als wäre die Polizei nicht in der Lage, einen Fall selbstständig zu lösen." Die Staatsanwältin lehnte sich adrett an einen der großen Aktenschränke und kreuzte die Arme: „Zur Zeit sieht es ja auch so aus, nicht wahr?"
Rouven konnte sich bei dieser spitzen Bemerkung ein Grinsen nicht verkneifen und registrierte amüsiert die zornigen Blicke der Kommissare. Leonore war ihm auf Anhieb sympathisch. Gespannt wartete er darauf, welches Argument Tomas als Nächstes anführen würde: „Außerdem möchte ich kurz anmerken, dass bisher die interessantesten Informationen zum Fall von meiner Mutter Birgit geliefert wurden. Auf einen freien Mitarbeiter mehr oder weniger kommt es dann doch gar nicht an."
Die Löwin bewegte den Kopf hin und her, während sie den blonden Typen vor sich begutachtete. Und obwohl es recht unüblich war, sah sie keinen Grund, warum sie das nicht zulassen sollte. Sie hatte nicht vor, mehr Zeit als nötig in diesen Fall zu

investieren. Die Fakten waren zu prekär, um zu riskieren, dass die Medien daraus eine Schlagzeile basteln konnten: „Von mir aus. Ich habe damit kein Problem. Lutz, was ist deine Meinung?"
Masbaum hoffte nun auf Reinhardts Menschenverstand. Allerdings bestand die Möglichkeit, dass dieser sich in seiner Autorität übergangen fühlte; in dem Fall würde er niemals zustimmen. Doch erstaunlicherweise zeigte sich Lutz einsichtig, vielleicht hatte er aber auch einfach keine Lust zu diskutieren: „Bitte schön. Willkommen im Team. Dann zeigen sie mal, was sie drauf haben."

Gemeinsam gingen sie in das Großraumbüro und trommelten die anderen Teilnehmer zusammen. Birgit Masbaum wurde per Videoschaltung zugeschaltet; sie versuchte ihre Aufregung bestmöglich zu verbergen, aber Tomas entging sie natürlich nicht: „Hi Mom, schön dich zu sehen. Das hier neben mir ist Rouven Stahl, er wird uns ebenfalls unterstützen." Er sagte dies nicht nur zu Birgits Information, sondern für alle. Während sich die anderen freundlich gegenüber dem Neuling verhielten, gab es von zwei Menschen negative Schwingungen – Ole und Masbaums Mutter betrachteten den hellblonden Mann eher misstrauisch und abwartend. Dieser machte dem Kommissar, ohne Hehl daraus zu machen, schöne Augen.
Janssen hatte vorsorglich jede Menge Erfrischungsgetränke auf dem großen Konferenztisch platziert, sowie ein wenig Nervennahrung, bestehend aus Müsli-Riegel, Vollkornkeksen und speziell für Reinhardt eine

große Schüssel Süßigkeiten. Auch eine Obstschale fand sich in der Mitte des Tisches, schließlich blieb unklar, wie lang diese Besprechung dauern würde.

Leonore Mattée stellte sich an das vordere Kopfende und begrüßte noch einmal förmlich die Anwesenden: „Schön, das wir endlich einmal alle an einem Tisch sitzen. Es gibt zwei Mordfälle zu lösen, beide irgendwie in Verbindung miteinander und trotzdem scheinen sie sehr unterschiedlich zu sein. Bringt mich mal bitte auf den neuesten Stand."

Sie gab das Wort an Lutz Reinhardt, der rechts von ihr Platz genommen hatte. Sein Hemd hatte dank der Temperaturen unansehnliche Schweißränder an bestimmten Stellen, doch das schien ihn nicht zu stören: „Ich hatte vorhin ein angeregtes Gespräch mit Bettina Seefeld. Obwohl sie versucht hat, sich tapfer zu geben, konnte ich ihre tiefe Erschütterung darüber sehen, dass sich ihr Freund und Verdächtiger Luca Rosenbaum von ihr getrennt hat. Ich persönlich kann ihn gut verstehen. Ihr rücksichtsloses Verhalten war nicht mehr tolerierbar, das hat sie auch selbst eingesehen. Ist ihr Alibi mittlerweile bestätigt worden?" Die Frage ging an Ole, der stumm vom Platz gegenüber nickte. Zufrieden stellte er die nächste Frage: „Tomas, was ist bei deinem Gespräch mit Luca herausgekommen?"

Masbaum saß direkt neben Reinhardt: „Obwohl er immer noch kein Alibi hat, traue ich ihm keinen Mord zu. Er ist einfach zu gutmütig. Außerdem ist er nicht einmal aggressiv geworden, nachdem seine Freundin ihm die ganzen Seitensprünge gestanden hatte, sondern saß völlig aufgelöst und in sich gekehrt in der Kneipe und hat im Selbstmitleid gebadet. Und als ich ihm erzählte, dass Larissa eine Hexe war, fiel er aus allen Wolken – er hatte keine Ahnung davon."

Nun konnte Rouven nicht mehr anders, er fragte neugierig nach: „Sie gehörte zum Triqueta-Coven, nicht wahr? Mir war das Tattoo schon am Donnerstag aufgefallen. Sie schien sehr stolz darauf zu sein, endlich aufgenommen worden zu sein." Nun mischte sich auch Birgit ein: „Wieso endlich aufgenommen? War sie vorher ohne Coven unterwegs?"

Masbaum erwiderte daraufhin: „Laut Lucas hat sie das Tattoo erst bekommen, nachdem sie sich getrennt hatten, also maximal vor zwei Jahren."

„Aufgrund der Farbrückstände unter der Haut und dem Grad des Verblassens würde ich auf eineinhalb Jahre tippen." Isa, die Schreckliche, saß Rouven gegenüber und der konnte Menschen gar nicht leiden, die immer das letzte Wort haben mussten.

Der Monitor, der Masbaums Mutter zeigte, stand zwischen Isa und Rouven: „Aber ich dachte, dass Hexen direkt in den Coven hineingeboren werden. Luthmilla hat nichts davon erwähnt, dass man auch nachträglich eintreten kann." Rouven überlegte, was er darauf sagen konnte, ohne zu sehr in die Materie einzusteigen: „Prizipiell hat Ihre Bekannte vollkommen Recht. Das 'Hexengen', wenn Sie so wollen, wird von der Mutter an die Töchter weitergegeben und nur, wenn der

Vater selbst eine Hexe ist, besteht die Möglichkeit, männliche Hexen zu zeugen. Aber...", er machte eine künstlerische Pause, „ab und zu werden auch Hexen geboren, die keine magische Vorfahren haben. Sozusagen eine Anomalie der Natur. Larissa muss so eine gewesen sein. Dementsprechend wurde sie nicht ausgebildet und es kann sein, dass ihre Fähigkeiten schon fast verkümmert waren. Die sollten nämlich täglich trainiert werden."

Sieben Gesichter starrten ihn mit weit aufgerissenen Augen an; Lutz fand als erster seine Sprache wieder: „Sie sind doch nicht auch so ein 'Hexenfreund' wie Birgit, oder?" Der Hauptkommissar erntete einen zornigen Blick der Oberstudienrätin und Rouven musste lachen: „Nein, ein Freund nicht unbedingt. Aber ich gebe zu, dass ihre Hilfe unter Umständen sehr praktisch sein kann."

Lutz schnaubte verächtlich: „Ich will mir dieses Fantasiegeschwafel nicht länger anhören. Isa, hol uns bitte zurück zur Realität!" Dr. Moor stand umständlich auf, denn der kurze graue Rock lief Gefahr, mehr preiszugeben, als er sollte. Sie strich sich die taubenblaue Seidenbluse glatt und ging zum Smartboard. Sie wartete brav, bis sich alle zu ihr umgedreht hatten: „Ich habe mich in den letzten zwei Tagen damit beschäftigt, mit welcher Waffe es möglich ist, einer Person den Kopf so abzuschlagen, dass die Risswunden so aussehen wie bei Lana Schröder."

Sie hatte die volle Aufmerksamkeit, doch sie hielt ihre Worte erst zurück, denn ihr gefiel das Ergebnis nicht: „Ich bin mit meinem Team viele Varianten durchgegangen, haben jede Menge künstliche Köpfe abgeschlagen und unser Aggressionspotential gänzlich ausgeschöpft."

Zum Publikum gerichtet zog sie eine Videosequenz in die Mitte der weißen Tafel, dabei spannte sich ihre Bluse über die noch festen Brüste und ließ eine Ahnung recht großer Brustwarzen preis: „Nur bei einem einzigen Versuch erhielten wir einen ähnlichen Abriss", sie nutzte eine künstlerische Pause, um in die Gesichter der anderen zu blicken. In aufgeregter Erwartung hofften sie auf die erlösenden Worte; in diesem Moment gefiel ihr der Job nicht:

„Wir benutzten einen Baseballschläger, spannten ihn in eine spezielle Schwungvorrichtung ein und ließen das runde Holzstück mit 80 km/h auf den Hals prallen. Der Haken daran ist: selbst ein durchtrainierter Mann, der es in Kampfsportarten zum Meister gebracht hat, kommt bei einem gezielten Schlag ohne Gegenwehr des Opfers auf maximal 50 km/h."

Ein Raunen ging um den Konferenztisch herum. Die Stirn in Furchen gelegt, fragte Masbaum mit gesunder Skepsis in der Stimme: „Willst du damit sagen, es war kein Mensch, der die Schröder umgebracht hat?"

Kapitel 54

Rouven schien weniger irritiert, als mehr alarmiert: „Hast du Schröder gesagt?" Er ahnte Böses, hoffte aber inständig, dass er nicht Recht hatte: „Ich habe eine Vermutung. Soweit ich weiß, hat schon vor sehr langer Zeit eine Hexe namens Melina Sorodàr den Triqueta-Coven gegründet. Vielleicht war Lana eine Nachfahrin dieser. Der Name kann sich ja im Laufe der Zeit verändert haben."

„Und was hat das mit unseren Fällen zu tun?" Reinhardts Frage machte ihn wütend. Er verstand überhaupt nichts, sie alle nicht. Hier stand viel mehr auf dem Spiel, als er gedacht hatte. Bisher hatte Rouven sich auf den Tod von Larissa konzentriert, aber wenn die Morde tatsächlich zusammenhingen, konnte etwas viel Größeres dahinterstecken.
„Vielleicht nichts – oder alles. Aber so ungern ich das hier zugebe, sollten Sie alle sich langsam mit dem Gedanken anfreunden, dass es neben Hexen auch noch andere übernatürliche Wesen gibt." Während Lutz und Leo nur mit den Köpfen schüttelten, wurde jemand anderes lebendig.
Mit flinken Fingern huschte Dante über seine Tastatur und hatte schnell gefunden, was er suchte: „Ich habe mir in letzter Zeit auch so meine Gedanken zu den Fällen gemacht und interessanterweise komme ich zu einem ähnlichen Ergebnis wie Rouven. Ehrlich gesagt, hat mich meine Tochter darauf gebracht. Sie ist kürzlich 15 Jahre alt geworden und hatte von ihrer besten Freundin eine Staffel der Serie 'Vampire diaries'

bekommen.
Sie bot mir an, mit zu schauen und ich bin tatsächlich ein paar Folgen daran hängengeblieben. In der einen Episode wurde dann ein Vampir getötet und Isa, sie mögen es nicht glauben", er schaute nach rechts und in die ungläubigen Augen der Rechtsmedizinerin: *„der tote Vampir am Boden sah unserer verstorbenen Larissa recht ähnlich. Kein Blut mehr, die Haut fahl und grau und ein Pflockloch im Herzen."*
Rouven applaudierte innerlich. Wenigstens einer hatte hinter die Fassade geschaut. Es würde gespannt sein, zu beobachten, wie es weiterging. Er hielt sich jetzt erst einmal zurück. Der hübsche Kommissar schien verwirrt; am liebsten hätte er seine Hand genommen und fest gedrückt. Es war klar, dass er mit sich rang – einerseits wollte Tomas unbedingt glauben, vermochte es aber nicht, weil ihm sein Verstand einredete, dass es unmöglich war.
Die toughe Staatsanwältin schaltete sich wieder ein: „*Das wird ja immer besser. Gerade war sie noch eine Hexe, jetzt soll sie ein Vampir gewesen sein? Hat jemand noch eine Theorie? Vielleicht war sie ja ein Werwolf. Mit dieser fantastischen Grübelei kommen wir nicht weiter, Leute."*

Kapitel 55

Masbaum griff sich einen Müsli-Riegel, denn er brauchte dringend Nervennahrung. In der Auswahl fand er einen mit Cranberries. Frustriert befreite er das Cerealienprodukt aus seiner metallischen Hülle und biss aggressiv hinein.
Beim Zerkauen des süßen Energiespenders kristallisierte sich ein Gedanke bei ihm heraus: „Meiner Meinung nach müssen wir den Verdächtigenkreis neu aufrollen. Diesmal sollten wir darauf schauen, wer etwas vom Tod der beiden Hexen … Frauen hätte, um damit eventuell neue Motive zu finden."
Isabella setzte sich wieder auf ihren Platz und zur Verwunderung aller stand nun Ole Janssen auf, der bisher nichts gesagt hatte: „Ich finde die Idee sehr gut, denn ich hab mir dazu bereits ein paar Gedanken gemacht."
Der junge Polizist stand nun im Mittelpunkt der Aufmerksamkeit, was ihn etwas nervös machte. Er blätterte durch seine Notizen, atmete einmal tief durch und begann: „Ich bin mittlerweile immer mehr davon überzeugt, dass die 'Aktion' Donnerstag Nacht rein gar nichts mit Larissas Tod zu tun hatte. Dass beides hintereinander geschah, war Zufall. Dementsprechend fallen die Teilnehmer aus der Verdächtigenliste heraus."
Tomas und Rouven sahen sich an und lächelten erleichtert. Aus dem Augenwinkel nahm er den missbilligenden Blick seiner Mutter war. Schmunzelnd widmete er sich wieder Ole zu, der offensichtlich noch nicht fertig doziert hatte:

„Im Falle von Larissa würde ich zurückgehen zum Beziehungsmord, sprich eine Person aus ihrem direkten Umfeld ist es gewesen. Ich würde vorschlagen, eine offizielle Fahndung nach Victor von Strenge einzuleiten. Außerdem seine Angehörigen noch einmal befragen, sowie ihr Kollegium und Freunde."
Die Anwesenden stöhnten laut auf, denn das würde erhebliche Nacharbeit bedeuten. Der Fall würde ganz neu aufgelegt werden. Und zum Entsetzen aller schien Janssen immer noch nicht zum Ende gekommen zu sein:
„Bei der Schröder gestaltet sich das schwieriger, weil sie als Einsiedlerin lebte und sie eigentlich keine Freunde hatte. Auch kaum Familie, wobei ich ja nun wohl den Triqueta-Coven integrieren sollte. Und ich möchte noch zu Bedenken geben, dass wir diese schwarze Box haben, von der keiner weiß, wozu sie gut ist oder was sich darin befindet." Jetzt, mit sich zufrieden, setzte er sich wieder; allerdings hatte sein Vortrag für die anderen einen bitteren Beigeschmack.
Letztendlich konnten sie sich damit von ihrem Wochenende verabschieden. Tomas hatte bereits beschlossen, heute Abend trotzdem um die Häuser zu ziehen. Auch wenn mit Oles neuem Ansatz Luca immer noch auf der Liste stand, wusste er, dass sein Freund einen lustigen Abend bitter nötig hatte.
Die Löwin blickte zu Reinhardt in der Hoffnung, dass er seine Leute passend aufteilte. Der ließ sich diese Aufgabe nicht nehmen und begann sofort: „Okay Leute, dann lasst uns direkt loslegen. Ich fahr nach Lütetsburg und rede noch einmal mit den

Eltern. Tomas, du könntest zum 'Salon Ina' gehen oder fahren, um mit der Chefin und dem Personal dort zu sprechen.
Birgit, kannst du mithilfe deiner Freundin herausfinden, wie viele Hexen von diesem Coven sich in der näheren Umgebung befinden?
Rouven, können Sie mit Ole hier bleiben und versuchen, auf Ihre Weise an diesen Victor heranzukommen?
Und Isa und Dante, euch würde ich bitten, in den ungelösten Fällen nach ähnlichen Vorgehensweisen zu suchen. Vielleicht ist dies ja nicht zum ersten Mal geschehen."
Leonore schien zufrieden; abschließend fügte sie noch hinzu: „Okay, das sollte reichen, um neue Fortschritte zu erlangen. Ich kümmere mich um die Fahndungseröffnung. Ich würde sagen, Montag zur gleichen Zeit wieder hier."
Tomas Mutter verabschiedete sich als Erste und klinkte sich aus der Leitung. Aglieri und Dr. Moor, sowie Leonore verabschiedeten sich von der kriminologischen Crew und machten sich auf den Weg. Obwohl Ole seinen Weg durchsetzen konnte, schien er alles andere als begeistert, mit dem äußerst selbstbewussten Rouven zusammenarbeiten zu müssen.

Kapitel 56

Der 'Salon Ina' befand sich in der Osterstraße, schräg gegenüber des Fahrradgeschäftes 'Thedinga'. Masbaum hatte sich für sein Citybike entschieden, denn er wollte sich der drückenden Hitze nicht länger aussetzen als nötig.
Es war kurz nach fünfzehn Uhr, als er am Frisörsalon ankam, denn es gestaltete sich schwieriger, durch die Stadt zu kommen, als gedacht. Die Menschen wurden nicht müde, ihr hart verdientes Geld der Wirtschaft zurückzugeben.
Er stellte sein Fahrrad an der linken Seite, zur alten katholischen Kirche, hin. Als er an der Tür stand, wurde ihm klar, dass er den Weg umsonst gemacht hatte. Der Salon von Ina Simmens hatte samstags nur bis dreizehn Uhr geöffnet.
Masbaum hoffte sehr, dass die anderen bei ihren Ermittlungen mehr Erfolg hatten als er. Während er das schwere Kettenschloss öffnete, welches den Hinterreifen mit dem Fahrradgestell verband, überlegte er, wie er weiter verfahren konnte. Er beschloss, sein Glück bei der Schwester zu versuchen.
Nach den Informationen, die sein Ipad freigab, wohnte Inka Lorenz, geb. Weinberg, in der Schmiedestraße 4. Das befand sich in dem Bezirk Süderneuland I, sodass Tomas spontan in den Genuss einer kleineren Fahrradtour kam.
Er bog direkt in die Große Hinterlohne hinein, denn hinten herum durch die Dornkaatlohne erschien es die kürzeste Strecke

zur Bahnhofstraße zu sein. Während Masbaum über die schlecht gepflasterte Gasse ruckelte, kamen Autos sowohl von vorne als auch von hinten. Bei einer so engen Straße kann das schon mal zu waghalsigen Maßnahmen führen, wobei zwischendurch von den Seiten zusätzlich nichts ahnende Passanten auftauchten, sodass der Ermittler seine ganze Konzentration benötigte, um überhaupt in Sichtweite des 'Norder Tors' zu kommen.

Das mittelgroße Einkaufszentrum war ein noch recht junges Projekt der Stadt, wobei Tomas schon viele negative Stimmen der Bevölkerung dazu gehört hatte. Die meisten empfanden den großen Klotz als unnötig und unansehnlich. Dank der Touristen war zu dieser Tageszeit trotzdem gut zu tun dort. Masbaum musste an einer Ampel halten, denn der breite Radweg, der auch an dem neuen Bahnhofgebäude vorbeiführte lag auf der anderen Straßenseite.

Er fuhr zügig, um ein wenig vom Fahrtwind als Abkühlung zu nutzen. Die Sonne knallte immer noch gnadenlos auf Ostfriesland herab. Zwar war es momentan nicht mehr so schwül wie am Mittag, doch Tomas konnte es nicht als angenehm definieren. Daher war er froh, die breite Einfahrt zum Addingaster Weg zu sehen, denn die Schmiedestraße zweigte davon ab und war nun ganz nah.

Kapitel 57

Er wusste sofort, dass Ole Probleme machen würde. Zu neugierig. Stellte zu viele Fragen; das passte Rouven überhaupt nicht. Victor wusste viel zu viel. Sie durften ihn unter keinen Umständen erwischen.
Zur Janssens Ablenkung ließ er ihn zuerst alle Fakten zusammen tragen, die mit Victor zu tun hatten. Währenddessen schickte er eine SMS an Deborah, dass er ihre Hilfe benötigen würde. Es dauerte auch nicht lange, bis sein Blackberry klingelte. Bewusst ging er in die leere Küche; die Begrüßung ihrerseits war alles andere als freundlich:
„Du wagst es, mich um Hilfe zu bitten?! Soweit ich weiß, schuldest du mir immer noch einen Gefallen, nicht umgekehrt. Also was willst du?" Rouven konnte sich ein Grinsen nicht verkneifen. Er lehnte sich gemütlich an die Arbeitsplatte: „Ich wünsche dir auch einen schönen Tag, meine Liebe. Alles gut bei dir?" Sie schnaubte verächtlich: „Spare dir die Süßholzraspelei. Was willst du?"
Er lachte kurz: „Ich bin zur Zeit in Ostfriesland und bin in einen Fall reingerutscht, bei dem zwei Hexen ermordet wurden. Und ich würde gerne herausfinden, wer das war." In der Leitung blieb es still; anscheinend überlegte sie, ob es sich lohnte, Zeit darin zu investieren. Doch dann schien sie sich entschieden zu haben: „Okay, ich höre. Was für Hexen?"
Zufrieden schlug er die Beine übereinander und lächelte: „Gute Hexen, vom Triqueta-

Coven." Deborahs gehässiges Lachen drang in seine Ohren: „Warum sollte ich guten Hexen helfen? Der 'Colubras'-Coven hat mit den Triquetas nichts zu tun." Rouven seufzte: „Das weiß ich natürlich. Mein Problem ist aber, dass ich bei einer der beiden Mordopfer der letzte bin, der sie lebend gesehen hat. Wenn die Polizei hier herausfindet, wer ich bin, werde ich der Hauptverdächtige sein. Und das möchte ich vermeiden."
Sie würde nicht so einfach mitspielen, das war ihm klar. Sie würde eine Belohnung verlangen, etwas musste er opfern. Daher griff er zu einer drastischen Maßnahme: „Ich habe hier eine schwarze Box, die magisch versiegelt wurde. Der Inhalt ist noch unbekannt, aber sehr wahrscheinlich wurde die erste Hexe genau wegen diesem Inhalt umgebracht." Die Colubras waren von Natur aus äußerst neugierige Hexen; Rouven baute darauf, dass Deborah nicht widerstehen konnte, diesen unbekannten Inhalt selbst in Augenschein zu nehmen.
„Wo bist du denn genau?" Erfolgreich schnipste er mit den Fingern; sie hatte angebissen. Er gab ihr direkte Angaben und sie versprach, bis spätestens morgen Mittag an der Küste einzutreffen. Mit gutem Gefühl legte er auf. Als er zurück in das Großraumbüro gehen wollte, wurde er von Ole überrascht, der bereits in der Tür stand: „Mit wem hast du telefoniert?"
Rouven atmete tief durch: „Ich habe jemanden organisiert, der uns mit der Box helfen kann. Wird aber erst morgen hier erscheinen. Hast du nun Victors Daten?" Janssen drückte

*ihm missbilligend einen Ordner in die Hand.
Sie würden keine Freunde werden.*

Kapitel 58

Masbaum fand die Hausnummer 4 relativ schnell. Es stach negativ aus der Masse hervor, jedenfalls seiner Meinung nach. Der grasgrüne Rasen war plan, exakt jeder Halm auf eine bestimmte Höhe geschnitten. Die Blumenbeete schienen so bewusst arrangiert, dass die natürliche Schönheit von Pflanzen in den künstlichen Arrangements lächerlich wirkte.
Vor der Haustür stand allerlei Kindergerät; Tomas musste aufpassen, wo er den nächsten Schritt hinsetzte, um nicht auf den letzten Metern auszurutschen und sich den Hals zu brechen. Dankbar drückte er die Klingel und hoffte, dass keiner zu Hause war. Es dauerte nicht lange, und die Tür wurde mit einem schnellen Ruck aufgezogen: „Ja?"

Inka Lorenz sah noch heruntergekommener aus, als auf dem Foto der Kripo. Masbaum war schockiert, dass sich jemand so gehen lassen konnte. Das aschblonde Haar hing in Fetzen wie ein Kleid von Alexander McQueen an ihrem Kopf herab; tiefe Tränensäcke und eine ungesunde Hautfarbe verliehen ihrem Gesicht einen tristen Zug und hängende Mundwinkel zeugten von freudlosen Tagen.
„Ich bin Kommissar Masbaum und untersuche den Mord ihrer Schwester Larissa. Kann ich vielleicht hereinkommen? Ich hätte noch ein paar Fragen." Insgeheim hoffte er, sie hätte einen guten Grund, ihn nicht hereinzubitten, doch nur allzu bereitwillig machte sie Platz. Aus dem Hintergrund kamen Kinderstimmen, sowie kleine trippelnde Schritte.

Inka führte den Kommissar in das großzügige Wohnzimmer. Auf dem Weg dahin stolperte Tomas über ein Feuerwehrauto, ein im Weg stehendes Dreirad und einen rosafarbenen Teddy. Als er selbst den Wohnraum betrat, befürchtete er, eine Bombe wäre kurz vor seinem Eintreffen hier explodiert.
Überall lagen Spielzeuge und Babyutensilien herum, sodass nur die Möbel eine Idee der ursprünglichen Nutzung dieses Raumes preisgaben. In einem babyblauen Zwinger räkelte sich ein blond gelockter Engel und quiekte von Zeit zu Zeit. Umgeben von einer exorbitanten Auswahl von Duplosteinen saß ein süßes Mädchen mit langem Haar; mit großem Eifer versuchte sie, eine Festung um sich selbst herum zu bauen. Larissas Schwester bahnte sich einen Weg zum Sofa und räumte die darauf herumliegenden Sachen zur Seite, sodass für sie und Masbaum Platz war: „Bitte, setzen Sie sich. Entschuldigen Sie bitte das Chaos. Ich hatte nicht mit Besuch gerechnet. Die Kinder rauben mir den letzten Nerv."
Tomas setzte ein einlullendes Lächeln ein: „Kein Grund, sich zu entschuldigen. Ich hätte auch vorher anrufen können. Wie ist es Ihnen denn nach der schlechten Nachricht ergangen?" Vor den Kindern wollte er Wörter wie Mord und Tot möglichst nicht benutzen. Insgesamt hatte er das Gefühl, dass Larissas Ableben in diesem Haushalt nicht weiter beachtet wurde.
Inka versuchte, lässig das rechte Bein über das andere zu schlagen, doch es sah eher so aus, als versuchte sie, einen riesigen Serrano-Schinken übers Knie zu brechen. Sie

strich sich eine fettige Haarsträhne hinter das Ohr: „Eigentlich wollten wir sie bald beerdigen, aber die Pathologie gibt meine Schwester bisher noch nicht frei. Ich möchte damit abschließen. Wie sie vielleicht schon wissen, haben Larissa und ich uns nicht sonderlich gut verstanden."

Das kleine Mädchen verlor die Lust an ihrer schützenden Mauer und krabbelte geschickt darüber hinweg. Mithilfe des Couchtisches stand sie auf und rannte zur Mutter, um sich auf den Schoß hieven zu lassen: „Mama, wer ist das?" Mit dem nackten Finger zeigte sie auf Masbaum. Der nahm mit der rechten Hand den Finger und deutete eine Verbeugung an: „Gestatten, Milady, ich bin ein Hüter des Gesetzes. Ich sorge für Recht und Ordnung."
Eingeschüchtert von der vornehmen Sprechweise und den hypnotisierend blauen Augen errötete sie und zog langsam ihren Finger zurück. Als Tomas wieder aufblickte, entdeckte er ein Lächeln auf Inkas Gesicht und auf einmal wirkte sie viel jünger und entspannter. Erst jetzt zeigten sich Züge an ihr, die ihn an die hübsche Frisörin erinnerten. „Anscheinend hatte Larissa eine äußerst polarisierende Wirkung auf Menschen. Wieso kamen Sie mit ihr nicht klar?" Inka seufzte und versuchte, gute Formulierungen zu finden: „Schon als Kind hat sie sich immer für etwas Besseres gehalten. In der Schule nannten sie alle nur Schneewittchen, wegen der langen schwarzen Haare. Außerdem war sie umgeben von einer Art Aura, die mir Angst machte." Masbaum horchte auf: „Was meinen Sie mit Aura? Wussten Sie, dass

Larissa dachte, sie wäre eine Hexe?" Ihre Schwester lachte laut auf: „Oh, eine Hexe war sie definitiv! Aber zaubern konnte sie nicht. Ihr standen eigentlich alle Türen auf, aber stattdessen wählte sie ein armseliges Leben als Haarschneiderin." Tomas wollte das so nicht stehenlassen, deswegen schaute er sich noch einmal um und sagte dann:
„Sie haben es zu etwas gebracht. In eine gut betuchte Familie einzuheiraten war ein cleverer Schachzug. Zwei süße Kinder..." Hier unterbrach sie ihn kurz: „Drei Kinder. Mein Ältester, Tomko, ist bei einem Freund zum Spielen." Masbaum lächelte etwas gekünstelt: „Okay, drei Kinder, ein großes Haus und wenn sie Glück haben, brauchen sie selbst nie wieder arbeiten zu gehen. Aber verzeihen Sie mir die Bemerkung, dass Larissa trotz ihres geringen Gehalts wesentlich zufriedener und glücklicher wirkte, als sie jetzt."
Der ausgeholte Schlag traf sie unvermittelt; ihre freundliche Miene versank in einem Ausdruck von überlasteter Müdigkeit: „Haben Sie Kinder? Ich habe diese drei an der Backe, zwei von ihnen waren Schrei-Babys und mein Mann ist rund um die Uhr unterwegs. Die ganze Arbeit bleibt an mir hängen." Tomas appellierte an sein Gewissen: „Tut mir Leid, ich habe keine Kinder. Jeder ist seines eigenen Glückes Schmied. Sie könnten sich ein Aupairmädchen holen und dann tagsüber arbeiten. Wofür haben Sie sonst Abitur gemacht?"
　Der kleine Junge fing an zu quängeln, sodass Inka aufstand und ihn aus seinem

Laufstall heraushob: „Glauben Sie mir, das würde ich gerne. Aber mein Mann Theo ist ein Traditionalist. Für ihn ist es wichtig, dass die Mutter bei den Kindern bleibt. Wir hatten schon so manchen Streit deswegen."
Masbaum blickte zur Uhr; es war bereits nach halb vier, deshalb beschloss er, das Gesprächstempo zu erhöhen: „Ich hätte dann noch ein paar Standardfragen zu klären. Wo waren sie in der Nacht von Donnerstag auf Freitag zwischen vier und fünf Uhr?" Sie schaute ihn missbilligend an: „Wo soll ich schon gewesen sein. Hier natürlich, ausnahmsweise konnte ich mal ein paar Stunden schlafen." Tomas stand auf und ging ein Stück auf sie zu: „Kann das jemand bezeugen?"
Inka lachte: „Nicht wirklich. Die Kinder haben geschlafen, mein Mann war bereits auf Arbeit. Die Brötchen machen sich nicht von selbst. Aber ich habe Larissa nicht umgebracht, wenn Sie das meinen." Masbaum faltete die Hände und dachte kurz nach: „Aber Neid und Hass sind ein gutes Motiv. Wussten Sie, dass ihre Schwester jemanden kennengelernt hatte, mit dem sie nach New York wollte?"
Sie setzte den Jungen wieder ab, drückte ihm einen Teddy in die Hand und lief Richtung Tür: „Nein, das wusste ich nicht. Mich hat ihr Leben auch nicht sonderlich interessiert. Ich hab genug mit meinem eigenen zu tun."
Tomas war sich nicht sicher, ob dieses Mutterwesen zu einem Mord fähig wäre, ob sie überhaupt die Kraft dazu aufbringen konnte. Auf jeden Fall wollte er dieses Haus

Anonym

verlassen, daher verabschiedete er sich höflich: „Ich danke Ihnen für das Gespräch. Falls wir etwas Neues haben, geben wir Ihnen Bescheid."
Mit vorsichtigen Schritten bahnte er sich einen Weg durch den Flur und ließ sich dann selbst hinaus. Er wollte draußen erleichtert ausatmen, doch ihm blieb die Luft weg. Die wabernde Hitze, kombiniert mit hoher Luftfeuchtigkeit, ließ kaum Sauerstoff zum Atmen über. Masbaum spürte bereits das aufkommende Gewitter in der Luft; es würde nicht mehr lange dauern, bis die entsprechenden Wolken aufzogen, Wind aufkommen würde und die aufgestaute Energie in einem heftigen Regenguss endete.

Kapitel 59

Irgendetwas stimmte mit diesem Typen nicht, dessen war sich Ole sicher. Die Selbstsicherheit, mit der sich Rouven durch das Großraumbüro bewegte, als würde er schon seit Jahren hier arbeiten, machte den jungen Polizisten wütend.
Anstatt sich mit Victor zu beschäftigen, gab er 'Rouven Stahl' erneut in seine Datenbank ein und hoffte auf Ergebnisse. Zu seiner Enttäuschung gab es keine passenden Einträge. Das Fahndungsfoto war mittlerweile veröffentlicht, sodass sie nun auf Informationen von außerhalb warten mussten. Rouven stand an einer großen Pinnwand, an der alle Fakten, die mit den Mordfällen zusammenhingen, befestigt waren.
Ole stellte sich dazu: „Was soll das hier bringen? Wir sind doch alle Infos bereits mehrfach durchgegangen." Der smarte Blonde schaute genervt nach rechts: „Aber ich nicht. Etwas wurde bisher übersehen, aber ich kann noch nicht erkennen, was." Langsam ging Rouven ein paar Schritte zurück, um das große Ganze zu betrachten. Fotos reihten sich an Berichten, Tabellen und verschiedenen Grafiken. Kreisförmig waren die Verdächtigen arrangiert.
Der private Ermittler ging vorsichtig darauf zu und fragte sich unwillkürlich, ob es sinnvoll war, sich auf so wenige Personen zu beschränken: „Gibt es eine Liste, wer nach einem Alibi gefragt wurde?" Ole schüttelte seufzend den Kopf und versuchte, auswendig eine solche Liste wiederzugeben: „Die

direkten Nachbarn natürlich, die Mutter, die Teilnehmer eures 'Events' und der Exfreund."

Erstaunt riss Rouven die Augen auf: „Soll das heißen, ihr habt den Vater vergessen? Das finde ich grob fahrlässig, wo es doch mittlerweile so viele Fälle gab, in denen die Familienväter aufgrund von Verlustängsten ihrer heranwachsenden Kinder Morde begehen, nach dem Prinzip 'wenn ich dich nicht haben kann, dann niemand'."

Janssen begann zu taumeln und musste sich hinsetzen. Laut den Berichten war Manuel Weinberg bei der Befragung seiner Frau noch auf Arbeit gewesen und danach lag der Schwerpunkt auf Luca und den Teilnehmern der Orgie. Damit war Larissas Vater nicht weiter beachtet worden.

Doch mittlerweile war es Samstag Nachmittag und der VW-Arbeiter müsste zu Hause sein. Ole griff zum Telefon und tippte eilig die zuvor herausgesuchte Nummer hinein. Frau Weinberg ging ans Telefon und bestätigte die Anwesenheit ihres Mannes, allerdings befände sich dieser in seiner Hobbywerkstatt. Weil die Polizisten zur Zeit nicht weg konnten, bat Janssen darum, dass Herr Weinberg zum Präsidium kommen möge.

In der Zwischenzeit hatte Rouven den Vater zur Verdächtigenliste hinzugefügt und auch die Chefin und die beste Freundin hing nun an der Pinnwand. Ole legte auf und warf einen Blick zu seinem neuen Kollegen. Er versuchte, festzustellen, was genau ihn störte.

Das hellblonde Haar schimmerte im Licht der Sonne in vielen Nuancen fast golden. Seine Figur stand wohlproportioniert vor der Wand und mit kräftigen Händen strich er elegant von einer Information zur nächsten. Doch anstatt sich von ihm angezogen zu fühlen, richteten sich Oles Nackenhaare auf, als sich Rouven umdrehte und ihn direkt in die Augen sah. Als dieser ihn auch noch verschmitzt angrinste, wurde Janssen wütend.

Viel zu schnell stand er auf und ging zum Büro des Hauptkommissars, klopfte kurz und ging hinein. Lutz war gerade in verschiedene Berichte vertieft und schaute irritiert hoch, bekam aber gar nicht die Chance, etwas zu sagen: „Ich kann mit dem Typen nicht zusammenarbeiten. Er verursacht bei mir eine Gänsehaut. Seine Ideen mögen ja ganz gut sein, aber irgendetwas stimmt mit dem nicht." Bestimmt bot er Janssen einen Platz an, sodass diesem nichts anderes übrig blieb. Widerwillig setzte er sich hin, verkniff sich weitere Kommentare. Reinhardt ging um seinen Schreibtisch herum und lehnte sich auf die vordere Seite seines Schreibtisches:

„Geht es hier nicht um etwas anderes? Dir passt es nicht, dass dieser Rouven deinem geliebten Kommissar schöne Augen macht. Bisher habe ich das stillschweigend toleriert, aber deine 'amour fou' für Masbaum muss aufhören."

Ole sackte in sich zusammen, seine Wut verpuffte und machte Platz für totale Resignation. Sein Chef hatte die Sache sehr direkt auf den Punkt gebracht. Er wusste selbst gut genug, was er sich tagtäglich damit antat und dass es aufhören musste. Er setzte seine Hoffnung auf das Date heute Abend. Vielleicht konnte Amir ihn aus dieser

selbstzerstörerischen Verliebtheit herausholen.
Lutz erhob sich ächzend und setzte sich neben den jungen Polizisten. Die offenkundige Niedergeschlagenheit konnte er nicht mit ansehen. Daher versuchte er, das Thema zu wechseln: „Seid ihr schon voran-gekommen? Gab es Stimmen aus der Bevölkerung, die etwas von Victor wissen?"
Obwohl Janssen sich wieder etwas aufrichtete, zeigte seine Miene keine Spur von Zuversicht: „Von Victor weiterhin keine Spur. Aber Rouven hat drei neue Verdächtige. Den Vater von Larissa, die Chefin und die beste Freundin." Trotz seinem Gewichtes sprang Lutz von seinem Stuhl hoch, anscheinend sehr angetan von dieser Theorie: „Das ist gar nicht schlecht! Für alle drei käme der Faktor Eifersucht in Frage. Wieso haben wir nicht daran gedacht?"
Ole hatte das dringende Bedürfnis, sich zu rechtfertigen: „Weil wir uns die ganze Zeit mit Masbaums Bettgenossen beschäftigt haben." Ein leicht verächtlicher Zug spielte um seine Augen und Reinhardt empfand es positiv: „Stimmt. Nun gut, wie können wir fortfahren?" Janssen war überrascht, dass der Hauptkommissar nach seiner Meinung fragte, aber er blieb professionell: „Manuel Weinberg habe ich bereits telefonisch zum Verhör hergebeten, müsste schon auf dem Weg hierher sein. Um die Chefin sollte sich Tomas kümmern und Rouven könnten wir auf Diana ansetzen. Ich kontrolliere derweil unsere Email-Konten und bleibe beim Telefon, falls sich Stimmen aus der Bevölkerung wegen van Strenge melden."

Reinhardt schien beeindruckt: „Sehr gut. Genau so machen wir das." Er lächelte, was selten vorkam, und mit einem Nicken zur Tür machte er dem Polizeibeamten klar, dass die Zeit beim Chef beendet war. Ole atmete tief durch und öffnete dann zuversichtlich die Tür. Doch genau in dem Moment, als er zur Tür heraustrat, öffnete sich eine weitere. Kommissar Masbaum stolzierte schweißgebadet in das Großraumbüro.

Kapitel 60

Tomas fühlte sich müde und kaputt. Seine Klamotten klebten unangenehm an seiner Haut und am liebsten würde er sich irgendwo hinlegen und schlafen.
Ole kam aus dem Büro von Reinhardt und warf ihm einen Blick zu, den Masbaum schon fast feindselig nennen wollte. Im Gegensatz dazu lag in Rouvens Augen ein warmes Feuer, dass Tomas erröten ließ. Erstaunlicherweise war er diesmal darüber nicht erzürnt, sondern erfüllt von positiver Energie, die ihn plötzlich durchströmte. Er stellte seine Tasche an seinem Schreibtisch ab und ging dann zur Pinnwand, die er neugierig in sich aufnahm.
Beeindruckt blickte er zum privaten Ermittler: „Du hast sogar den Vater und die beste Freundin in Betracht gezogen. Ich habe die gar nicht auf dem Schirm gehabt. Die Simmens habe ich übrigens nicht angetroffen, der Laden war schon geschlossen." Er berichtete das, als würde er schon seit Jahren mit Rouven arbeiten. Aus dem Fenster sehend seufzte er; obwohl das Gewitter kurz bevorstand, schien es noch zu zögern.
„Dann sollten wir uns wohl diese Diana Cordes noch einmal vornehmen. Kommst du mit? Ich müsste aber vorher unbedingt nochmal nach Hause, um zu duschen." Obwohl er dies ohne Unterton gesagt hatte, spürte er die Zweideutigkeit direkt danach. Rouven blickte amüsiert zu Ole, der das Gespräch missbilligend mit anhörte: „Ich soll mit Ihnen unter die Dusche gehen? Aber Herr

Kommissar, sind solch unmoralische Angebote üblich?"

Tomas hatte einen hochroten Kopf und wäre gern wütend gewesen, doch die hochgestochene Sprechweise amüsierte ihn. „Komm einfach mit!" An Ole gewandt sagte er noch, bereits im Gehen: „Richtest du Reinhardt aus, dass das Gespräch mit Inka nicht viel gebracht hat. Ihre Aussage gibt ihr zwar kein bestätigtes Alibi, aber es ist äußerst plausibel. Ihre Schwester war ihr ziemlich egal. Nach Diana werden wir auch noch die Chefin aufsuchen. Bis später." Und schon waren sie aus der Tür gegangen und Ole blieb mit seinem Frust allein zurück.

Kapitel 61

Noch auf der Treppe fragte Tomas: „Musstest du Ole so provozieren? Wir sind auf seine Recherche- und Analysefähigkeiten angewiesen." Rouven kicherte amüsiert, während er elbengleich die Treppe hinunter flog. Am Ende der Stufen öffnete er mit der linken Hand die Tür und verbeugte sich tief. Masbaum schüttelte über diese Albernheit den Kopf, konnte ein Lachen aber nicht unterdrücken.

Draußen schaute er zuerst nach oben. Die Wolken kombinierten sich mittlerweile in den verschiedensten Grautönen und Wind kam auf. Es würde nicht mehr lange dauern, daher beschleunigten beide Ermittler das Tempo ihrer Schritte.

Obwohl Tomas die Frage fast schon vergessen hatte, griff Rouven diese auf dem Weg durch den alten Friedhof wieder auf: „Ich konnte nicht widerstehen. Er ist so offensichtlich in dich verliebt, dass es fast schon grotesk ist. Und was seine Fähigkeiten angeht, davon habe ich auch so einige."

Masbaum betrachtete ihn bei dem Versuch, durch den Verkehr zur Gartenstraße zu kommen: „Wieso stört dich diese Hitze eigentlich nicht? Ich scheine zu zerfließen und bei dir sieht es aus, als wären nur 20 Grad." Auf der Höhe von Immobilien Kruse warf Tomas einen Blick in dessen Büro und winkte freundlich.

„Die Sonne kann mir nichts anhaben. Dafür sorgt dieser Ring hier." Rouven drehte den klobigen schwarzen Reif an seinem rechten

Mittelfinger. Dabei fiel ihm noch etwas ein: „Ich habe übrigens für morgen eine alte Freundin von mir herbestellt. Sie kann uns bei dieser schwarzen Box helfen."
Masbaum schaute überrascht auf: „Inwiefern kann sie uns dabei helfen?" Obwohl sie schon vor dem Haus standen hielt Rouven kurz inne: „Sie ist eine relativ mächtige Hexe aus dem Colubra-Coven. Und ich vermute, dass wir schwarze Magie brauchen, um an den Inhalt zu kommen."
„Aber können wir ihr dann vertrauen?" Tomas schloss schnell die Tür auf, denn er wollte in die kühle Stille seiner Wohnung. Rouven folgte ihm und lief bewusst hinter ihm, um beim Treppensteigen den Blick auf Masbaums knackigen Hintern zu legen: „Das können wir nicht. Wir können nur auf ihr Können vertrauen und darauf hoffen, dass, was immer da drin ist, nicht halb so wichtig ist, wie diese Lana dachte."
In der Wohnung war es zwar im Vergleich zu draußen kälter, aber selbst hier hatte sich nun ein leichter Druck breitgemacht. Diesmal ignorierte Tomas seine gewohnten Routinen: „Also glaubst du an Hexen und was dazu gehört?" Sie standen immer noch im Flur. Aufgrund des schmalen Ganges standen sie recht dich voreinander und schauten sich direkt in die Augen. Rouven schaute ernst und bewusst: „Es ist soviel mehr als ein Glaube daran. Ich weiß, dass es Realität ist und nicht nur das. Es gibt noch so viel mehr, von dem ihr Normal-Sterblichen nichts wisst."
Masbaum hielt den Blick stand und versuchte zu verarbeiten, was er gerade gehört hatte:

„Du denkst, du wärst nicht normal. Was bringt dich zu dieser Aussage?" Er hatte den Psychologen nicht raushängen lassen wollen, konnte es aber nicht verhindern. So blieb er auf der sicheren Seite.
Rouven lehnte sich leicht an die Wohnungstür und überkreuzte die Beine: „Was würdest du sagen, wenn ich dir erzählte, ich könnte dich allein mit festem Blick dazu bringen, Dinge zu tun, die du sonst niemals tun würdest?" Tomas legte den Kopf schräg und überlegte, ob so etwas möglich wäre. Sein erster Gedanke war Hypnose, doch er hatte noch nie von einer spontanen Variante gehört. Man benötigte tiefe Entspannung dafür. Doch der süße Typ hatte ihn neugierig gemacht: „Kannst du mir das vorführen?"
Ohne Vorwarnung warf sich Rouven nach vorne, bis er ganz nah vor Masbaum stand, hielt mit beiden Händen dessen Gesicht fest und sagte mit eindringlicher Stimme: „Du bist tierisch geil auf mich, zerrst mich in dein Schlafzimmer und willst mich ficken. Aber wenn ich dir über die rechte Wange streiche, hörst du sofort auf." Der hellblonde Surfertyp ging einen Schritt zurück, doch Tomas zog ihn sofort wieder an sich heran. Er küsste ihn ungestüm und leidenschaftlich, drückte ihn durch den Durchgang zum Wohnzimmer in Richtung Schlafzimmer. Masbaum schmiss ihn förmlich auf das Bett und senkte sich auf ihn herab. Mit geschickten Bewegungen zog er ihm das T-Shirt aus und ließ seine Hände über den Körper wandern. Rouven kam selbst langsam in Wallung, spätestens als sich der Kommissar mit den Lippen über seine Brustwarzen hermachte, konnte er ein

Stöhnen nicht unterdrücken. Er ließ es noch zu, dass Tomas seine Hose öffnete, dann streichelte er mit der Hand über dessen Wange.
Doch zu seiner Verwunderung hörte der attraktive Ermittler nicht auf. Mit nur leichtem Druck strich er über Rouvens wachsende Beule, während er sich mit Küssen über den Bauchnabel hermachte. Und obwohl Rouven nicht verstehen konnte, was vorhin schief gelaufen war, gab er nach und stieg nun aktiv in das Geschehen ein.

Er warf den Kommissar auf den Rücken und öffnete mit flinken Fingern dessen Hose. Nur allzu bereit reckte sich ihm der wohlgeformte Lustkolben entgegen; Rouven wanderte mit dem Kopf langsam nach unten und brachte Tomas zum Stöhnen, in dem er den Lusttropfen mit der Zunge von der Eichel leckte. Mit dem Mund nahm er nun die ganze Länge in sich auf und verwöhnte Masbaum nach allen Regeln der Kunst.
Als dieser fühlte, dass die Erlösung näher rückte, nahm er Rouvens Kopf zwischen seine Hände und versuchte, ihn hochzuziehen, doch in einer blitzschnellen Bewegung, wurde er auf das Bett zurück gedrückt. Rouven erhöhte sogar noch das Tempo, sodass Tomas nur die Wahl blieb, sich zu ergeben und zu genießen. Er kam mit einer Intensität zum Höhepunkt, die mit einer spontanen Vulkanexplosion vergleichbar war. Jede Faser seines Körpers schien überreizt und empfindlich; daher war er dankbar, als sich Rouven aufrichtete, nur um sich neben ihn aufs Bett zu begeben:
„So war das eigentlich nicht gedacht gewesen, aber eine nette Abwechslung. Ich

bin es nicht gewohnt, dass sich jemand meiner Anweisung widersetzt." Tomas richtete sich ein Stück weit auf und lehnte sich an die Wand: „Du meinst deine 'Pseudo-Hypnose' vorhin? Nicht sehr überzeugend, wenn du mich fragst. Aber du hättest dein Gesicht sehen sollen, als ich nach dem Streichen über die Wange nicht aufgehört habe." Masbaum kicherte, Rouven schien eher irritiert und verlegen. Er verstand nicht, wie der Kommissar dem Zwang widerstehen konnte; ohne Amulett oder Eisenkraut war dies eigentlich nicht möglich.

„Ich gehe unter die Dusche – willst du mitkommen?" Ein anzügliches Grinsen brachte Rouven zurück aus seinen Gedanken. Obwohl es wichtig war, den Ermittler mit der Wahrheit zu konfrontieren, konnte es auch noch zehn Minuten warten. Er zog sich die restlichen Klamotten aus und folgte Tomas ins Badezimmer.

Kapitel 62

Erfrischt und ausgeglichen kamen beide aus dem Badezimmer heraus. Zwischen den beiden Männern herrschte nun eine Vertrautheit, in der Geheimnisse keinen Platz mehr hatten. Rouven hatte sich schnell wieder angezogen und während er Tomas dabei betrachtete, wie dieser unschlüssig vor dem Kleiderschrank stand, überlegte er, wie er die Bombe platzen lassen konnte. Dann hatte er eine Idee:
„Glaubst du eigentlich mittlerweile an Hexen?" Masbaum hatte sich gerade eine hellgraue Leinenhose gegriffen und drehte sich erstaunt um: „Nein. Aber ich glaube, dass diese Menschen glauben, sie seien welche. Warum?" Rouven setzte sich auf das Bett und schlug die Beine übereinander: „Und wenn ich nun sage, dass es sehr wohl Hexen gibt und auch noch andere übernatürliche Wesen, glaubst du mir auch nicht?" Als Tomas in die Hose schlüpfte und sich ein fliederfarbendes Shirt dazu aussuchte, ertönte das erste Donnern: „Übernatürliche Wesen? Wir sind hier nicht in einer Folge von Buffy, der Dämonenjägerin. Das ist die Realität." Er betrachtete sich vor dem Spiegel, als ein heller Blitz durch die dunkle Wolkendecke stieß:
„Vielleicht haben wir uns extra in die Märchen- und Fantasywelt zurückgezogen, um unerkannt zu bleiben. Wollen nicht gejagt werden, nur weil wir anders sind. Wir haben das gleiche Anrecht auf die Realität, wie ihr Menschen." Ruckartig drehte sich Masbaum

um: „Wie du auf einmal daherredest! Als wärst du *kein* Mensch."

Draußen verfinsterte sich die Stimmung zusehends und das Grollen wurde lauter. Rouven erhob sich mit einer schnellen Bewegung vom Bett und stand im Halbdunklen direkt vor Tomas: „Das bin ich auch nicht." Rouvens Aura änderte sich; etwas Düsteres umgab ihn plötzlich und in seinen Augen loderte ein Feuer aus Leidenschaft und Gier. Masbaum wagte nicht mehr laut zu reden, daher flüsterte er in größtmöglicher Anspannung: „Was bist du dann?" Zur Besänftigung berührte Rouven ihn am Arm, doch die aufkeimende Gänsehaut breitete sich in Sekundenschnelle auf den ganzen Körper aus. Mit angehaltenem Atem wartete er auf eine Antwort, doch er bezweifelte stark, dass er sie hören wollte. Sein Herz schlug ihm bis zum Hals, als sich sein Gegenüber noch weiter nach vorne beugte, bis dieser den Mund neben seinem rechten Ohr hatte: „Ich bin ein Vampir."

Ein heftiger Blitz durchzuckte den Himmel und ein ohrenbetäubendes Donnern folgte unverzüglich; das Gewitter befand sich nun direkt über ihnen und es war nur noch eine Frage der Zeit, bis sich das Unwetter mit dem Regenguss entladen würde.
Tomas wollte lachen, aber gleichzeitig spürte seine Intuition, dass Rouven nicht log. Zu diesem Zeitpunkt konnte er diese Information noch nicht verarbeiten. Sein ganzes Weltbild würde zusammenfallen und alles, was er bis dato zu wissen glaubte, verlöre an Bedeutung. Er fühlte sich unfähig, irgendeine Bewegung auszuführen,

doch er spürte keine Angst. Reglos stand er vor dem angeblichen 'Nicht-Menschen' und starrte in die schönen haselnussbraunen Augen.

Auf einmal rückte Rouven ein Stück ab und draußen startete das Wetter den finalen Ausbruch. Fingerkuppen große Regentropfen prasselten auf die Erde nieder und schlugen mit aller Wucht gegen die Fensterscheiben.

„Warum sagst du nichts? Sag doch was." Rouvens Stimme klang unsicher und fast etwas verängstigt, doch immerhin löste er Tomas damit aus seiner Starre. Der Ermittler ging an ihm vorbei durchs Wohnzimmer, um sich aus dem Kühlschrank eine Bionade zu nehmen.

Im Wohnzimmer schmiss er sich förmlich in einen seiner Sessel und öffnete die Flasche mit Apfel-Cranberry-Geschmack. Erst nach einem großen Schluck schien er sich wieder so weit gesammelt zu haben, dass er nach Worten suchte: „Du glaubst also, du wärst... nein, du sagst, du wärst ein Vampir. Mit der Hypnose vorhin wolltest du also eine deiner Fähigkeiten vorführen. Ist es denn wirklich so wie in den Serien?"

Rouven hatte sich zwischenzeitlich dem Fenster zugedreht und schaute dem Wolkenbruch zu, allerdings wurde der Regenguss allmählich weniger. Er folgte Masbaum ins Wohnzimmer, setzte sich allerdings nicht. Stattdessen blieb er am Wohnzimmerfenster stehen und betrachtete das Firmament. Obwohl die Tropfenflut abflaute, kamen immer noch neue dunkle Wolken nach. Dank der vorherrschenden Hitze verpuffte die flüssige Masse und schmälerte den Eindruck eines starken Gewitters.

„Nun ja, vieles stimmt, aber nicht alles. Wichtig ist, zu wissen, dass es sowohl gute als auch böse Vampire gibt. Tageslicht ist kein Problem mehr und der Blutdurst lässt sich kontrollieren. Ich bin daher keine Bedrohung oder Gefahr." Tomas stand wieder auf und stellte die Bionade auf dem Schreibtisch ab:

„Also bist du ein guter Vampir?" Rouven drehte sich blitzschnell herum: „Das habe ich nicht gesagt! Nach der Verwandlung gibt es ein Zeitfenster von 48 Stunden, um sich für eine Seite zu entscheiden. Nicht immer ist diese Wahl die Richtige." Masbaum dachte darüber nach, als sich seine Höflichkeit Bann brach:

„Ach, entschuldige, möchtest du auch etwas trinken? Verspürt ihr überhaupt das Verlangen nach Essen und Trinken?" Rouven lachte genüsslich: „Technisch gesehen bräuchten wir es nicht, aber wir genießen den Geschmack trotzdem. Ich nehme auch gerne eine Bionade, danke." Tomas ignorierte die Absurdität der Situation und war dankbar, noch ein paar Flaschen im obersten Fach des Kühlschranks gelagert zu haben.

Beim Überreichen der Flasche fragte Masbaum neugierig: „Wie alt bist du wirklich? Auf dem Präsidium hast du 28 Jahre angegeben." Nun setzte sich Rouven auch in einen der Sessel und strich genüsslich über das schwarze Leder: „Ich war gerade so alt geworden, als ich mich dafür entschied, mein menschliches Dasein aufzugeben. Das ist jetzt 70 Jahre her." Anscheinend erwartete er, dass sein Gegenüber schockiert protestierte, denn er schaute enttäuscht, als das

nicht passierte. Dann verstand Rouven, dass der Kommissar in den Verhör-Modus übergegangen war und konnte sich ein Grinsen nicht verkneifen. Tatsächlich kam sofort die nächste Frage: „Wer hat dich verwandelt?" Er trank noch einen Schluck, bevor er antwortete: „Ihr Name ist Alyessa Ewanova und ich habe sie geliebt. Doch wie das Leben so spielt, ist Liebe leider vergänglich. Und als ihr der Spaß mit mir vergangen war, suchte sie sich einen neuen Gefährten und verschwand. Ich habe sie seitdem nicht wieder gesehen. Aber in letzter Zeit habe ich das Gefühl, dass sie nicht mehr weit weg ist. Ich kann sie spüren."
Tomas erhob sich; zu viele Fragen schwirrten durch seinen Kopf. Das Gewitter war weitergezogen und nur noch vereinzelt erklang ein leises Donnern. Von dem intensiven Regenguss blieb nur der Geruch von feuchtem Gras, der durch das offene Fenster drang. Der Ermittler versuchte zu fokussieren und griff sich eine Frage heraus:
„Was machst du hier in Norden?" Rouven stellte seine Bionade auf einen neben sich befindenden Beistelltisch ab und schlug die Beine übereinander. Ihm war klar, dass er sich offenbaren musste, doch fürchtete er die Konsequenzen. Die Wahrheit barg das Risiko, Tomas' Vertrauen zu verlieren. Seine nächsten Worte würden über den weiteren Verlauf dieses Gespräches entscheiden, daher wählte er sie mit Bedacht: „Ich hatte die Option auf eine neue Gefährtin. In einem unsterblichen Leben ist die Einsamkeit häufig der Grund dafür, warum Vampire verrückt werden. Die Hoffnung, mit ihr an

meiner Seite lange Zeit glücklich zu sein, wurde aber leider zerstört und ich möchte wissen, wer daran Schuld hat."

Masbaum drehte sich vom Fenster weg und starrte das Wesen in seinem Sessel an: „Du redest von Larissa! Hast du sie vorher also doch gekannt?" Er stemmte die Hände in die Hüften und sein Blick wirkte tadelnd und gleichzeitig verletzt. Rouven fühlte sich genötigt, aufzustehen: „Ja und nein. Ich kannte sie aus dem Chat. Sie hat mir ihr Leid geklagt, wie einsam sie war und wie sie hier ihr Leben verschwende. Ich hab ihr angeboten, sie hier herauszuholen und mit ihr ein neues Leben anzufangen. Doch auf ein Treffen wollte sie nicht eingehen. Dass ich sie bei der Orgie treffen würde, war aber tatsächlich reiner Zufall, dass musst du mir glauben!" Der schöne Beau hatte gar nicht bemerkt, wie er näher an Tomas herangegangen war und ihn nun mit den Händen an den Armen festhielt. Dieser zog sich jetzt aus dieser Umklammerung heraus:
„Dir glauben! Du machst es mir ganz schön schwer, meinst du nicht? Schleichst dich einfach so ins Präsidium ein und erzählst nur die Hälfte der Wahrheit. Du wolltest sie zu einem Vampir machen – so weit ich weiß, hättest du sie sehr wohl töten müssen. Jetzt ist dir also jemand zuvorgekommen. Wie ärgerlich."
Masbaums Sätze trieften vor Sarkasmus und trafen ziemlich genau ins Schwarze. Rouven musste sich an die Wand lehnen, um nicht den Halt zu verlieren: „Das ist nicht ganz richtig." Obwohl die Worte nur geflüstert waren, hatte Tomas sie verstanden; sein

Verstand arbeitete auf Hochtouren, doch sein Körper wollte sich nur noch setzen. Im Ledersessel faltete er die Hände zum Gebet und führte die Spitzen seiner Finger an seine Lippen. Er brauchte seine ganze Kraft, um die nächsten Worte auszusprechen: „Also hast du sie doch getötet."

Kapitel 63

Rouven strich sich durch die Haare und seufzte: „Ich habe ihr ewiges Leben geschenkt. Als ich in der Nacht von ihr ging, war sie bereits ein Vampir. Und dann kam jemand anderes und hat ihr dieses Glück wieder genommen." Dieses Gespräch verbrauchte mehr Kraft als er gedachte hatte. Der Hunger kehrte langsam zurück. Seit heute morgen hatte er kein Blut mehr zu sich genommen und das Verlangen danach trübte seine Sinne.
Der schöne Kommissar sank tiefer in das lederne Mobiliar ein: „Sie ist also gleich zwei Mal gestorben. Das wird ja immer besser." Ihm fiel plötzlich die Idee von Dante wieder ein: „Das würde wenigstens ihre graue verschrumpelte Haut erklären. Und das Fehlen des Blutes. Also suchen wir keinen Hexenjäger, sondern einen Vampirkiller."

Die Wolken hatten sich verzogen und die ersten Sonnenstrahlen brachen durch das dreifach verglaste Wohnzimmerfenster. Masbaum hatte 'wir' gesagt; Rouven wertete das als gutes Zeichen, dass sich doch noch alles wieder einrenken würde. Er blickte auf die verchromte Wanduhr und stellte fest, dass es bereits 17:10 Uhr war. „Vor allem sollten wir allmählich zu dieser Diana Cordes gehen. Magst du dort schon mal anrufen, damit wir nicht vor geschlossener Tür stehen. Das war ihre beste Freundin, richtig?"
Tomas schaute seinen Compagnon fragend an: „Das ist korrekt, aber worauf willst du hinaus?" Rouven konnte ihm die Frage nicht

verübeln, denn anscheinend war dem Ermittler ein logisches Detail entgangen. Er stieß sich von der Wand ab, um noch einen Schluck zu trinken. Mit dem Absetzen der Flasche sagte er bedächtig: „Nun, wer auch immer sie umgebracht hat, nutzte ein recht kleines Zeitfenster. Daher ist nicht nur das Motiv entscheidend, sondern auch die Möglichkeit, die Tat begangen zu haben."

Mit runzelnder Stirn stand Masbaum auf und versuchte, das Gesagte zu verarbeiten. Sein Blick fiel auf das Telefon und wie mit einem Lichtschalter machte es 'Klick': „Du warst der anonyme Anrufer, der der Polizei von der Leiche erzählt hat!"

Kapitel 64

Rouven nickte selbstzufrieden, doch innerlich war er zerknirscht, als die Erinnerungen zurückkehrten. Larissas kraftvoller Blick, als sie das erste Mal die Welt mit den Augen eines Vampirs wahrnahm. Wie glücklich sie war, endlich das Besondere zu sein, was sie immer sein wollte. Und das Tempo, mit dem sie lernte.

Er wollte nur kurz eine Blutkonserve besorgen, um ihren ersten Hunger zu stillen. Und als er zurückkam, lag sie regungslos auf dem Boden. Der Stuhl zerbrochen auf dem Boden, vom Täter keine Spur. Erschrocken hätte er fast die Konserve fallen lassen, doch stattdessen rannte er, so schnell er konnte, aus dem Gebäude heraus und rief in einer Kurzschlusshandlung, an einer Telefonzelle, die Polizei an.

„Meine Schilderung der Nacht stimmte im Großen und Ganzen, nur dass Larissa mich nicht rausgeschmissen hat aus ihrer Wohnung, sondern ich gegangen bin. Für frisch Verwandelte ist es wichtig, den Blutdurst schnellstmöglich zu besänftigen, um nicht die Kontrolle zu verlieren."

Tomas setzte sich in den Chefsessel vor seinem Schreibtisch. Er brauchte Halt, denn die neue Flut an Informationen schlugen ihm auf den Magen und er hätte gerne einen Drink zu sich genommen, doch hatte Rouven Recht und es fehlte die Zeit. Zuerst sollten sie das Verhör mit Diana durchziehen. Er klammerte sich an diesem nüchternen Vorgang, um die Ruhe zu bewahren.

Er hatte die Nummer noch in seinem Anrufverlauf, sodass er sie schnell wählen konnte. Sie ging beim ersten Klingeln direkt an den Apparat, so als hätte sie bereits auf einen Anruf gewartet. Masbaum konnte nicht genau zuordnen, ob sie enttäuscht klang, aber sie war zu Hause und würde sie nun erwarten. Zum ersten Mal, seit sie in seiner Wohnung angekommen waren, spürte Tomas so etwas wie Entspannung. Es lief wieder nach Plan.
„Diana wohnt nicht weit entfernt. Wir sollten uns auf den Weg machen. Wenn wir Glück haben, ist es draußen ein wenig abgekühlt. Wie sieht es denn mit deiner Schnelligkeit aus?" Rouven musste lachen: „Du denkst an diese Twilight-Szene, in der Edward mit Bella im Arm durch den Wald rennt. Sorry, aber ich hab noch nie versucht, jemanden dabei zu tragen. Lass uns das bei anderer Gelegenheit ausprobieren. Ich denke, dass Frau Cordes davon ausgeht, dass wir keine übernatürlichen Wege suchen, zu ihr zu gelangen und das sollten wir respektieren."
Masbaum konnte sich ein Kichern nicht verkneifen. Im Flur ergriff er die schwarze Umhängetasche und wies mit der Hand zur Tür: „Lass uns sehen, was Diana zu erzählen hat." Rouven ging an ihm vorbei, sodass Tomas nur noch abschließen brauchte. Er hoffte, dass es draußen nicht mehr so schwül war. Tatsächlich hatte er das Gefühl, dass sich die Luftverhältnisse gebessert hatten; an den Temperaturen konnte er allerdings keine Veränderung feststellen. Es war immer noch heiß.

Sie brauchten lange, um die Straße zum alten Friedhof zu überqueren, denn sie liefen direkt in den abendlichen Berufsverkehr hinein. Eine endlose Schlange aus buntem Blech zuckelte stoßweise in beiden Richtungen voran und der einzige Weg hinüber schien risikofreudig, mit geschlossenen Augen zu sein. Erst nach Überwindung dieses Hindernisses führten sie ihr Gespräch fort.

Rouven lag noch eine Offenbarung auf dem Herzen, aber er spürte, dass sein Kollege noch nicht dafür bereit war. Tomas knabberte an dem ganzen Input; in seinem Gesicht konnte der Vampir lesen wie in einem Buch und war auf das Gedankenlesen nicht angewiesen, wobei er sich fragte, ob das überhaupt funktionieren würde angesichts der Tatsache, dass das Bezwingen schon nicht geklappt hatte.
Vorsichtig wagte er einen Vorstoß in Masbaums Gedankenwelt und wurde sofort zurückgeschleudert. Auch ein zweiter und dritter Versuch mit mehr Druck brachten kein Ergebnis. Mit einer festen Barriere hatte der Kommissar seinen Verstand vor Eindringlingen geschützt und Rouven musste einfach nachfragen:
„Wieso kann ich deine Gedanken nicht lesen?" Tomas blickte irritiert auf: „Könnt ihr das denn?" Sie mussten an der Fußgängerampel auf dem Weg zur Westerstraße warten. Rouven schaute sich mehrmals um und sprach erst, als er sicher war, dass niemand zuhören konnte: „Das ist unterschiedlich. Jeder Vampir bekommt mit seiner Verwandlung eine spezielle Fähigkeit, die von der individuellen Persönlichkeit abhängt. Ich

war schon zu Lebzeiten ein sehr kopflastiger Mensch, sodass die Telepathie ein logischer Schritt war." Die Ampel schaltete auf Grün; die Ermittler schlenderten am Kreisel vorbei und die Gehwege schienen hier noch voller als im Stadtzentrum. Doch Masbaum hatte Fragen:
„Welche Kräfte gibt es noch?" Auf der Höhe vom Ärztehaus überquerten sie die Straße. Hier fand Rouven die Gelegenheit zu antworten: „Telekinese zum Beispiel. Daraus entwickeln sich recht gefährliche Vampire, besser geht man ihnen aus dem Weg. Schlimm für uns ist Empathie, denn die menschliche, mitfühlende Seite überwiegt dann und die Chance ist groß, dass diese Vampire wahnsinnig werden und ihrem Leben ein Ende bereiten. Es soll auch Flieger geben, allerdings ist mir noch keiner begegnet."

Beim Jobcenter und Arbeitsamt herrschte reges Treiben, was leider alles andere als ungewöhnlich war. Wer nicht gerade bei den Unternehmensriesen VW oder Enercon einen Langzeitvertrag besaß, verdiente eher mittelmäßig oder schlug sich mit Gelegenheitsjobs über die Runden. Nicht wenige Menschen waren trotz Vollzeitstelle auf eine Gehaltsaufstockung angewiesen. Der ständige Papierkrieg mit den Behörden konnte nervenaufreibend sein. Tomas war daher dankbar, verbeamtet zu sein. Als sein Blick auf ein Werbeplakat für das Blutspenden fiel, musste er einfach schmunzelnd fragen: „Hast du eine Lieblingsblutgruppe? Bei 'True Blood' hat jeder Vampir eine favorisierte Sorte." Zwei ältere Damen kamen gerade, mit ein paar Geranien bewaffnet, aus der

Gärtnerei, als Rouven antwortete: „Ja, ich bevorzuge B positiv. Welche Blutgruppe hast du denn?" Ein verschmitztes Grinsen begleitete die Frage und Masbaum kam nicht umhin, den flirtenden Unterton herauszuhören. Sie überquerten die Straße und der triste Vorgarten der Cordes wurde sichtbar: „B positiv. Also bin ich für dich hauptsächlich eine wandelnde Snackbar. Da fühle ich mich doch gleich besser." Auch hier wechselten sie die Straßenseite und bogen in den grässlichen Pflasterweg mit Schachbrettmuster. Der Kommissar drückte routiniert auf den Klingelknopf und als das Summen zum Öffnen der Tür erschien, sagte Rouven entschieden: „So, meine Fragestunde ist vorerst beendet. Verhören wie jetzt lieber diese Diana und finden hoffentlich mehr heraus, als beim letzten Mal."
Tomas ging die Stufen voran und schüttelte innerlich den Kopf, denn er spürte natürlich den auf seinen Hintern ausgerichteten Blick. Er atmete tief durch und setzte sein sexy Lächeln ein, um bei der bereits an der Tür stehenden besten Freundin vorab Eindruck zu schinden. Die schien allerdings nicht sehr begeistert davon, dass der Ermittler nicht alleine erschienen war.

Kapitel 65

Die blonde Frisörin führte die Herren in ihr Wohnzimmer. Masbaum bemerkte, dass es fast doppelt so groß war wie die Küche, allerdings gefiel ihm das Interieur genauso wenig. Diana schien ein Freund von hellem Holz zu sein, denn die Auswahl der vorhandenen IKEA-Möbel trugen das gleiche 'Eiche-hell-Dekor'. Die Couchgarnitur, zu der die Ermittler geleitet wurden, kontrastierte mit einem schrillen Blumenmuster im Stile der 70er Jahre.

Tomas setzte sich mit Diana auf das eine Sofa-Stück, während Rouven provozierend in einem abgenutzten Sessel Platz nahm: „Ich fungiere hier als privater Ermittler und unterstütze die Polizei im Fall Larissa Weinberg. Mittlerweile ziehen wir vor allem einen Beziehungsmord in Betracht. Die von Ihnen beschriebene Internet-Bekanntschaft haben wir intensiv überprüft. Das Problem ist aber, dass dieser Victor van Strenge vermisst wird und somit die Wahrscheinlichkeit, er könne der Täter sein, immer geringer wird. Aus diesem Grund durchleuchten wir noch einmal alle bisher Vernommenen."

Masbaum hielt diese 'Guter Bulle/Böser Bulle'-Methode zwar für abgedroschen, konnte aber dessen Wirkung nicht bestreiten, daher griff er beschwichtigend ein: „Wir wollen Ihnen natürlich nichts unterstellen. Vielleicht können sie uns noch mehr aus dem Alltag mit ihrer besten Freundin erzählen." Gedankenverloren stand sie auf; das lange

taubenblaue Sommerkleid aus einem billigen Stoff machte ein raschelndes Geräusch dabei und wieder erwischte sich Tomas dabei, diese Frau wegen ihrer Stillosigkeit zu verurteilen. Sie blieb an einem Fenster stehen, dass teilweise von einem überladenen Blumengestell verdeckt wurde: „Ich habe nie verstanden, warum Larissa mich als ihre beste Freundin ausgesucht hat. Wir haben von der ersten Klasse an die ganze Schulzeit miteinander verbracht, dabei war sie schon damals ein Sternchen. Ein Aufmerksamkeitsmagnet ohne gleichen. Aufgrund ihrer langen Haare wurde sie von allen nur Schneewittchen genannt. Bis zur Pubertät war sie sogar bei den Lehrern beliebt, aber das änderte sich danach. Sie ließ sich mit den falschen coolen Kids ein, begann zu rauchen und zu trinken und ihre grazile Bauweise kam bei den Jungs unglaublich gut an. Ich eher weniger. Als Mauerblümchen fiel ich den meisten gar nicht erst auf, aber komischerweise schien es Larissa immer wichtig zu sein, den Kontakt nicht zu verlieren. Sie bezeichnete mich gern als ihren bodenständigen Anker." Hier musste sie kichern. Aber es erstarb so schnell, wie es gekommen war; abrupt drehte sie sich den Ermittlern zu: „Sie hatte zwar ihre Macken, aber warum bringt jemand ein so reines Wesen um?"
Rouven musste einen aufkommenden Lachkrampf unterdrücken. Anscheinend war die Wahrnehmung der besten Freundin völlig vernebelt. Die Larissa, die er kennengelernt hatte, schien ihm weit entfernt von einem reinen Wesen gewesen zu sein. Sie hasste ihre Familie, interessierte sich nicht die Bohne

für ihre Freunde und ihre ach so große Liebe hatte sie mehr als einmal betrogen. Allerdings konnte er sich gut vorstellen, dass sie nicht immer so gewesen war.

Der Vampir erhob sich vom Sessel und ging näher an sie heran und tat so, als würde er ihre gut wachsenden Pflanzen betrachten. In Wirklichkeit fiel ihm das Gedankenlesen in direkter Nähe einfach leichter. Nebenbei nahm er ihren Geruch auf. Das billige Parfum überlagerte den eigenen Körpergeruch gänzlich: eine Mischung aus Patchouli, Vanille und Lavendel. Er rümpfte seine feine Nase und versuchte sich zu konzentrieren; zusätzlich sagte er zur Ablenkung: „Ich werfe die Frage zurück zu Ihnen. Wieso hätten Sie sie umgebracht?"
Sie beachtete den aufgestandenen Ermittler kaum, doch griff sie nachdenklich zur lilafarbenen Gießkanne, die auf der Fensterbank stand und goss ein paar der kleinen Sukkulenten: „Mir fiele nur ein Grund ein. Sie hätte mit ihrem Wissen an die Öffentlichkeit gehen können. Um das zu verhindern, wäre das Töten eine Möglichkeit gewesen."
Rouven schloss die Augen und schon flatterten die ersten Bilder hinein. Ein Mädchen, vermutlich Diana als Kind, versuchte ein total aufgelöstes Schneewittchen zu trösten. Ein Mann, der das kleine schwarzhaarige Mädchen anschreit, weg schubst und in ein Zimmer einsperrt. Larissa und Diana im Teenager-Alter, die zwei große Reisetaschen aus einem Haus heraustragen. Rouven entfernte sich wieder aus ihren Gedanken; anscheinend hatte sie davon nichts

gespürt. Er warf einen vielsagenden Blick zu Tomas, bevor er sich wieder setzte, diesmal allerdings auf das Couch-Stück, auf dem zuvor Diana gesessen hatte.
Masbaum wollte sich die Zügel nicht gänzlich aus der Hand nehmen lassen, daher fragte er direkt: „Gegen wen hatte Larissa etwas in der Hand? Was wusste sie?" Eine Katze miaute. Die Ermittler hatten diese bisher gar nicht wahrgenommen. Sie saß fast regungslos in einem geräumigen Körbchen hinter dem Sofa. Diana ging ohne Umschweife zu ihr hin und hob sie hoch, sodass auch Rouven und Tomas ein Blick auf das Haustier werfen konnten. Das schwarz-weiße Fellknäuel schmiegte sich in die Armbeuge der blonden Besitzerin und gab nun ein wohliges Schnurren von sich. Mit der Katze im Arm setzte sie sich nun in den Sessel und schaute ernst in die Gesichter der Ermittler: „Ich kann diese Frage nicht beantworten. Ich habe damals Larissa bei meinem Leben geschworen, es niemals irgendjemanden zu erzählen."
Tomas schaute zu seinem Kollegen und spürte Wut in sich aufkommen: „Frau Cordes, Ihre Loyalität ihrer Freundin gegenüber ehrt sie, aber denken Sie nicht, Larissa hätte gewollt, dass man den Übeltäter findet, der ihr das angetan hat?" Die junge Frisörin wand sich unter dem Blick der beiden gutaussehenden Herren, machte aber keine Anstalten, ihre Meinung zu ändern, als plötzlich Masbaums Handy klingelte.
Hauptkommissar Reinhardt war am Apparat und Tomas ging sofort ran, denn es musste wichtig sein: „Lutz, was ist los?" Ruckartig

stand der Kommissar auf und ging zur Küche. Wieder beschlich ihn das Gefühl, zu groß für diesen kleinen Raum zu sein: „Tomas, egal, wo ihr gerade seid, kommt bitte schnellstmöglich zum Präsidium zurück. Wir haben hier den Herrn Weingarten sitzen und was er zu erzählen hat, wäre auch für euch interessant. Wenn mich nicht alles täuscht, haben wir endlich unseren Mörder."
Masbaum musste sich setzen. Der billige Holzstuhl knarzte ein wenig, doch das störte ihn nicht einmal: „Okay, wir sind noch bei Frau Cordes, aber wir können hier direkt los, dann wären wir in zehn Minuten bei euch." Reinhardt atmete erleichtert aus, anscheinend hatte er nicht mit so viel Kooperation gerechnet: „Also, dann bis gleich." Und schon war das Gespräch unterbrochen.
Schnellen Schrittes ging er zurück ins Wohnzimmer und blieb im Türrahmen stehen: „Es tut mir Leid, Frau Cordes, wir müssen das Gespräch an dieser Stelle unterbrechen. Der Hauptkommissar erwartet uns sofort im Präsidium, daher müssen wir Sie direkt verlassen. Anscheinend gibt es einen neuen Verdächtigen, mehr kann ich zum jetzigen Zeitpunkt noch nicht dazu sagen."
Sichtlich irritiert blickte Rouven zu Masbaum, dann zu Diana und erhob sich langsam: „Vielen Dank für die Informationen, die Sie nachliefern konnten. Wir melden uns bei Ihnen, wenn wir mehr wissen." Er verzichtete auf einen Handschlag, denn er hatte keine Lust, den intensiven Geruch ihres Parfums erneut ausgesetzt zu sein. Er ging direkt auf Masbaum zu, langte diesem auf dem

Weg dessen Tasche an und gemeinsam marschierten sie durch den schmalen Flur. Dankbar schlossen sie die Wohnungstür von außen.

Kapitel 66

Der große Zeiger der Bahnhofsuhr im Großraumbüro der Kripo wanderte nach oben auf die zwölf und zeigte damit 18:00 Uhr an. Ole lief wie ein Tiger im Käfig auf und ab. Die Zeit verging, dabei sollte er in eineinhalb Stunden fertig zu Hause sein, damit Armir ihn zum Date abholen konnte. Während er auf die Ermittler wartete, überlegte er sich, was er anziehen konnte. Sie hatten sich gemeinsam für das 'Zollhaus' entschieden, sodass ein elegantes Outfit angebracht war, denn das gehobene Ambiente sollte auch optisch gewürdigt werden. Allerdings wäre ein Anzug übertrieben, denn der gewöhnliche Ostfriese trug solchen nur zu Hochzeiten und Beerdigungen.
Gut gelaunt stürmten die beiden Ermittler durch die Tür und rissen Janssen damit völlig aus seinen Gedanken. Ihm gefiel dessen Gekicher gar nicht; er bestrafte sie mit einem tadelnden Blick, doch Tomas und Rouven schienen diesen gar nicht zu bemerken. Als sie auf der Höhe des Polizeibeamten waren, merkten sie die Spannung, die in der Luft lag. „Ole, was ist denn los?" Masbaum setzte sich vorsichtshalber in seinen Bürostuhl, Rouven lehnte sich an den Schreibtisch. Janssen trat ein Stück nach hinten und drehte seinen Monitor in den Raum hinein: „Wir haben Victor van Strenge gefunden."
Der weiß umrahmte Flachbildschirm zeigte ein grobkörniges Foto von dem Eingangsbereich eines Kaufhauses. Durch die Tür kam ein

schlaksiger Mann mit schwarzer Nerd-Brille und einer dunkelblauen Laptoptasche. Tomas erkannte den zum Fahndungsfoto passenden Typen wieder. Es war eindeutig 'Prince Charming'. „Wo befindet er sich jetzt?", fragte Masbaum und schaute interessiert dabei zu, wie Ole seinen schlauen Block aufklappte, um seinen Informationsschwall loszuwerden:

„Er hatte unter falschem Namen ein Bungalow auf der Insel Juist gemietet. Anscheinend lebt er schon länger dort, die neue Identität hat ihn hervorragend geschützt. Die Sicherheitsbeamten hatten ihn durch Zufall auf den Videobändern des Kaufhauses entdeckt, weil es dort wohl einen kriminellen Zwischenfall an diesem Tag gab. Sie haben diese Aufnahme per Email hierher geschickt. In diesem Moment ist er schon auf dem Weg hierher. Die Polizei vor Ort zeigte sich sehr kooperativ."

Aus dem Augenwinkel nahm Tomas wahr, dass Rouven angespannt wirkte, konnte aber nicht deuten, woran das lag. Er entschied, dass es nicht wichtig war und fragte stattdessen: „Wo sind denn Reinhardt und der Herr Weingarten?" Janssen setzte sich an die Tastatur, um den Rechner herunterzufahren. Leicht verwirrt schaute Masbaum dabei zu, bis ihm einfiel, dass sein Kollege heute Abend verabredet war. Bei dem Gedanken daran musste er lächeln. Er hatte vorher noch nie jemanden verkuppelt.

„Larissas Vater ist im Verhör-Raum 1 und bespricht sich mit seinem Anwalt. Lutz ist in seinem Büro und telefoniert mit der Löwin. Ihr solltet dringend hinzustoßen, denn Lutz ist schon ziemlich sauer, dass ihr euch soviel Zeit gelassen habt." Ole packte seine restlichen Sachen in die Tasche und schnappte sich seine Dienstjacke: „So, ich bin dann mal weg. Euch wünsche ich noch viel Spaß und hoffentlich sehen wir uns erst am Montag wieder. Mein Handy wird aber an sein, falls ihr mich morgen doch braucht." Die beiden Ermittler riefen ihm noch ein „Ciao." hinterher und schon war Ole Janssen aus dem Büro verschwunden.

Masbaum stand auf und schob den Stuhl heran: „Dann lass uns mal schauen, ob wir Larissas Mörder gefunden haben oder nicht." Sie holten sich noch jeder ein kaltes Mineralwasser aus dem Kühlschrank und klopften vorsichtig an die Tür, hinter der sich der Hauptkommissar befand.

Kapitel 67

Vor einem großen Berg Akten saß Reinhardt erschöpft in seinem Chefsessel und hielt verkrampft den Telefonhörer ans Ohr: „Ja, Leo, machen wir. … Danke für die Genehmigungen. Hoffen wir, dass das etwas bringt. … Ja, wir sehen uns am Montag. Tschüss." Mit Schwung knallte er das Mobilteil auf die schwarze Station und atmete erleichtert aus. Er kam nicht einmal dazu, die erste Akte vom Stapel zu nehmen, weil es an der Tür klopfte. Er hoffte inständig, dass es das neue Dreamteam war, wie er Rouven und Tomas innerlich bereits nannte. Mit rauer Stimme rief er sie zu sich hinein. Die Outfits seines Kommissars wurden von Mal zu Mal unangebrachter. Er würde einen sensiblen Moment suchen müssen, um dieses Thema anzusprechen. Zur Zeit gab es Wichtigeres als die tuffigen Klamotten eines in seiner Selbstachtung übersteigerten Kripobeamten.
„Habt ihr aus der Cordes etwas Verwertbares herauskriegen können?" Masbaum schüttelte kommentarlos den Kopf. Die Ermittler setzten sich auf die Stühle vor dem großen Schreibtisch: „Was ist denn nun mit dem Vater? Und wieso bespricht der sich bereits mit einem Anwalt? Hat er sich verplappert?" Lutz legte unbeholfen ein Bein über das andere, sodass Tomas einen Blick auf das abgenutzte Schuhwerk seines Chefs werfen konnte. Er beschloss, diesen bei Gelegenheit in eine vernünftige Boutique zu schleifen und etwas an dessen Einstellung zum Thema Klamotten zu ändern.

„Nein, hat er nicht. Er behauptet immer noch, sie nicht getötet zu haben. Allerdings ist ihm klar, dass er als Verdächtiger gilt und irgendetwas hat er zu verbergen. Er ist ein eiskalter Hund. Seine Frau stand bei unserer Befragung völlig unter Schock, erinnerst du dich? Aber bei Manuel Weingarten könnte man glauben, es wäre gar nichts passiert und wir hätten ihn zufällig aufs Präsidium eingeladen." Masbaum zog die Knie aneinander und überlegte mit schrägem Kopf und Gebetshaltung: „Wir können diesen taktischen Fehler mit dem Anwalt aber für uns nutzen. Mit ein paar Informationen muss er auf jeden Fall herausrücken, sonst können wir ihn direkt festnehmen, weil es dann als direktes Eingeständnis gelten würde. Es kommt nur darauf an, die richtigen Fragen zu stellen."

Reinhardt nickte zufrieden; es kam selten vor, dass sie einer Meinung waren: „Ich könnte mir vorstellen, dass er in der Vergangenheit etwas angestellt hat, dass ihn zum Hauptverdächtigen macht. Oder aber er hat sie eben doch umgebracht und will Schadensbegrenzung betreiben." Tomas warf die Stirn in Falten: „Letzteres wäre aber unsinnig, solange wir ihn noch nicht angeklagt haben. Das müsste auch ihm klar sein. Obwohl, ich hab ihn ja noch nicht gesehen. Wie intelligent schätzt du ihn ein?"

Der Hauptkommissar seufzte: „Ziemlich cleverer Bursche, aber ziemlich abgebrüht und durchtrieben. Sein Anwalt ist leider nicht besser – im Gegenteil. Dr. Ludwig Schürbein ist sein Neffe und so ziemlich der

schmierigste und selbstgerechteste Rechtsanwalt im Landkreis Aurich." Masbaum überlegte, ob er diesem Anwalt schon einmal begegnet war, konnte aber keine passende Erinnerung dazu abrufen.
Er erschrak, als sich Rouven räusperte. Abrupt drehte er den Kopf nach links und zog die Augenbrauen fragend nach oben: „Kann ich dich draußen kurz sprechen?" Verlegen rutschte dieser auf dem Stuhl hin und her. Tomas blickte zu Lutz, der sie mit einem Kopfnicken heraus komplementierte: „Wir müssen sowieso warten, bis der Anwalt das Okay gibt. Ich habe noch genug Arbeit hier. Isa hat vorhin ein paar Akten vorbeigebracht mit ähnlichen Vorgehens-weisen. Wenn ihr davon auch ein paar durchschauen wollt, wäre ich sehr dankbar." Die Ermittler griffen sich jeweils ein paar der flachen beigen Ordner und schlichen sich aus dem Büro.

Kapitel 68

Masbaum öffnete seine Wasserflasche und trank mehrere Schluck daraus, ehe er fragte: „Was ist denn los? Du bist schon die ganze Zeit so komisch? Hungrig?" Es sollte eigentlich ein Scherz sein, doch er konnte in den braunen Vampir-Augen tatsächlich eine Spannung erkennen, die ihn frösteln ließ. Er trat einen Schritt zurück, doch Rouven ging auf ihn zu, blieb dann direkt vor ihm stehen und beugte sich mit dem Kopf leicht vor: „Ich habe vorhin Dianas Gedanken gelesen und wenn ich das richtig interpretiere, habe ich eine Ahnung, wovor sich Larissas Vater schützen will. Und ja, ich habe Hunger." Tomas bekam eine Gänsehaut, aber nicht weil er Angst hatte, sondern weil ihm die Nähe, kombiniert mit dem unwiderstehlichen Geruch, den Rouven an sich hatte, die Sinne vernebelte. Eine innere Erregung machte sich in ihm breit, die man nur spürt, wenn die Haut des anderen so nah ist, dass es so einfach wäre, sie zu berühren – ohne die Gelegenheit zu haben, dem inneren Drang nachzugeben. Es waren schließlich noch andere in dem Raum.
Mit einem Ruck zog er Rouven an sich vorbei, in Richtung Besprechungsraum, öffnete die Tür und machte sie hinter sich wieder zu: „Erzähl mir, was du gesehen hast." Der Vampir schien kurzzeitig verwirrt, weil er mit Masbaums Aktion nicht gerechnet hatte. Angesichts des leeren Raumes fing er sich schnell wieder und setzte sich auf einen Stuhl: „Ich hab von Diana drei Bilder

empfangen. Man könnte sie auch als Szenen bezeichnen. Anscheinend hatte Larissa schon als Kind so ihre Probleme, denn ihre Freundin musste sie trösten. Dann sah ich, wie ein Mann die junge Larissa eingesperrt hat. Er schien sie auch zu misshandeln, sie hatte furchtbare Angst. Und am Ende empfing ich die Szene, wie sie als Teenager mithilfe von Diana auszog. Natürlich kann ich noch nicht mit Bestimmtheit sagen, ob es ihr Vater war. Wenn es aber so ist, wäre das mit Sicherheit der Grund, warum er sich jetzt absichert."

Masbaum war bei der Schilderung stehen geblieben, doch jetzt musste er sich doch setzen. Er wählte den Stuhl gegenüber und ließ sich langsam herab: „Also meinst du, wir sollten direkt in Konfrontation gehen? Aber wie erklären wir das bereits vorhandene Wissen?" Rouven lehnte sich nach hinten und begann, frech zu grinsen: „Das erklären wir gar nicht. Ein Vögelchen hat uns das ins Ohr gezwitschert. Ich würde eine Methode wählen, die auch in Fernsehkrimis gerne genommen wird, weil sie so herrlich dramatisch ist: im Verhör konstruieren wir detailliert den Tathergang samt Motiv. Falls dann irgendein Punkt falsch beschrieben wird, zögert der Täter normalerweise nicht, die ach so blöden Polizisten zu korrigieren. Und dann sind wir schon fast beim Geständnis."

Masbaum stand nachdenklich wieder auf; leichtfüßig schritt er durch den Raum, wobei eine Frage immer wieder in seinem Kopf hämmerte: „Wie erzählen wir den Tatverlauf? Es muss schließlich halbwegs plausibel klingen. Der Mord passierte in einem

halbstündigen Zeitfenster, nachdem du sie lebend in ihrer Wohnung zurückgelassen hast. Na ja, mehr oder weniger." Der Vampir kicherte. Mit der linken Hand strich er über seinen Dreitagebart: „Wir können auf jeden Fall ausschließen, dass er zufällig vor Ort war. Es war mitten in der Nacht, und das in der Woche. Außerdem hatte er, laut den Berichten, die ich gelesen hab, Frühschicht."
Masbaum fuhr ruckartig herum: „Das stimmt. Angenommen, er müsste um sechs Uhr morgens auf dem Werk sein. Bei dem Berufsverkehr bräuchte er wahrscheinlich eine Stunde nach Emden. Wenn Larissa zwischen halb fünf und fünf Uhr morgens getötet wurde, hätte er tatsächlich dafür Gelegenheit gehabt. Auf dem Weg zur Arbeit." Rouven drehte sich den Stuhl herum und schlug die Beine übereinander: „Okay, das klingt schon ganz plausibel. Aber das Warum fehlt uns noch."
Tomas tigerte weiter durch den Raum: „Selbst wenn er sie früher missbraucht haben sollte, wird er wohl kaum für einen Quickie vor der Arbeit vorbeigefahren sein, oder?"
Rouven lachte: „Wenn er das versucht hätte, wäre er die Leiche gewesen. Larissa wäre als Vampir zu stark gewesen. Und so, wie ich sie kennengelernt habe, hätte sie sich eindeutig gewehrt." Masbaum blieb am Fenster stehen und blickte auf den Verkehr im Kreisel. Nur wenige Fußgänger liefen hier in Richtung Westerstraße. Es war Abendbrot-Zeit, obwohl die Sonne noch schien. Mitte Juli konnte es durchaus bis zweiundzwanzig Uhr hell bleiben. Der Kommissar dachte über einen Satz nach, den Rouven heute Mittag

gesagt hatte: „Deine Theorie des Vatermords funktioniert auch nicht. Wenn ich sie nicht haben kann, dann niemand." Der Vampir strich sich eine hellblonde Strähne aus dem Gesicht: „Warum nicht?"
Tomas drehte sich zu ihm um und hob die Augenbrauen: „Mit dem Motiv hätte er sie schon viel früher umgebracht. Warum hätte er warten sollen, bis sie 23 ist? An seiner Stelle hätte ich sie direkt nach dem Auszug getötet, an dem Punkt der Abnabelung."
Rouven verspürte das Bedürfnis, aufzustehen. Er schlenderte ebenfalls zum Fenster: „Und wenn es um das Geld ging? Hatte sie nicht 25.000 Euro auf ihrem Sparkonto? Wenn er das für irgendetwas brauchte und sie wollte es ihm nicht geben." Masbaum lehnte sich mit dem Rücken an die Wand und verschränkte die Arme: „An sich klingt diese Theorie nicht schlecht. Bleibt nur die Frage, warum er das Geld ausgerechnet und halb fünf Uhr morgens von ihr verlangte. Keine Bank öffnet hier vor neun Uhr. Es sei denn …", er hob eine Hand ans Kinn: „ … es sei denn, sie hatten diese Uhrzeit verabredet. Weil er das Geld an einen Arbeitskollegen übergeben musste. Poker-Schulden oder so etwas."
Sie standen nun direkt voreinander und sahen sich zufrieden an, als es an der Tür klopfte. Reinhardt steckte sein Kopf hinein und sagte knapp: „Herr Weingarten wäre jetzt soweit." Tomas drückte sich von der Wand ab: „Keine Sekunde zu früh. Ich denke, wir haben eine gute Taktik. Mal sehen, ob sie funktioniert." Rouven grinste selbstgefällig und freute sich schon förmlich auf das Verhör. Mit gesundem Selbstbewusstsein gingen

die Ermittler aus dem Besprechungszimmer. Der Verhörraum 1 befand sich auf der anderen Seite des Großraumbüros, hinter einer schalldichten Stahltür. Der Hauptkommissar positionierte sich einen Raum davor, in dem er durch ein verspiegeltes Fenster das Gespräch beobachten konnte.

Kapitel 69

Tomas konnte den Anwalt von der ersten Sekunde an nicht leiden. Beim Betreten des Raumes blieb der eindeutig adipöse Anwalt sitzen und schaute nicht einmal auf. Diese Unhöflichkeit verursachte bei Masbaum eine leicht aggressive Grundhaltung. Er baute sich förmlich vor dem Tisch auf und hielt mit offensiver Erwartung seine Hand hin:
„Guten Abend, meine Herren. Ich bin Kommissar Dr. Masbaum und das ist mein Kollege Herr Stahl. Schön, dass sie Zeit für uns haben." Mit lässiger Eleganz setzte er sich auf dem Stuhl gegenüber von Weingarten und überließ es Rouven, sich zum Anwalt zu setzen. Doch zu seiner Verwunderung machte der keine Anstalten dazu. Er ging an ihm vorbei und lehnte sich mit verschränkten Armen an die Wand. Masbaum erinnerte sich daran, dass dem Vampir das Gedankenlesen besser gelang, wenn er näher an die Person herankommt.
„Ich nehme an, dass sie jetzt bereit sind, uns etwas mitzuteilen." Er schlug die Beine übereinander und lehnte die Ellbogen auf den Tisch, um in gespannter Gebetshaltung auf die erhofften Informationen zu warten. Gleichzeit nahm er die optischen Fakten seines Gegenübers auf: dunkelblonder Fasson-Schnitt, buschige Augenbrauen, flache Nase, schmale Lippen und Augen, die vor Bösartigkeit nur so blitzten. Zusätzlich fiel Tomas auf, dass er ohne verkrampfte Haltung dort saß. Er war genervt, aber ruhig:

„Ich möchte Ihnen nichts mitteilen. Ich würde gerne wissen, warum sie mich hier festhalten." Manuel Weingarten war, laut den bereits aufgenommenen Daten, 63 Jahre alt, doch er wirkte zehn Jahre jünger. Seine drahtige Figur wurde von dem waldgrünen Lacoste-Shirt unterstützt und seine Haut wies eine angenehme Bräune auf.

Rouven meldete sich zu Wort: „Sie stehen unter Verdacht, ihre Tochter, Larissa Weingarten, am frühen Freitagmorgen ermordet zu haben." Dr. Schürbein lehnte sich zurück und bleckte, ein Lächeln andeutend, die Zähne. Der Vampir hätte ihm das Gebiss am liebsten aus der hässlichen Visage geschlagen, doch stattdessen konzentrierte er sich auf den Verdächtigen. Aber dieser verzog keine Miene, als er trocken erwiderte: „Larissa war nicht meine Tochter." Masbaum runzelte die Stirn: „Wie meinen sie das?" Anscheinend hatte er mit einer solchen Beichte nicht gerechnet und das Grinsen im Gesicht des Anwalts ging ihm auf die Nerven. Er empfand es als unangemessen. Tomas nahm seine Hände wieder herunter, denn er wollte Weingarten nicht unnötig provozieren. Stattdessen wartete er auf dessen Ausführungen:

„Vor 23 Jahren ist meine Frau mit ihrer Schwester in Urlaub gefahren. Nach Sizilien. Das untergeschobene Kind war das einzige Souvenir, dass ich bekommen habe." Niemandem blieb der verbitterte Unterton verborgen. Ohne ihn in Schutz nehmen zu wollen, bemerkte Rouven, dass diese Erkenntnis ihre Theorie unterstützte und machte sie ein wenig verständlicher. Trotzdem wollte er ihn nicht so einfach davon kommen lassen:

„Und deswegen haben Sie sie jahrelang misshandelt und eingesperrt?" Nun riss der Verdächtige die Augen auf und zog den Rücken lang. Mit einem Blick zum Anwalt, dessen Grinsen endlich aufgehört hatte, fragte er den Kommissar: „Wer behauptet das?" Tomas hätte nun leidenschaftlich gern seinerseits gegrinst, verkniff es sich aber diszipliniert, weil es kontraproduktiv für die Beziehung zu Weingarten gewesen wäre:

„Unsere Quelle möchte nicht genannt werden. Beantworten Sie die Frage mit Ja oder Nein."

Erneut schaute Weingarten in die schmutzig grauen Augen seines Neffen; dieser nickte nur kurz und senkte dann den Blick, sodass Weingarten nicht anders konnte: „Ja, so war es." Als Rouven schon die nächste Frage stellen wollte, fügte der VW-Arbeiter hinzu: „Ich konnte es einfach nicht ertragen, diesen Fremdkörper im Haus zu haben. Täglich erinnerte es mich daran, dass meine Frau, die ich über alles liebte, es vorzog, mit so einem italienischen Gigolo in die Kiste zu springen." Der Vampir stützte sich von der Wand ab und machte einen Schritt auf den Tisch zu:

„Sie kompensierten ihren seelischen Schmerz, in dem sie Larissa körperliche Schmerzen zufügten. Und ihre Frau hat das zugelassen?"

Weingarten zuckte mit den Schultern: „Anfangs nicht. Sie war außer sich vor Wut und drohte mir mit allen möglichen Konsequenzen. Doch irgendwann gab sie auf. Ich kann Ihnen nicht sagen, warum. Ich weiß es nicht. Vielleicht weil sie das Fremdgehen bereut hat und für Larissa auch nicht die Liebe empfinden konnte, die sie für Inka hatte." Masbaum empfand diesen Gedankengang als überaus scharfsinnig, denn es klang plausibel. So eine Geschichte konnte tatsächlich einen irreparablen Schaden in der Mutter-Kind-Beziehung verursachen: „Und niemand ist auf die Idee gekommen, eine Familientherapie zu machen?" Weingarten sah Masbaum an, als hätte er vorgeschlagen, zum Mond zu fliegen: „Wenn uns dabei jemand gesehen hätte, was meinen Sie, was ich mir auf Arbeit hätte anhören können. Das Weichei macht einen auf Therapie. Ich habe einen Ruf zu verlieren." Rouven wurde ungehalten: „Welchen Ruf denn? Als Vergewaltiger und Mörder? Da sind sie nämlich schon sehr nahe dran."

Nun meldete sich der Anwalt auch zu Wort. Für Tomas umgab das Gesagte einen Schmierfilm: „Bitte zügeln Sie sich. Mein Mandant hat bereits ausgesagt, dass er Larissa nicht umgebracht hat." Rouven lehnte sich offensiv auf die Tischkante: „Sie können seine Aussage auch dreifach notariell beglaubigen lassen. Dadurch ist es nicht weniger eine Lüge!" Ein scharfer Blick von Masbaum besänftigte ihn ein wenig; er stieß sich mit Schwung von der Tischkante ab und lehnte sich wieder an die Wand.

Tomas wollte seinen roten Faden nicht verlieren: „Gehen wir noch einmal zu den Misshandlungen zurück. Wie lange lief das denn? Wir wissen, dass Larissa mit 16 Jahren ausgezogen ist. Hat sie den Kontakt ganz abgebrochen?" Weingartens Blick verschwand in der Ferne; es wurde klar, dass er seine

Vergangenheit über Jahre verdrängt hatte und es schmerzlich war, darüber nachdenken zu müssen: „Sie hat nur noch über Inka mit uns kommuniziert und dabei ging es meistens um Geld für die Miete. Als Frisörin verdiente sie eher schlecht, vor allem in den drei Lehrjahren."

Rouven wollte Gewissheit haben. Er war unzufrieden mit den schwammigen Aussagen des Verdächtigen. Ohne die Augen zu schließen, fokussierte er sich auf Weingartens Gedanken. Auch hier empfing er ganz unterschiedliche Situationen: ein junger Familienvater steht mit Koffern vor seiner hochschwangeren Frau und einem kleinen Mädchen. Die Erwachsenen keifen sich regelrecht an, das Mädchen weint.

Dann ein anderes Bild. Zwei hübsche Mädchen im Teenager-Alter packen einen großen Koffer. Der selbe Mann wie vorher, nur etwas älter, versucht verbissen, die Kinder aufzuhalten. Er schreit und zetert, bis er die Beherrschung verliert und dem einen Mädchen mit der Faust direkt ins Gesicht schlägt.

Und dann im nächsten Moment eine ganz andere Szenerie. Es sieht aus wie eine Fabrik. Karosserien blitzen im Hintergrund auf. Kollegen, die Weingarten freundlich grüßen, mit ihm schäkern; es wird viel gelacht. Ein Mann klopft ihm wohlwollend auf die Schulter.

Rouven ist angewidert. Schnellstmöglich klinkt er sich wieder aus der Gedankenwelt heraus. Das Gespräch hat sich kaum weiter entwickelt.

„Wann haben Sie Larissa das letzte Mal gesehen?", fragte Masbaum gerade. Weingarten schaute auf den Tisch, als müsse er die Information von einem Blatt ablesen: „Das ist wohl ungefähr einen Monat her. Ich war mit einem alten Schulfreund beim Thailänder verabredet, Sie wissen schon, das Restaurant gegenüber vom Kino. Ich ging am Salon Ina vorbei. Larissa schnitt jemanden die Haare. Sie muss mich draußen stehen gesehen haben, doch sie hat es einfach ignoriert, dass ich gewunken habe. Daher bin ich weiter gelaufen."

Tomas fragte sich allmählich, wie gerissen dieser Mann war. Oder verfolgten sie erneut eine völlig falsche Fährte? Er versuchte einen weiteren Versuch: „Wussten Sie von ihrem Sparkonto? Und was hielten Sie davon, dass Larissa auswandern wollte?" Der Ermittler verfolgte sowohl die Reaktion von Weingarten als auch von dessen Anwalt. Schürbein schaute tatsächlich etwas irritiert, während der Tatverdächtige leicht schmunzelnd die Lippen verzog: „Ich weiß, dass es existiert, aber nicht, wie viel Geld sich darauf befindet. Sie wollte immer hoch hinaus, hielt sich für etwas Besseres. Und dennoch habe ich sie nicht umgebracht." Weingarten spielte nicht mit. Damit konnten die Ermittler ihre schöne Theorie wieder einpacken. Dieser gerissene Hund würde nicht einfach so aus der Rolle fallen. Masbaum vermutete, dass sein Neffe und Anwalt ihn hervorragend geschult hatte, was er sagen durfte und was nicht. Masbaum hatte den Eindruck, dass ihm sogar eingeschärft wurde, mit welchen Methoden die Beamten arbeiteten.

Im Verhör allein konnten sie diesen Mann nicht überführen. Hier müssten verschiedene

Systeme ineinander greifen, aber vor allem brauchten sie Beweise oder zumindest Indizien. Mit den Tatsachen konfrontieren. Ausflüchte im Keim ersticken.
Rouven riss Tomas aus seinen Gedanken: „Kann ich dich kurz draußen sprechen?" Sie entschuldigten sich bei ihren Besuchern und gingen vor die Tür.

Kapitel 70

Draußen trat Masbaum gegen einen leeren Papierkorb, sodass dieser quer durch den Raum flog. Er musste sich Luft machen; diese missliche Lage machte ihn zornig.

Rouven legte die rechte Hand auf seine linke Schulter, um ihn zu beruhigen. Tomas drehte sich zu ihm um und blickte in die amüsierten Augen seines Chefs: „Wo kommt denn diese Gewaltbereitschaft auf einmal her? Das kenne ich von dir nicht. Aber verstehen kann ich das. Aus dem Typen bekommt ihr kein Geständnis heraus."

Masbaum setzte sich auf den nächstbesten Stuhl, schlug allerdings nicht die Beine übereinander, sondern streckte sie weit auseinander und stützte die Ellbogen darauf ab, um die Hände um seine Wangen zu legen. „Okay, dann müssen wir jetzt die Taktik ändern. Ich werde meine Mutter anrufen und ihr die Situation schildern. Und hoffentlich bringt sie eine neue Idee hervor. Dich, Rouven, würde ich bitten, dir Larissas Wohnung noch einmal anzuschauen. Bei unserer ersten Besichtigung warst du nicht dabei. Allerdings warst du noch kurz vor dem Mord dort. Falls danach irgendetwas verändert wurde, müsste es dir auffallen." Tomas hob den Kopf und blickte bittend zu Reinhardt: „Und wenn du mir einen Gefallen tun willst, dann gehe da hinein und schicke die beiden nach Hause. Weingarten soll sich für weitere Befragungen bereit halten. Zum jetzigen Zeitpunkt haben wir nichts in der Hand, um ihn festzunehmen. Sein Anwalt weiß das."

Lutz nickte und ging in den Verhör-Raum, während Rouven bei Masbaum blieb: „Ich muss dir etwas sagen. Deswegen wollte ich hinaus. Ich habe in seinen Gedanken keinen Hinweis darauf gefunden, dass er sie umgebracht hat. Falls er der Täter ist, hat er es geschafft, während des Gesprächs gerade kein einziges Mal an die Tat zu denken. Entweder hat er einen überdurchschnittlichen Verdrängungsmechanismus – oder er war es nicht. Aber ich habe seinen Geruch aufgenommen. Wenn er in der Wohnung war, müsste eine Essenz seines Geruchs noch existieren."

Tomas musste schmunzeln und war dafür unendlich dankbar: „Wer braucht schon einen Spürhund, wenn er einen Vampir haben kann."

Rouven verdrehte die Augen: „Sehr witzig. Dann mach ich mich mal auf den Weg. Bis später."

Viel zu schnell war das hübsche Wesen aus dem Großraumbüro verschwunden und Masbaum spürte einen Hauch von Einsamkeit. Doch er ließ diesem Gefühl keinen weiteren Raum; stattdessen stand er auf, setzte sich an seinen Schreibtisch und bereitete sich seelisch auf das Telefonat mit seiner Mutter vor.

Er drückte die Schnellwahltaste und ließ es einige Male klingeln. Birgit Masbaum ging nicht ans Telefon. Tomas unterbrach die Verbindung und gab manuell die Handynummer an. Hier dauerte es nicht lange, bis sie abnahm: „Tommy! Gibt es Neuigkeiten?"

„Im Prinzip schon, ja. Mittlerweile ist Larissas Vater der Hauptverdächtige, allerdings fehlen uns die Beweise. Daher hatte ich gehofft, du hättest vielleicht eine

deiner tollen Ideen." Er hörte leichtes Getuschel im Hintergrund und fragte sich, wo seine Mutter sich herumtrieb.
„Wie kommt ihr denn jetzt auf den Vater?" Wieder war eine zweite Stimme im Hintergrund zu vernehmen, doch Tomas entschied sich, diese zu ignorieren:
„Manuel Weingarten, 63 Jahre alt, wurde bisher überhaupt nicht in Betracht gezogen, doch dann erfuhren wir, dass er Larissa als Kind misshandelt und eingesperrt hat. Außerdem hatte er in der Tatzeit kein Alibi, weil er sich auf dem Weg zur Arbeit befand. Damit hatte er Gelegenheit, bei ihr aufzutauchen, sie umzubringen und im VW-Werk aufzutauchen, ohne Verdacht zu schöpfen. Außerdem hat er zur Vorladung im Präsidium gleich einen Anwalt mitgebracht."
Birgit konnte sich ein Kichern nicht verkneifen: „Das ist ja wirklich blöd. Damit hat er ja direkt mitgeteilt, dass er etwas zu verbergen hat. Und was ist eurer Meinung nach das Motiv?" Tomas zögerte einen Moment und dachte über das Verhör nach: „Erpressung, allerdings ist noch nicht klar, ob sie ihren Vater erpresst hat oder er sie. Möglich wäre beides."
Wieder hörte Masbaum eine zweite Stimme durch den Hörer und konnte jetzt auch sagen, dass es eine Weibliche war: „Luthmilla sagt, dass Larissa niemanden erpressen würde. Das wäre ein klarer Verstoß gegen die Coven-Regeln und hätte Konsequenzen für sich gehabt. Schließlich war sie eine gute Hexe."
„Bist du schon wieder bei Luthmilla? Das scheint ja eine richtige Dauerfreundschaft zu werden", amüsierte sich Tomas. Einerseits

missfiel es ihm, dass seine Mutter diesen Kontakt zu den Hexen aufbaute, aber dann dachte er an Rouven und fragte sich, wie Birgit darauf reagieren würde, dass sich ihr Sohn mit einem Vampir eingelassen hatte.
„Machst du dich über mich lustig? Ja, ich mag sie tatsächlich sehr gern." Sie hielt kurz inne, dann bemerkte sie mit leichtem Argwohn in der Stimme: „Was ist eigentlich aus unserer Theorie geworden, dass die Hexenmorde zusammenhängen? Hatte der Vater denn auch ein Motiv, Lana Schröder umzubringen?"
Masbaum blickte aus dem Fenster. Obwohl es auf halb acht zuging, ließ die Dunkelheit noch auf sich warten. Während er über diese Frage nachdachte, hoffte er auf eine angenehme Temperatur-Absenkung. Bevor er antwortete, wählte er seine Worte mit Bedacht: „Du hast leider Recht. Ein Motiv für Lana hat er bisher nicht. Falls er tatsächlich Larissa getötet hat, müssten wir von zwei Tätern ausgehen."

Kapitel 71

Rouven stand mit geschlossenen Augen im Wohnzimmer von Larissa. Er hatte die Nachbarin von unten gezwungen, ihm den Zweit-Schlüssel auszuhändigen. Das polizeiliche Siegel war beim Öffnen der Tür zerrissen, aber das war nicht sein Problem.
Es war äußerst merkwürdig, wieder an diesem Ort zu sein. Die Dekoration, die Fotos – alles war noch exakt so, wie in der Nacht von Donnerstag auf Freitag. Und trotzdem konnte er spüren, dass Larissas Seele aus dieser Wohnung verschwunden war.
Der hübsche Vampir konzentrierte sich auf die Gerüche. Seine Nase war viel exakter als die eines Hundes, wahrscheinlich sogar noch stärker als die des Hais.
Das Holz des zerbrochenen Stuhls verströmte einen angenehmen Buchenduft; die kleine Zier-Orange auf dem Regal über dem Schreibtisch erzeugte eine frische Zitrusnote.
Die Hexe am Kessel wurde mit Ölfarben auf die Leinwand gemalt; der Künstler hatte sich für Olivenöl entschieden, um eine geschmeidigere Sämigkeit zu erlangen.
Anscheinend mochte Larissa Lavendel – Rouven konnte die Räucherstäbchen trotz verschlossener Schublade wahrnehmen. In der Luft hing immer noch die Essenz ihres Parfüms: 'Indian Summer' war bei Frauen beliebt, denn für ein Eau de toilette war es preisgünstig, aber das betörende Bouquet wirkte elegant und sinnlich.
Er konzentrierte sich auf die einzelnen

Elemente: Muskat, ein Hauch von Bourbon Vanille, etwas Rosenwasser und natürlich Zimt. Rouven drehte sich langsam um die eigene Achse, um weitere Nuancen aufzunehmen. Als Nächstes stieg ihm Dianas Essenz in die Nase. Die beste Freundin verbrachte hier viel Zeit und war daher gut präsent. Allerdings roch sie nicht annähernd so gut wie Larissa.

Bisher gab es keine Anzeichen von Manuel Weingarten. Der Vampir kombinierte daher seinen Geruchssinn mit Telepathie. Er strich mit seinen Händen über die unterschiedlichen Oberflächen und hoffte auf passende Bilder. Mit den Fingerkuppen berührte er die durchsichtige Glasplatte des Schreibtisches. Eine flüchtige Szene von Larissa am Laptop ging durch seinen Kopf. Sie saß, mit heißen Dessous bekleidet, am Rechner und unterhielt sich per Videochat.

Amüsiert ging Rouven weiter zum Lowboard, dass unter dem hängenden Flachbildschirm stand. Er ließ die Handflächen über das dunkel lasierte Holz gleiten und mit der kalten glatten Fläche kam die nächste Szene auf: es war dunkel, Kerzenlicht hüllte den Raum in weiches Licht. Larissa saß breitbeinig auf der Kommode und ein Mann, der ihm unbekannt war, versuchte, eher schlecht als recht, sie zu befriedigen.

Bei diesem Bild musste Rouven kichern. Er erinnerte sich daran, wie wild und hemmungslos sie bei der Orgie agiert hatte. In dieser Szene wirkte sie fast gelangweilt. Neben einer schwarzen Stabkerze entdeckte der Vampir das Foto von Larissa mit dem Exfreund auf dem Boot 'Genesis'.

Er versuchte noch weitere zehn Minuten, die Essenz vom Vater irgendwo zu finden, doch sie war nicht vorhanden. Damit bestätigte sich, was er vorher schon befürchtet hatte.

Kapitel 72

„Es existierten also neun Triqueta-Hexen in Niedersachsen. Zwei davon sind jetzt tot", stellte Masbaum fest. Er war von seiner Mutter mittlerweile auf Lautsprecher geschaltet worden und sprach nun gleichermaßen mit Luthmilla. Sie sprach langsam und wortgewandt, ihre Stimmfarbe war ansprechend und Tomas hatte schnell verstanden, warum Birgit sie so mochte:
„Das ist leider richtig. Ich habe bereits Warnungen ausgesprochen, damit die Übrigen besonders vorsichtig sind. Es könnte schließlich auch ein Hexenjäger sein. Sogenannte 'Warlocks' geben erst auf, wenn alle Hexen eines Zirkels eliminiert sind."
Tomas hielt inne und dachte nach. Obwohl er schon so manches in den fünf Jahren hier erlebt hatte, konnte er sich einen Serienmörder in Ostfriesland nur schwer vorstellen. Vielleicht sollte er den beiden erzählen, was Rouven organisiert hatte:
„Ich habe noch eine Frage zu dieser magischen Box, die wir bei der Schröder gefunden haben. Was befindet sich darin? Und wie kommen wir an den Inhalt heran?"
Luthmilla antwortete direkt: „Ich weiß es nicht. In Lanas Familiengeschichte gab es ein paar sehr mächtige Hexen. Leider gibt es unzählige Möglichkeiten, einen Raum magisch zu versiegeln. Es könnte Wochen dauern, das System zu durchschauen und einen entsprechenden Gegenzauber zu wirken. Das bewachte Artefakt muss schon seit vielen Generationen in deren Besitz sein, sodass

dieses Geheimnis niemals verraten wurde."
Masbaum hörte, wie sich die Tür zum Großraumbüro öffnete. Rouven kam selbstbewusst und kraftvoll auf ihn zu, doch Tomas wurde schon durch die Tatsache alarmiert, dass der Vampir seinen Blick nicht erwiderte. Er wandte sich trotzdem wieder dem Telefonat zu: „Wir haben jemanden für Morgen herbestellt, der uns dabei helfen soll. Ich würde aber gerne wissen, was ihr davon haltet. Rouven kennt eine mächtige Colubra-Hexe."
Luthmilla konnte einen schockierten Laut nicht unterdrücken: „Ihr habt euch auf eine Natter eingelassen? Das ist sehr gefährlich! Es hat immer Konsequenzen, mit schwarzer Magie zu arbeiten. Ihr könnt dieser Person nicht trauen!"
Rouven machte Masbaum per Handzeichen deutlich, dass er auf Lautsprecher umschalten soll; einen Klick später konnte dieser sich in das Gespräch einklinken: „Uns ist das sehr wohl bewusst. Aber ich kenne Deborah schon lange und weiß, was sie kann. Ich kenne aber auch ihre Schwächen."
Tomas spürte, dass Luthmilla mit dieser Situation äußerst unzufrieden war. Beschwichtigend fügte er an: „Habt keine Angst. Wir werden uns sinnvoll absichern. Es ist klar, dass sie den Inhalt an sich bringen will."
Birgits sorgengefüllte Stimme sagte zögerlich: „Jungs, ich hoffe, ihr wisst, was ihr tut."

Kapitel 73

Sie hatten das Telefonat gerade erst beendet, als die Tür des Hauptkommissars aufschlug: „Sie haben gerade angerufen. Victor van Strenge wird gleich hereingebracht. Er muss unbedingt noch vernommen werden. Vorher geht ihr mir nicht nach Hause! Gibt es zwischenzeitlich Neuigkeiten?"
Die Frage kam halbherzig aus seinem Mund; tiefe Augenringe zeigten sich bläulich unter den müden Pupillen, dessen weiße Umrandung mit geplatzten Äderchen gespickt schien. Tomas hätte ihm am liebsten eine belebende Gesichtsmaske empfohlen, hielt sich aber aufgrund der gereizten Stimmung mit diesem Kommentar zurück:
„Meine Mutter und ihre Freundin Luthmilla vermuten hinter den zwei Morden einen Hexenjäger. Sollte das stimmen, können wir mit noch weiteren Tötungsdelikten rechnen."
Ohne große Unterbrechung wandte sich Masbaum an seinen Vampirhelfer: „Rouven, hat sich deine Vermutung bestätigt?"
Der charmante Untote setzte sich an Oles Schreibtisch und schlug die Beine übereinander: „Leider ja. Manuel Weingarten hat Larissa nicht getötet, auch wenn sein Motiv äußerst verlockend scheint." Reinhardt schaute irritiert auf seine Ermittler: „Habt ihr dafür Beweise? Indizien? Irgendwas?" Rouven schüttelte leicht, aber eindringlich seinen Kopf: „Leider nicht. Ich kann Ihnen nur garantieren, dass der Weingarten Larissas Wohnung niemals betreten

hat." Lutz lehnte sich schlapp an einen Schreibtisch und kreuzte die Arme:
„Sie können es garantieren? Erklären Sie mir das." Anstelle einer direkten Antwort konnte der Hauptkommissar verfolgen, wie seine Ermittler einen regen wortlosen Augenkontakt führten, bis Rouven etwas zurückhaltend sagte: „Ich kann das nicht erklären. Das gehört zu meinem Berufsgeheimnis. Vertrauen Sie auf mein Wort."
Reinhardt kräuselte die Stirn. Er fragte sich, ob diese Männer vor ihm es ernst meinten, aber es hörte sich einfach nur abenteuerlich an. Er fällte eine spontane Entscheidung: „Tut mir den Gefallen und bringt das Verhör noch hinter euch. Ich werde jetzt nach Hause gehen. Falls sich noch etwas ergibt, bin ich natürlich über Handy erreichbar. Und im schlimmsten Fall kann ich in zwanzig Minuten wieder hier sein. Viel Spaß noch."
Ohne Wiederworte hatte er sich umgedreht, um aus seinem Büro noch seine Tasche zu holen und verschwand dann unscheinbar aus dem Präsidium. Masbaum brauchte nun dringend einen Tee. Er ging zur Küche; Rouven folgte ihm und legte sich dabei die nächsten Worte zurecht:
„Gut, dass der Reinhardt nicht mehr da ist. Mich wundert es, dass sie Victor überhaupt gefunden haben." Mit flinken Fingern hatte Tomas den Wasserkocher befüllt und betätigte den Schalter, als er sich plötzlich umdrehte:
„Wieso klingt das, als würdest du ihn kennen? Was verschweigst du diesmal?" Die kleine Spitze entging Rouven nicht; sie

hinterließ einen sauren Beigeschmack, doch er konnte die Ermittlungen nicht weiter behindern: „Victor ist auch ein Vampir. Das ist der Grund, warum er sich von seiner Familie distanziert hat. Bis vorhin habe ich selbst nicht gewusst, wo er sich befand. Aber er wird Larissa nichts getan haben." Masbaum schaute in das klar definierte Gesicht des Untoten und konnte darin lesen, wie in einem Buch:

„Weil Victor keine Ahnung hat, wer Larissa ist. Du hast seinen Account benutzt und den Kontakt aufgebaut, sodass wir ihn nicht zurückverfolgen könnten, falls etwas schief geht." Rouven wagte es nicht, aufzublicken, stattdessen ließ er den Kommissar weiter reden: „Du hast aber nicht damit gerechnet, dass Victor selbst in Ostfriesland ist." Tomas hielt einen Moment inne, denn der Wasserkocher klickte. Mit völliger Seelenruhe füllte er zwei Tassen und griff zum Schrank, in dem sich der Holzkasten mit verschiedenen Teebeuteln stand. „Wenigstens werde ich gleich nicht überrascht sein, wenn ihr euch, wie alte Freunde, umarmt und über alte Zeiten plaudert." Masbaum drückte Rouven eine der Tassen in die Hand, ging hinaus und setzte sich an seinen Schreibtisch.

Kapitel 74

Als Victor ins Büro geführt wurde, spürte Masbaum sofort eine Präsenz, die ihm nicht gefiel. Obwohl er keine feindseligen Schwingungen aufnahm, machte van Strenge mit jeder Bewegung deutlich, dass er keine Ahnung hatte, was er hier sollte.
Interessiert schaute sich Rouvens Schützling im Raum um, bis sein Blick an seinem Mentor hängenblieb. Erstaunt machte er einen Schritt voraus, wurde aber von dem Polizisten an seiner Seite aufgehalten. Tomas konnte in dem vampirischen Gesicht sehen, dass Victor gern etwas gesagt hätte. Um ihm den Aufenthalt zu erleichtern, begab sich der Kommissar in seine Richtung, unterschrieb das Übergabeformular und wies auf die Tür zum Verhör-Raum 1. Beim Gehen stellte er sich höflich vor:
„Ich bin Kommissar Dr. Masbaum. Ich hoffe, Sie hatten eine gute Überfahrt?" Van Strenge antwortete, ohne den Blick von Rouven zu nehmen: „Positiv." Tomas öffnete die Tür und ließ Victor an sich vorbeiziehen; erst jetzt setzte sich der hübsche Vampir in Bewegung. Er fühlte sich sichtlich unbehaglich. „Ich überlasse dir die Gesprächsführung, wenn das okay ist", flüsterte Tomas ihm zu und grinste. Rouven nickte nur und schloss die Tür hinter sich.
„Rouven, wie ergibt sich deine Anwesenheit? Zur Kommunikation wären andere Möglichkeiten sinnvoller gewesen", fragte Victor mit gestelzter Stimme. Masbaum warf seinem Kollegen einen scharfen Blick zu, erwiderte

aber nichts. Stattdessen bot er dem Gast Kaffee an, den dieser dankend annahm. Tomas verließ den Raum.

„Es tut mir Lied, dass ich dich da mit hineingezogen habe. Ich habe alles dafür getan, den Verdacht von dir abzulenken." Rouven setzte sich Victor gegenüber: „Wieso hast du denn eine ostfriesische Insel als Zufluchtsort ausgesucht?" Van Strenge kreuzte die Arme und lehnte sich nach hinten: „Zum Einen hatte ich die Hoffnung, dass mich dort keiner suchen würde und zum anderen ist es eine der schönsten Inseln Ostfrieslands.
Im Haus eines Einheimischen habe ich mir ein komfortables Labor aufgebaut und kann, dank dem magischen Ring, den du mir besorgt hast, die Sonne und die frische Meeresluft genießen. Meine Forschungen laufen gut."
Das war einer der Gründe, warum Rouven sich von diesem jungen Nerd überreden ließ, ihn zu verwandeln. Victor wollte Vampir werden, weil es für ihn nichts Schöneres gab, als unbekannte Fragen zu beantworten und Dinge zu erklären, über die sich vorher noch niemand Gedanken gemachte hatte.

Masbaum öffnete die Tür und spazierte mit einer dampfenden Tasse in den Verhör-Raum und schaute irritiert auf die beiden Vampire, die sich auf dem ersten Blick stumm gegenüber saßen. Er stellte den Kaffee vor van Strenge auf den Tisch, ging um Rouven herum und stellte sich an das Fenster. Er fühlte sich ausgeschlossen aus der Situation, allerdings war er in Gedanken schon weiter fortgeschritten. Victor hatte das Mordopfer nicht gekannt und fiel damit sofort aus der Kartei der Verdächtigen. Es war bereits nach acht und, obwohl die Sonne noch ihre Strahlen aussandte, spürte Tomas am gekippten Fenster eine leichte Brise. Es schien draußen angenehmer zu werden; er wünschte sich nichts mehr, als hier zu verschwinden.

Interessanterweise spürte Masbaum die Konversation der Vampire, doch er stand weiterhin mit dem Rücken zu ihnen. Ein merkwürdiges Gefühl, bei dem er nicht sicher war, ob es nur an seiner guten Intuition lag oder mehr dahinter steckte.

Mit einem Ruck drehte er sich spontan zu den beiden Untoten herum und fragte spontan: „Wollen wir das Verhör nicht an dieser Stelle abbrechen? Wir stellen jetzt direkt fest, dass Victor van Strenge nichts mit dem Mord an Larissa zu tun hat. Ich schreibe den Bericht von zu Hause aus und ihr könntet euch noch einen schönen Abend machen und über alte Zeiten sprechen."

Kurzweilig fragte Tomas sich, welchen Schaden zwei gefährliche Vampire in einer kleinen Stadt wie Norden anrichten konnten, doch dann schaute er in Rouvens braune Augen und war sich plötzlich sehr sicher, dass dieser dafür sorgen würde, dass den Menschen hier nichts passieren würde. Sie erhoben sich und mit einem leichten Windhauch waren sie innerhalb einer Sekunde verschwunden.

Tomas streckte sich erschöpft. So viel war geschehen in den letzten zwei Tagen und trotzdem schien er keine konkreten Ergebnisse in den Mordfällen zu erhalten.

Mit langsamen Schritten brachte er die drei Tassen in die Küche, spülte sie kurz durch und ließ sie zum Abtropfen auf der Spüle stehen. In seine Tasche packte Masbaum noch die Fallakten zu Lena und Larissa und schlenderte unzufrieden zur Tür des Großraumbüros.
Draußen empfing ihn eine angenehme Wärme, kombiniert mit einem leichten Windhauch. Wie viel leichter wäre dieser Tag gewesen, wenn das Wetter konsequent so erträglich gewesen wäre. Auf dem kurzen Weg nach Hause begegneten ihm nur wenige Fußgänger und Radfahrer. Es war Samstag Abend und bereits nach halb neun. Die ältere Generation hatte es sich wahrscheinlich schon vor dem Fernseher gemütlich gemacht. Der Rest plante bestimmt gerade, welche Aktivitäten zur Auswahl standen, wobei in dieser Kleinstadt die Möglichkeiten dazu begrenzt waren.
Das junge Volk zwischen 16 und 23 bevorzugte die Großraum-Diskotheken, die im hiesigen Umfeld verteilt waren. Die 24 bis 30 jährigen schlossen sich gerne zusammen, um die Clublandschaft in größeren Städten wie Aurich, Emden oder sogar Oldenburg unsicher zu machen. Die Menschen darüber ließen das Geld dann doch lieber in der eigenen Stadt und verteilten sich in der alten Backstube an der Westerstraße, dem Jamesons Pub in der Osterstraße, dem Mittelhaus auf dem Neuen Weg, dem Alde Piano an der Brückstraße und natürlich zur späteren Stunde im Meta, direkt am Deich.
Der Gedanke, noch ein wenig um die Häuser zu ziehen, ließ Tomas den Frust des Tages etwas weniger schlimm wirken und zu Hause würde er

gleich erst einmal Luca anrufen, um den weiteren Verlauf des Abends zu planen.

Kapitel 75

Er brauchte dringend Entspannung. Nicht nur der schwierige Fall, sondern auch das Wetter hatten Masbaum sehr geschlaucht. Dankbar schloss er seine Wohnung auf und die kühle Luft im Inneren entschädigte ein wenig.
Tomas warf seine Tasche auf den Schreibtisch; einen Blick auf den Anrufbeantworter ließ ihn verwundert innehalten. Das rote Display informierte ihn über zwei neue Nachrichten. Er drückte routiniert auf die Abspieltaste und verschwand bei offener Tür im Schlafzimmer. Während er sich seiner Klamotten entledigte, hörte er, dass Luca ihm zuvor gekommen war:
„Okay, anscheinend bist du noch nicht zu Hause. Wollte nur fragen, wann und wo wir uns treffen. Ruf doch mal zurück, sobald du zu Hause bist. Danke." Masbaum lächelte; kurz überlegte er, sich kurzweilig etwas überzuziehen, entschied sich dann aber dagegen. Als er wieder am Schreibtisch ankam, begann die nächste Nachricht. Eine leicht verheulte Stimme erinnerte sehr an seine beste Freundin: „Schade, dass du noch nicht zu Hause bist. Riesen Streit gehabt mit Emily. Könnte deine tröstenden Worte jetzt gebrauchen. Ruf mich bitte bitte zurück."

Selbst nach der Arbeit wurde er noch gebraucht; irgendwie ein tröstlicher Gedanke. Bevor er sich mit dem Zurückrufen beschäftigen konnte, ging er in die Küche und holte aus dem Kühlschrank eine ungeöffnete Flasche Pinot Grigio. Der alte

Korkenzieher klemmte mal wieder. Vielleicht sollte er sich zum Geburtstag einen Neuen wünschen. Aus dem Oberschrank fischte er sich noch ein passendes Weißweinglas und nahm beides mit ins Wohnzimmer.
Den Computer ließ er noch bewusst aus; stattdessen rief er Luca an. Bereits beim zweiten Klingeln ging dieser ans Telefon: „Tomas, endlich. Bist du jetzt erst zu Hause?" Beim Eingießen der italienischen Köstlichkeit beschlug sofort das langstielige Glas: „Ja, war ein langer, unbefriedigender Arbeitstag. Hast du dir schon Gedanken gemacht, was wir nachher noch ausfressen können?" Masbaum schwenkte die hellgelbe Flüssigkeit, sodass sich leichte Bläschen bildeten und genoss dann mit geschlossenen Augen den ersten Schluck. Es entstand eine kurze Pause, dann sagte Luca vorsichtig: „Nun ja, wir kommen ja aus unterschiedlichen Richtungen, daher würde ich vorschlagen, wir treffen uns im Mittelhaus und schauen, wie sich der Abend entwickelt. Bei Meta und Club geht vor ein Uhr sowieso nichts."
Tomas genoss den pikanten Nachgeschmack mit einer Mischung aus Pfeffer und Stachelbeere: „Das ist eine gute Überlegung. Es ist kurz vor neun. Schaffen wir es, um zehn Uhr dort zu sein?" Ein schüchternes Lachen erklang: „Ich denke doch." Masbaum hätte sich fast schon verabschiedet, als ihm noch einfiel: „Und schmeiße dich ruhig in Schale. Du bist ja noch nicht mit mir ausgegangen und wir kennen uns nur in Trainingsklamotten. Ich will keine Jogginghose bei dir sehen!" Nun musste Luca richtig laut lachen: „Keine

Angst! In meinem Kleiderschrank finden sich durchaus vorzeigbare Outfits. Bis später dann." Beide legten auf und nun startete Masbaum den Computer. Nach einem weiteren Schluck Wein, wählte er die Kurzwahltaste für Marika.

Diesmal dauerte es etwas länger, bis abgenommen wurde und er stellte sich auf ein komplizierteres Gespräch ein: „Gott sei Dank, du bist zu Hause!" Tomas vernahm immer noch ein Zittern in ihrer Stimme. Er stärkte sich mit einem weiteren Schluck und fragte dann besorgt: „Was ist denn passiert?"

Marika versuchte, sich zu beruhigen, in dem sie ein paar Mal tief durchatmete. Dann sagte sie stockend: „Emily ist unglaublich eifersüchtig. Sie will mir tatsächlich verbieten, andere Frauen zu treffen. Ist das zu fassen?" Masbaum hatte sein Schreibprogramm gestartet und öffnete nun ein vorgefertigtes Berichtsformular, während er antwortete:

„Warum will sie dir das verbieten? Was hast du gemacht?" Die Psychotherapeutin sog scharf die Luft ein: „Ich war nur mit Merle in der Stadt unterwegs. Wir haben beim Café ten Cate gefrühstückt und sind dann über den Neuen Weg getingelt. Das ist doch nicht verwerflich, oder?" Er schaltete Marika auf Lautsprecher und legte das Smartphone vor sich auf den Tisch. Er gab die ersten Fakten ein und sagte dann: „Prinzipiell nicht. Aber Merle ist lesbisch, attraktiv und Single. Natürlich sieht Emily darin eine Bedrohung. Wie hat sie denn davon erfahren?" Seine zehn Finger sausten fast lautlos über die Tastatur und so füllten sich während der

Unterhaltung Zeile um Zeile.
„Ein guter Freund von ihr hat mich mit Merle gesehen. Ich umarmte sie gerade zur Verabschiedung, da machte der Typ einfach ein Foto und schickt ihr das per What's app. Unglaublich, oder?" Sie hat es mir dann vorhin natürlich gezeigt." Masbaum ließ von der Tastatur ab: „Hm, wenn er dich vor dem Fotografieren nicht um Erlaubnis gefragt hat, besteht mit dem Verschicken, also dem Veröffentlichen des Fotos, der Tatbestand einer Persönlichkeitsrechtsverletzung. Du könntest ihn anzeigen." Für einen Moment hielt Marika inne: „Tatsächlich? Fällt das etwa unter das Urheberschutzgesetz?" Tomas lächelte: „Genau das meine ich. Je nach Schwere der Tat kann es sogar bis zu einem Jahr Freiheitsstrafe bedeuten." Er vernahm einen Seufzer:
„Na ja, wollen wir mal nicht übertreiben. Wir haben uns nur gestritten. Das renkt sich schon wieder ein. Deswegen muss keiner ins Gefängnis. Irgendwie geht es mir jetzt schon besser. Ich musste das wohl nur einmal herauslassen. Ich gehe einfach früh schlafen und fahre morgen früh mit Brötchen nach Berumbur."
Tomas hatte wieder angefangen zu tippen. Zufrieden sagte er: „Na, das hört sich doch vernünftig an. Lass dich nicht unterkriegen." Nun entsprang ihr sogar ein leichtes Kichern: „Werde ich nicht. Danke für das Zuhören. Was steht bei dir denn noch an? Gehst du noch weg heute Abend?" Er speicherte den Bericht und sendete ihn per Email an die Zentrale: „Ja, ich ziehe gleich das erste Mal mit meinem Fitnesstrainer um

die Häuser. Er braucht etwas Ablenkung, weil seine Freundin mit ihm Schluss gemacht hat." Marika lachte: „Da hat er ja den richtigen Entertainer getroffen! Dann wünsche ich euch viel Spaß." Masbaum fuhr seinen PC herunter: „Danke, Süße. Mal sehen, ob ich ihn auf andere Gedanken bringen kann." Noch ein letztes gemeinsames Kichern, dann legte sie auf.

Kapitel 76

Tomas verzichtete auf eine spezielle Musikauswahl und wählte stattdessen im Internet-Radio einen Kanal mit Clubsounds. Er füllte sein mittlerweile leeres Weinglas und verschwand im Schlafzimmer. Aus den Boxen dröhnte ein basslastiger Track von Klingande.
Vor dem Schrank erschrak Masbaum, denn zum ersten Mal hatte er keine Idee, was er anziehen sollte. Schlapp und ausgelaugt stützte er sich mit der linken Hand auf die Schranktür. „Vielleicht sollte ich zuerst duschen, um den Kopf frei zu bekommen", dachte Tomas bei sich. Im Badezimmer schaltete er die Boxen hinzu, um auch dort die Musik hören zu können.
Als er die Duschbrause anschaltete, drehte er den Schieber nach rechts, sodass ein heißer Strahl das Bad mit leichten Nebelschwaden füllte. Die nassen Tropfen auf der müden Haut hatten etwas Tröstliches. Mit jeder weiteren Minute spürte Masbaum, wie sich die Verspannungen lösten. Nur langsam gab sein Gehirn nach und die kreisenden Gedanken wurden leiser.
Mit einem kleinen Ruck zog er den Regler nach links. Tomas konnte einen spontanen Aufschrei nicht verhindern, als das Wasser plötzlich eiskalt wurde. Gleichzeitig spürte er, dass sein Kreislauf neuen Schwung bekam. Nun drehte er den Regulator in die Mitte. Die Temperatur einigte sich auf die Mitte von heiß und kalt und gab Platz für innere Ruhe. Plötzlich öffnete sich etwas in

Masbaums Kopf und wie eine Vision visualisierten sich mehrere Bilder. Rouven, wie er Larissa in den Hals biss und dann tötete. Die Szene war so klar, dass Tomas das aus der Wunde sickernde, Blut sehen konnte. Dann ein kurzer Schnitt und die schwarzhaarige Schönheit erwachte wieder zum Leben.

Rouven lächelte zufrieden und sagte etwas zu ihr, verschwand dann einfach. Masbaum konnte die Worte nicht verstehen. Dann ein weiterer Wechsel und er sah nun Larissa, wie sie mit jemandem telefonierte. Obwohl er auch dieses Gespräch nicht hören konnte, fiel ihm das Handy an ihrem Ohr auf. Es war nicht dasselbe Smartphone, dass beim Leichenfund sichergestellt wurde. Dann wurde es schwarz um Masbaum.

Als er aufwachte, fand er sich in der flachen Wanne liegend wieder. Das Wasser lief emsig weiter, war nun aber wieder kalt. Der Durchlauferhitzer hatten seinen heißen Speicher verbraucht, sodass sich Tomas fragte, wie viel Zeit vergangen war.

Er stellte die Brause ab und verließ nackt und tröpfelnd das Bad. Die Uhr im Wohnzimmer behauptete, es wäre bereits zehn nach neun. Masbaum kramte in seinem Gedächtnis nach den gesehenen Bildern und fand sie ohne Probleme. Er hatte das also nicht geträumt. Er griff instinktiv zu seinem Ipad und schrieb Luca schnell eine Nachricht per What's app, damit der sich keine Sorgen machen brauchte. Er würde sich nur verspäten, Erklärung dann vor Ort.

Tomas trank dann das gefüllte Weißweinglas in einem Schluck aus. Das Adrenalin, dass nun durch seine Adern schoss, gab ihm die richtige Inspiration für das passende Outfit. Ohne nachzudenken griff er nach dem taubenblauen, schmal geschnittenen Hemd von Olymp. Auf der anderen Seite fand er eine elegante Buntfaltenhose in einem modernen smoky white. Er wählte dazu schneeweiße Loafers von Botega Veneta.

Für den Fall, dass es später doch noch kühler werden sollte, fiel seine Wahl auf eine brombeerfarbene Strickjacke. Im Wohnzimmer packte er noch das Handy in die Hosentasche, im Flur das Portemonnaie und legte dann im Bad ein wenig Parfum auf.

Als er schon draußen stand, fiel ihm ein, dass er vergessen hatte, den Rechner wieder herunterzufahren. Tomas entschied sich dafür, ihn laufen zu lassen und ging schnellen Schrittes in Richtung Stadtzentrum.

Kapitel 77

Es war zu spüren, dass der Samstag Abend angebrochen war. Der Verkehr häufte sich und in den gut befüllten Autos amüsierten sich junge Leute auf dem Weg zu den verschiedenen Partys. Tomas bemerkte beim Gehen, dass die Luft viel erträglicher geworden war, aber die Intensität der Sonne konnte er trotzdem noch fühlen.

Er lief schnellen Schrittes in die Innenstadt, immer noch etwas ungläubig, ob diese Vision oder was es gewesen war, tatsächlich zutreffen sollte. Der Kommissar baute darauf, dass der Fitnesstrainer seine Exfreundin gut genug kannte und wusste, wo sie ihr Zweithandy aufbewahrte.

Vor der Eisdiele an der Osterstraße saßen mehr als ein Dutzend Gäste und genossen die abgemilderten Temperaturen. Als Masbaum vorbei ging, ruhten alle Blicke auf seinen gestählten Körper und zu seiner eigenen Verwunderung fand er darin keine Bestätigung. Zu sehr beschäftigte ihn die Möglichkeit, noch heute den Fall lösen zu können.

Als er bereits die vielen besetzten Plätze vor dem Mittelhaus entdeckte, beschleunigte er seine Schritte. In der fröhlichen Menge fand er zwar einige Blondschöpfe, aber Luca war nicht unter ihnen. Aus dem Kneipeninneren drang angenehme Rockmusik nach draußen und Tomas pochendes Herz beruhigte sich allmählich.

Er begegnete vielen bekannten Gesichtern, sodass sich der Weg zur Theke langwierig gestaltete. Um an seinem Ziel nicht lange

warten zu müssen, bestellte er bei Anika vorsorglich ein Frankenheim 0,3l. Das kühle malzige Getränk würde dann bereitstehen, wenn er den Tresen erreichte.
Es dauerte tatsächlich noch ein paar Minuten. Als er Luca an der Bar sitzend entdeckte, stellte Tomas überrascht fest, dass sein Fitnesstrainer in eine angeregte Konversation vertieft war – mit einer rothaarigen Schönheit, die Masbaum nur allzu bekannt vorkam. Der Kommissar ließ das Bild auf sich wirken und näherte sich nur schrittweise.
Constanze nahm ihn zuerst wahr: „Tomas, wir haben gerade von dir gesprochen." Sie lächelte kokett und das freche Blitzen in den Augen stimmte Masbaum fröhlicher als ihm zumute war: „Ich wusste gar nicht, dass ihr euch kennt."
Luca ging sofort in die Verteidigung: „Nein, ich … wir kannten uns nicht. Wir saßen hier zufällig nebeneinander und kamen ins Gespräch."
Tomas winkte ab und trank schnell einen Schluck von seinem Altbier: „Schon gut, das war keine Anklage. Ich war nur überrascht, euch hier zusammen zu sehen. Ich bitte nochmals um Entschuldigung, dass ich jetzt erst auftauche. Es war merkwürdig. Ich glaube, ich bin unter der Dusche zusammengebrochen."
Sofort wurden die Mienen ernst, Constanze schaute sogar sehr besorgt: „Du meine Güte! Geht es dir gut? Wie ist das passiert?"
Masbaum hätte sich gern hingesetzt, aber zur Zeit waren alle Plätze belegt. Er dachte kurz an die Situation zurück und antwortete

dann: „Ich bin etwas verwirrt. Ich habe keine Ahnung, warum das passiert ist. Im einen Moment stehe ich entspannt unter einem heißen Wasserstrahl – und auf einmal wache ich auf dem Beckenboden auf. Eiskaltes Wasser rieselt auf mich herab. Und eine gute halbe Stunde liegt dazwischen, in der ich wohl ohnmächtig gewesen sein muss." Tomas trank noch einen weiteren Schluck der rotbraunen Flüssigkeit. Er spürte, wie das Bier ihn stimulierte. Die nächsten Worte konnten alles ändern. Er rückte näher an seine Freunde heran und flüsterte nun fast: „Aber das merkwürdige war, dass ich, kurz bevor ich ohnmächtig wurde, so etwas wie eine Vision hatte." Er lachte: „Es klingt total verrückt, aber ich hatte plötzlich eine Szene im Kopf und sah eine telefonierende Larissa." Der Kommissar blickte in zwei fragende Gesichter, die offensichtlich nicht verstanden, worauf er hinaus wollte.
Er ging ein wenig in die Knie, um mehr auf Augenhöhe zu sein: „Das Smartphone in dieser Szene war ein anderes, als wir am Tatort gefunden haben." Luca schien zu verstehen, denn auf einmal wirkte er sehr aufgeregt: „Meinst du, sie hat kurz vor ihrem Tod noch mit jemandem telefoniert, vielleicht sogar mit ihrem Mörder?" Masbaum nickte bestätigend: „Weißt du, ob sie ein zweites Handy besaß? Und wenn ja, wo sie es aufbewahrt?"
Die Miene des Fitnesstrainers erhellte sich: „Sie hatte tatsächlich zwei. Ihr Freundeskreis spaltete sich in zwei Anbieterlager: Telekom und Vodafone. Daher hatte sie sich

ein zweites zugelegt, um mit allen umsonst telefonieren zu können." Luca zögerte etwas und gönnte sich einen tiefen Schluck seines Bitburgers: „Aber ich bin mir nicht sicher, wo es sich befindet. Wenn sie ihre Gewohnheiten in letzter Zeit nicht geändert hat, könnte es in einer Schublade des Schreibtisches liegen. Sie surfte nebenbei gern im Internet. Es könnte aber genauso gut in einer ihrer Handtaschen stecken. Die lagert sie in einer Kommode im Schlafzimmer."
Tomas' Herz schlug schneller, als ihm lieb war: „Hast du einen Schlüssel für ihre Wohnung?" Luca wirkte betroffen. Entschuldigend schüttelte er den Kopf.
Tomas überlegte, ob er Rouven anrufen sollte. Der hätte keine Probleme, in die Wohnung zu kommen und könnte zusätzlich seine Fähigkeiten einsetzen. Mit dem halbleeren Glas in der Hand dachte er an den schönen Vampir.
Plötzlich tippte ihm jemand an die Schulter. Masbaum zuckte zusammen, als hätte er in eine Steckdose gefasst. Blitzschnell drehte er sich um und blickte in die haselnussbraunen Augen des attraktiven Untoten.
„Du hast nach mir gerufen?", flüsterte er. Genauso leise fragte Tomas zurück: „Habe ich das?"

Kapitel 78

Rouven wusste nicht, wie ihm geschah. Er war es nicht gewohnt, gerufen zu werden. Trotzdem konnte er nicht anders, als dem Ruf zu folgen.
Der Vampir war dankbar, mit seinem Schützling Victor bereits ein paar Konserven Blut genossen zu haben, denn die vielen Leute im Mittelhaus hätten sonst schnell zur Überreizung geführt.

Seine Nase befand sich in der Nähe von Masbaums Hals und dessen Parfum berauschte seine Sinne. Er musste sich konzentrieren, um nicht noch näher an den Kommissar heranzutreten.
Aus dem Augenwinkel nahm er die rassige Schönheit wahr, der er schon bei der Orgie begegnet war. Amüsiert stellte er fest, dass sie ihn leicht verlegen anschaute. Der Blick des hellblonden Mannes an ihrer Seite wirkte dagegen skeptisch. Anscheinend konnte er den Bezug zu den beiden nicht einschätzen.
„Was kann ich denn für dich tun? Oder hattest du einfach Sehnsucht?", fragte Rouven süffisant grinsend. Er freute sich noch mehr, als Tomas' Gesicht eine leichte Röte annahm. Doch dann besann sich Masbaum, atmete tief ein und sagte dann leise:
„Ich brauche tatsächlich deine Hilfe. Es scheint so, als hätte Larissa in deiner Abwesenheit telefoniert, vielleicht sogar mit dem Mörder. Jetzt müssen wir das Zweithandy finden, dass sich hoffentlich noch in der Wohnung befindet. Laut Luca müsste es in einer Schreibtischschublade

oder in einer ihrer Handtaschen liegen, die sich in einer Kommode in ihrem Schlafzimmer befinden."
Ein Blick in die flehenden blauen Augen ließen Rouvens Knie weich werden. Es war lange her, dass er gebraucht wurde. Ein erstaunlich gutes Gefühl.
„Okay, dann werde ich sehen, was ich tun kann. Was mache ich denn mit dem gefundenen Handy?" Masbaum dachte kurz nach und sagte dann: „Wenn du es findest, achtest du bitte darauf, keine Fingerspuren zu verwischen und bringst es dann in das Präsidium. Die Nachtschicht soll die Fingerabdrücke nehmen und schreibe mir dann eine SMS. Ich mache mich dann direkt auf den Weg. Falls kein Handy zu finden ist, kommst du einfach wieder hierher. Verstanden?"

Rouven fand diese autoritäre Sprechweise sehr sexy und er musste sich sehr zurückhalten, nicht an Ort und Stelle über diesen erotischen Kerl herzufallen. Stattdessen flüsterte er mit gedämpfter Stimme: „Verstanden, Sir."

Über den Zusatz musste Tomas lachen und ein Teil seiner Anspannung fiel von ihm ab. So schnell, wie der Vampir aufgetaucht war, verschwand er auch wieder in der Menge.
Damit konnte er sich wieder zur Theke wenden, an der noch immer Luca und Constanze saßen. Er nahm sein Bierglas in die Hand, leerte den Inhalt in einem Zug und bestellte bei Petra ein Erdinger alkoholfrei. Das isotonische Weizenbier schmeckte ihm und würde verhindern, dass er den kühlen Kopf verlor. Fast hätte er Conny danach gefragt,

wo Raul den Abend verbrachte, besann sich aber gerade noch rechtzeitig eines Besseren. Stattdessen fragte er Luca: „Und, fühlst du dich mittlerweile besser?" Der Fitnesstrainer schwankte mit dem Kopf, nickte dann aber lächelnd: „Ich habe mit Constanze eine charmante Gesellschaft gefunden. Das Bier kühlt und benebelt gleichzeitig meine Sinne. Es könnte also schlimmer sein."

Als sich ein Gast am Tresen bereit machte, zu gehen, sicherte sich Tomas sofort den leer werdenden Barhocker. Als er sich dazu setzte, wurde auch das Erdinger auf die Theke gestellt. Während sie sich gegenseitig zu prosteten, überlegte Masbaum, ober mit den neuen Informationen näher an den Täter herankommen konnte.

Kapitel 79

Die Sonne verschwand allmählich und beendete den Dienst für diesen Tag. Rouven störte sich nicht daran, während er mit großer Geschwindigkeit durch die Stadt jagte. Der Weg zur Bleicherslohne war kurz. Die Straße lag friedlich in der nahenden Dunkelheit. Als der Vampir das letzte Mal in Larissas Wohnung musste, hatte er eine Nachbarin gezwungen, ihm den Schlüssel auszuhändigen. Er würde sich nicht noch einmal diese Mühe machen. Vorsorglich hatte er ein Wohnzimmerfenster offen gelassen und angelehnt, sodass er jederzeit einsteigen konnte.
Die Wohnung der Frisörin befand sich im ersten Stock. Für einen Untoten stellte das kein Problem dar. Er kletterte katzengleich an der Wand entlang, stieß das Fenster auf und sprang hinein. Ein Mensch hätte wohl mittlerweile das Licht anmachen müssen, doch Rouven sah auch noch in völliger Finsternis, sodass er sich diesen Luxus sparte. Außerdem würde es sehr auffallen, wenn diese Räume plötzlich hell erleuchtet wären.
Rouven stand nicht weit vom Schreibtisch entfernt. Unter der Glasplatte befand sich auf der rechten Seite ein schwarzer, matt glänzender Rollcontainer mit acht Schubladen. Er betrachtete die verchromten Griffe und fragte sich, ob Larissa tatsächlich nach einem Telefonat das Handy ordentlich zurück in die Schublade gelegt hätte. Bevor er sie in persona kennenlernte, beschränkte sich der Kontakt auf eine lockere Chat-Bekanntschaft. Ein paar Mal hatten sie

Anonym

geskypt und dabei hatte der Vampir eher das Gefühl gehabt, ihre Energie und innere Rebellion ließe keinen Platz für ordnungsgemäßes Verhalten.
Vorsichtig durchsuchte er ein Fach nach dem nächsten. Ganz oben fand er Computerzubehör. USB-Sticks in verschiedenen Formen, Farben und Größen. Kabel und einige Bedienungsanleitungen. Die zweite Lade enthielt ein Arsenal an Nagellacken, Feilen und Entferner. Im Fach darunter lagen nur ein paar Papiere, unter anderem zwei Rechnungen eines Schuh-Shops und ein kleines Notizbuch mit Passwörtern für einige soziale Netzwerke. Die beiden Schubladen darunter waren gänzlich leer. Dann folgten nur noch Fächer mit diversen Zeitschriften. Dieser Rollcontainer beherbergte kein Handy.
Rouven schaute sich um und dachte nach. Wenn sie das Handy in seiner Abwesenheit benutzt hatte, musste es vorher in der Nähe gewesen sein und sehr wahrscheinlich hatte sie es nach dem Gespräch wieder an seinen Ursprungsort zurückgelegt. Er bezweifelte stark, dass sich das Gerät in einer Handtasche im Schlafzimmer befand und nach dem Fiasko mit dem Container hatte er auch keine Lust, sich durch einen Berg Leder zu wühlen.

   Stattdessen versuchte er, sich in seine Auserwählte hinein zu versetzen. Wo würde Larissa ein Handy hin packen? Er selbst trug sein Smartphone grundsätzlich in der Hosentasche, aber ihm war bewusst, dass die Mode der Frauen für solch praktische Gedanken nicht immer empfänglich war.
Seine Intuition führte ihm aus dem Wohnzimmer heraus. Im Flur war es noch dunkler,

weil dieser Raum kein Fenster hatte. Er schärfte seine Sinne. Die Kommode aus Buchenholz besaß zwei Schubladen, eine große und eine kleine Tür. Er bewegte sich darauf zu und wollte schon die erste Schublade aufziehen, als sein Blick auf eine dunkelbraune Bigbag aus Rindsleder fiel, die links daneben stand.

Ganz automatisch griff er danach und nahm sie mit zurück ins Wohnzimmer. Er setzte sich auf das Sofa und stellte die Tasche neben sich ab. Der Reißverschluss klemmte etwas, aber mit einem kleinen Ruck ließ er sich problemlos öffnen. Im Inneren herrschte Chaos. Rouven hatte nie verstanden, warum Frauen stundenlang darin herum wühlten, um etwas zu finden, anstelle sich ein vernünftiges System zu überlegen.

Der Vampir kramte in dem vielfältigen Sortiment herum. Die Tasche enthielt einen Schlüsselbund, eine kleine Packung Tampons, zwei Lippenstifte, einen Deoroller, ein überdimensioniertes Portemonnaie und ein rosafarbenes Smartphone der Marke Samsung. Er hatte es gefunden.

Bevor er es herausnehmen konnte, suchte er in der Küche nach einem Gefrierbeutel. Nachdem er das Handy verpackt hatte, stellte er die Handtasche zurück in den Flur und verließ die Wohnung auf dem gleichen Weg, wie er gekommen war. Bereits auf dem Weg zur Kripo schrieb er die SMS an Masbaum.

Kapitel 80

Tomas bemühte sich, dem Gespräch zu folgen, aber er konnte sich nicht richtig konzentrieren. Die Musik war nicht mehr nach seinem Geschmack, das Stimmengewirr nervte und seine Gedanken kreisten um die Vision. Wieso hatte er sie gehabt? Wo kam sie her? Er versuchte, sich zu erinnern, ob etwas Vergleichbares bisher schon einmal vorgekommen war. Aber die Suche in seinem Gedächtnis führte nicht zu einem Ergebnis.
Plötzlich vibrierte sein Handy in der Hosentasche und riss ihn aus seinen Gedanken. Rouven war fündig geworden. „Er hat es!", rief er ein wenig zu laut. Einige Gäste schauten sich irritiert um. Constanze und Luca unterbrachen ihr Gespräch, Conny fragte direkt: „Musst du jetzt sofort los? Du bist doch gerade erst angekommen!"
Masbaum ignorierte diese Übertreibung, denn es war schon nach zehn, und quittierte ihre Frage mit einem Nicken. Er schob einen Zehn-Euro-Schein über den Tresen und brüllte ein „Stimmt so!" in Petras Richtung. Die rief ihm ein „Alles klar!" hinterher, sodass Tomas nun unbekümmert einen Weg aus der Menge suchen konnte. Obwohl er sich auf einen gemütlichen Abend gefreut hatte, war er doch dankbar, dem Tumult im Inneren entkommen zu sein.

Draußen war es noch nicht so dunkel, wie es beim Blick durch die Fenster vermuten ließ. Eine leichte Brise war aufgetaucht und ließ den Kommissar kurz frösteln. Er zog die Strickjacke über und lief gemäßigten

Schrittes in Richtung Osterstraße. Eine Gruppe Jugendlicher zog an ihm vorbei, Masbaum vermutete als Ziel den „Jameson's Pub".

Als er die Kreuzung hinter sich gelassen hatte, beschleunigte er seine Schritte. Sein Puls beschleunigte sich wieder, denn er konnte es gar nicht abwarten, wer der ominöse Angerufene war. Auf der Höhe des Kirchturms verfiel er in einen leichten Trab, beflügelt von der Hoffnung einer baldigen Lösung.

Kapitel 81

Tomas musste schmunzeln, als er durch die schwere Tür zum Großraumbüro ging. Der schöne Rouven saß an Masbaums Schreibtisch und trank Kaffee, während er durch irgendeine Zeitschrift blätterte. Es wirkte auf den Kommissar geradezu absurd, mit welcher Gelassenheit dieser überaus gefährliche Vampir inmitten der anderen Polizisten saß, als wäre das Normalste der Welt.

Der blonde Untote blickte unvermutet auf und ein zufriedenes Lächeln breitete sich auf den weichen Zügen seines ebenmäßigen Gesichtes auf: „Da bist du ja schon! Die SpuSi müsste jeden Moment fertig sein mit den Abdrücken. Dann können wir uns mit dem Handy beschäftigen." Tomas hatte gar nicht bemerkt, dass er vorne an der Tür angehalten hatte und anscheinend mehrere Minuten seinen neuen Kollegen betrachtet hatte. Er sollte sich das unbedingt abgewöhnen, mahnte er sich. Dieses Verhalten war äußerst unprofessionell.

Er versuchte unbeeindruckt zu wirken und ging, schon fast gelangweilt, in die Küche und kam mit einer Flasche Wasser wieder heraus. Um Rouven nicht näher zu sein als nötig, setzte er sich auf die andere Seite des Schreibtisches; er zog seine Strickjacke wieder aus. Ein normales Hemd wäre jetzt zerknittert gewesen, aber das Hemd von Olymp schmiegte sich so herrlich eng an seinen muskulösen Oberkörper, dass ein Faltenwurf ganz unmöglich war. Bei dem lüsternen Blick, den Rouven ihm unverblümt entgegen brachte, ärgerte Tomas sich.

„Wo hast du das Handy denn gefunden?", fragte er, um die Stimmung etwas aufzulockern. Der Vampir schlug das Magazin zu: „In einer Handtasche im Flur. Und auch nur aus Zufall, weil sie neben der Kommode stand, die ich durchsuchen wollte." Bevor Masbaum etwas erwidern konnte, schoss Rouven eine Frage direkt hinterher: „Woher wusstest du eigentlich von dem zweiten Handy?"

Tomas lehnte sich zurück und wippte leicht mit der Lehne. Er dachte darüber nach, wie er darauf antworten sollte. Jede normale Polizist hätte ihn verrückt erklärt, wenn er ihm von einer Vision erzählen würde. Doch Rouven war anders. Er war ein übernatürliches Wesen, mit einem Wissen, dass wahrscheinlich viel größer war als seines. Und schließlich kannte er sich halbwegs mit Hexen aus. Im schlimmsten Fall würde er Luthmilla um Rat fragen. Seine Mutter wollte er vorerst heraushalten. Sie würde sich nur unnötige Sorgen machen. „Ich habe es gesehen", platzte es spontan aus ihm heraus. Rouven stützte sich interessiert mit den Ellbogen auf die Arbeitsfläche: „Was meinst du damit? Was hast du gesehen?" Masbaum trank einen Schluck Wasser; seine Kehle fühlte sich auf einmal sehr trocken an. „Dich mit Larissa." Tomas schluckte und fuhr leise fort, in dem er sich ein Stück vorbeugte: „Wie du deine Fänge in sie geschlagen hast. Du hast sie sanft auf die Couch gelegt. Und gewartet, bis sie wieder aufwacht. Dann bist du gegangen und sie hat telefoniert." Der Vampir legte seinen Kopf auf den gefalteten Händen ab: „Hast du so

etwas schon einmal gehabt?"
Masbaum spielte gedankenverloren mit seinen Fingern: „Ich denke nicht, nein. Jedenfalls kann ich mich nicht erinnern, so etwas schon einmal gespürt zu haben." Nach einer kurzen Pause fragte er: „Wie kann das sein? Wo kommt das auf einmal her?" Rouven trank von dem mittlerweile kalten Kaffee und verzog das Gesicht. „Ich habe noch nie davon gehört, dass ein Normalsterblicher Visionen hat. Bei Hexen ist das nichts Ungewöhnliches, auch wenn nicht alle diese Fähigkeit besitzen bzw. beherrschen."
Tomas fuhr sich nervös durch die Haare: „Ich bin aber keine Hexe. Dann hätte ich doch schon viel früher etwas gespürt. Und müssten meine Eltern dann nicht auch Hexen sein?"
Der attraktive Untote stand auf und ging um den Tisch herum, setzte sich dort auf die Kante: „Eigentlich reicht ein Elternteil, allerdings ist dann nicht garantiert, dass das Kind magische Eigenschaften entwickelt. Deine Mutter scheint doch mit der Wicca-Welt sehr vertraut zu sein."

Masbaum stand etwas zu schnell auf; ihm war leicht schwindlig, daher stützte er sich auf dem Schreibtisch ab und kam somit dem hübschen Vampir ein ganzes Stück näher. „Meine Mom ist erst mit diesem Fall an Wicca herangetreten. Vorher hab ich nie auch nur ein Wort von ihr gehört, dass sie auch nur im Entferntesten an sowas wie übernatürliche Wesen glauben würde."
Rouven blickte in die ozeanblauen Augen des Kommissars und er brauchte seine ganze Kraft, um sich auf die kommende Frage zu konzentrieren: „Und was ist mit deinem

Vater?" Masbaum setzte sich nun neben dem Vampir auf die Tischkante und nahm seine Gebetshaltung an:
„Er starb, als ich noch klein war. Mein Bruder und ich waren gerade sieben Jahre alt geworden. Ich weiß noch genau, wie meine Mutter in unser Spielzimmer hineinkam, das Gesicht tränenüberströmt. Ihr sonst so ordentlich angelegtes Make up war völlig verschmiert und ich bekam Angst, weil sie sonst nie aus ihrer Rolle fiel. Sie setzte sich zu uns auf den Boden und umarmte uns minutenlang, ohne etwas zu sagen." Tomas blickte hoch und spürte, wie Rouven ihn mit seinem Blick ermutigte, weiterzusprechen:
„Nach einer gefühlten Ewigkeit, löste sie sich und versuchte, so einfühlsam wie möglich, uns zu erklären, dass unser Vater nicht zurückkommen würde. Dass eine Krankheit seinem Leben ein Ende bereitet hätte und er nun in einer besseren Welt weile."
Bei dieser Erinnerung musste Masbaum lächeln:
„Natürlich haben wir nicht verstanden, was sie damit meinte. Timo fragte, warum wir nicht mit in diese bessere Welt könnten. Er musste noch fünfundzwanzig Jahre warten, bis er meinem Vater folgen konnte. Allerdings nicht freiwillig." Marika wäre stolz, dass er sich so bereitwillig jemand anderem öffnete. Normalerweise verdrängte er seine Vergangenheit in die hintersten Ecken und deckte sie mit mehreren Schichten zu. Zu sehr schmerzte der Verlust.
Tomas sah dabei zu, wie Rouven seine linke Hand näher an seine rechte legte. Panisch überlegte er, ob er die Berührung zulassen

sollte oder seine Hand lieber wegzog, als lautstark eine Tür aufgeschlagen wurde und eine Kollegin von der Spurensicherung das Smartphone brachte: „Hier Jungs, macht damit, was ihr wollt."

Kapitel 82

Masbaum erhob sich von seinem Platz und ging auf die Polizistin zu: „Vielen Dank. Nur Spuren vom Mordopfer?" Ein Kopfnicken bestätigte diese These. Ohne weiteren Kommentar verschwand sie genauso schnell wie sie aufgetaucht war. Tomas wiegte das Handy mit seiner Hand und war darüber erstaunt, wie leicht es war. Er drückte eine Taste und das Display strahlte hell erleuchtet. Mit dem Daumen strich er senkrecht nach oben. Es gab keinen Codesperre, sodass er direkten Zugriff hatte. Das Hintergrundbild schimmerte golden, darauf war eine alte Rune abgebildet, allerdings konnte er sich nicht zuordnen.
Er stieß ein tiefen Seufzer aus: „Dann wollen wir doch mal sehen, wen Larissa mitten in der Nacht angerufen hat." Er gesellte sich wieder zu Rouven, während er die Anrufliste aufrief. Rechts neben dem Namen stand die Uhrzeit: 04:26 Uhr. Als Masbaum seinem Kollegen das Display zeigte, zog dieser ungläubig die Augenbrauen hoch: „Einerseits ergibt das Sinn und gleichzeitig auch wieder nicht. Kurz nachdem Larissa von mir zum Vampir gemacht wurde, lief ich aus der Wohnung, um ihr Blutkonserven zu besorgen. Ihr Hunger war stark und musste schnellstmöglich befriedigt werden, damit sie nicht außer Kontrolle geriet. In der Wartezeit war ihr die Idee gekommen, diese Neuigkeit mit jemanden zu teilen. Und mit wem teilt man seine intimsten Geheimnisse?"
Rouven grinste Tomas wartend an, damit

dieser die Antwort gab: „Natürlich die beste Freundin. Diana Cordes. Sie haben keine drei Minuten miteinander telefoniert." Nun wurde der Vampir ungeduldig und begann, auf und ab zu gehen: „Etwas kurz, um das Ganze in Einzelheiten zu schildern. Meinst du, Larissa hat sie aufgefordert, zu ihr zu kommen?"

Masbaum dachte nach: „Schon möglich. Aber hat sie das tatsächlich gemacht? Sie musste morgens auch wieder arbeiten. Konnte Larissa das Erlebte so dramatisch schildern, dass Diana wirklich mitten in der Nacht noch zu ihr gefahren ist?" Rouven blieb kurz stehen: „Das werden wir nur herausfinden, wenn wir sie fragen. Aber noch etwas anderes: Wenn sie in der Zeit, in der ich weg war, hinüber gefahren ist, warum hat sie dann Larissa umgebracht? Falls sie denn die Mörderin ist." Tomas setzte sich in seinen Chefsessel:

„Gehen wir einmal davon aus, dass sie Larissa umgebracht hat. Warum? Welches Motiv brachte sie dazu, ihre beste Freundin umzubringen?" Der Vampir begann wieder zu tigern: „Um so intensiver ich darüber nachdenke, glaube ich nicht einmal, dass es vorsätzlich passiert ist." Masbaum lehnte sich zurück und schlug das rechte Bein über das andere:

„Was meinst du? Es ist ein Unfall gewesen? Das hätte sie doch einfach sagen können." Rouven drehte sich abrupt um und lachte: „Ernsthaft? Du würdest zur Polizei gehen und sagen: Hey, ich habe aus Versehen meine Vampirfreundin umgebracht. Tut mir echt Leid. Sehr glaubwürdig, selbst wenn es den

Tatsachen entspricht. Nein, das käme nicht infrage." Masbaum räusperte sich, stand auf und ging direkt auf den Untoten zu. Flüsternd fragte er: „Wie bringt man denn einen Vampir um? Ist es wie in den Filmen und Büchern dargestellt? Ein Holzpflog ins Herz und fertig." Beim letzten Satz berührte er Rouvens Brust an der Stelle, wo das pochende Organ sitzen musste. Doch er konnte keine Schläge spüren. Stattdessen hörte er nur das kräftige Klopfen seines eigenen Herzens.
„Ja, das reicht. Die Schwierigkeit ist nur, schnell genug zu sein und das Ziel nicht zu verfehlen." Der Vampir ging einen Schritt zurück, denn er wollte Tomas' Unbehagen nicht noch steigern. „Ich könnte mir vorstellen, dass es eine Affekthandlung war. Larissa erzählt ihrer besten Freundin, dass sie jetzt ein Vampir ist. Die lacht und glaubt ihr nicht. Um es zu beweisen, bewegt sich Larissa extra schnell auf sie zu. Diana bekommt Angst und fällt vor Schreck nach hinten. Dabei zerbricht der Stuhl." Masbaum lehnt sich wieder auf die Schreibtischkante: „Sie greift sich in Panik, die abgebrochene Stuhllehne und versucht, Larissa abzuwehren. Die versucht, ihre Freundin wieder hoch zu helfen, bekommt dabei aber mit voller Wucht die abgebrochene Spitze ab. Volltreffer." Rouven setzte sich schwungvoll in Oles Bürostuhl: „Das klingt sehr plausibel. Als ihre Freundin leblos auf dem Boden lag, hat Diana Panik bekommen, weil ihr klar war, dass sie beschuldigt werden würde und hat sich einfach die abgebrochene Lehne gegriffen und ist nach Hause gefahren. Dann

sollten wir jetzt mal losfahren und sie mit unserer Theorie konfrontieren." Tomas winkte ab:

„Moment noch. Du vergisst dabei etwas." Rouven schaute mit gerunzelter Stirn zu seinem Kollegen und wartete ab:

„Selbst, wenn sich alles tatsächlich genau so abgespielt hat und Diana bestätigt das, sogar schriftlich. Wie erklären wir das Reinhardt und der Staatsanwältin? Die beiden haben schon auf das Thema Hexen so allergisch reagiert. Was glaubst du, was passiert, wenn du dich denen gegenüber als Vampir outest?" Der Untote stand auf und griff sich die leere Kaffeetasse und sagte im Gehen:

„Lass uns das Problem auf später verschieben. Wir werden jetzt erst einmal schauen, ob unser ausgedachter Tatverlauf auch nur halbwegs mit der Realität übereinstimmt. Vielleicht war Diana auch sauer und eifersüchtig, dass ihre sowieso schon wunderschöne Freundin nun auch super stark und unsterblich war und hat sie doch vorsätzlich umgebracht." Er verschwand kurz in der Küche und kam ohne Tasse zurück. Masbaum stand auf und griff sich seine Tasche: „In dem Fall bräuchten wir ein Geständnis, weil uns jegliche Beweise fehlen. Wir müssen es zumindest probieren. Hoffentlich ist sie zu Hause und nicht ausgegangen."

Kapitel 83

Tomas erreichte in kürzester Zeit das Haus an der Welle. An seiner Seite stand der leicht nervöse Vampir und gab dem Kommissar das Gefühl, endlich handeln zu müssen. Doch der zögerte noch. Masbaum hatte kein gutes Gefühl bei der Sache. Zwar war er in Begleitung eines starken übernatürlichen Wesens, aber falls etwas schief gehen würde, läge die Verantwortung bei ihm.
„Ich muss Lutz anrufen und ihm zumindest Bescheid geben", dachte Tomas und hatte unbewusst sein Smartphone bereit herausgeholt. Rouven reagierte bestürzt: „Du willst sie doch jetzt nicht etwa anrufen! Sieh' doch, da brennt noch Licht. Sie ist auf jeden Fall zu Hause."
Tomas knuffte ihm in die Seite: „Spinner! Natürlich nicht. Ich möchte Hauptkommissar Reinhardt Bescheid geben, was wir vorhaben." Der blonde Untote stemmte die Hände in die Hüften: „Hältst du das für eine gute Idee? Was ist, wenn er Fragen stellt?" Masbaum schien entschlossen:
„Die Zeit lasse ich ihm erst gar nicht. Hinterher kann er Fragen stellen." Er drückte die entsprechende Kurzwahltaste und es dauerte eine Weile, bis Lutz den Hörer abnahm: „Tomas, ich hoffe, du hast nur gute Nachrichten. Ich wollte mich eigentlich gerade ins Bett begeben." Der hochgewachsene Kommissar atmete tief ein, sodass sich seine gestählte Brust gegen das Hemd drückte: „Auf jeden Fall keine schlechten. Wir haben in Larissas Wohnung ein zweites Handy gefunden,

mit dem sie kurz vor ihrem Tod noch ein dreiminütiges Gespräch geführt hat. Mitten in der Nacht muss sie ihre beste Freundin Diana Cordes angerufen haben. Wir stehen jetzt gerade vor ihrer Haustür, um herauszufinden, warum sie uns das verschwiegen hat.Vielleicht ist sie sogar unsere Mörderin." Reinhardt sog schwer atmend die Luft ein:
„Soll ich dazukommen? Wer ist denn mit dir dort? Das ist ja ein Ding." Tomas schaute neben sich und lächelte: „Ich habe Rouven hier bei mir. Das wird reichen." Lutz ließ sich hörbar auf das Bett plumpsen: „Du hörst dich sicher an. Dann werde ich mir jetzt so viel Schlaf einverleiben wie ich kann." Masbaum musste lachen: „Träume etwas Schönes." Schon war die Verbindung unterbrochen.
Rouven lief als erster auf die Einfahrt, gefolgt vom verbeamteten Kollegen. Der Vampir konnte es sich nicht verkneifen, gleich dreimal hintereinander auf die Klingel zu drücken. Tomas hätte ich ihm am liebsten auf die Finger gehauen und musste spontan bei dem Gedanken kichern.
Mit dem Summen drückten sie die Tür auf und stiegen die schmalen quietschenden Treppenstufen hinauf. Oben öffnete eine erstaunte Diana, die offensichtlich nicht mehr mit Besuch gerechnet hatte. Masbaum spürte bei ihrem Outfit die bereits übliche passive Aggressivität aufsteigen.
Die aschblonde junge Frau mit der Rubensfigur trug eine rosafarbene Leggins mit einem penetranten Blumenmuster. Darüber ein zu weites violettes T-Shirt mit dem goldenen

Schriftzug „Diva forever" darauf. Ihre Haare waren zu einem unordentlichen Dutt hochgesteckt und falls sie am Tage Make up getragen hatte, war der Versuch, sich abzuschminken, etwas zu gründlich ausgefallen. Verschiedene Rötungen zierten ihr Gesicht.

„Nanu, was machen Sie denn hier? Hätten Sie nicht vorher anrufen können?" Der feindselige Tonfall prophezeite schon jetzt Komplikationen mit der Frisörin.

„Dürfen wir hereinkommen? Es gibt tatsächlich noch ein paar Fragen, die sie uns beantworten müssen." Rouven ging direkt in die Offensive und machte Schritte auf sie zu, sodass sie gar nicht anders konnte, als zurückzuweichen und somit den Gang frei zu machen. Tomas bestand darauf, ihr zum Wohnzimmer den Vortritt zu lassen. Er wollte ihr keinen Freischein zur Flucht geben.

Im Wohnzimmer herrschte gedämpftes Licht, auf dem Couchtisch stand eine großzügige Schüssel Chips und eine Tafel Schokolade lag angebrochen daneben. „Dürfen wir uns setzen?", fragte Masbaum höflich. Er wollte sich nicht weiter reizen. Sie sollte erst einmal wieder zur Ruhe kommen.

Während Rouven sich wieder in den Sessel setzte, musste Tomas sich mit der schwarzweißen Katze arrangieren. Sie hatte es sich zwischen den zusammentreffenden Lehnen gemütlich gemacht. Lustlos warf sich Diana in die andere Ecke; fast apathisch schaute sie auf die bewegten Bilder eines Privatsenders.

Die Ermittler wechselten irritierte Blicke. Das unbeteiligte Verhalten der Verdächtigen passte nicht in die prekäre Situation. „Frau

Cordes, warum haben Sie uns verschwiegen, dass Larissa noch in der Nacht bei Ihnen angerufen hat?" Diana drehte nicht einmal den Kopf, als sie antwortete:
„Welchen Unterschied hätte das gemacht?" Rouven rückte nach vorne: „Es hätte uns schon einige Arbeit gespart. Schließlich waren Sie die letzte Person, die Frau Weinberg lebend gesprochen hat." Masbaum hatte unbewusst begonnen, die Katze zu streicheln. Sie schnurrte genüsslich, als der Kommissar fragte:
„Worum ging es denn in dem Gespräch?" Die Sendung wurde von Werbung unterbrochen, sodass die Bildwechsel noch schneller und lauter wurden. „Das würden Sie mir ja doch nicht glauben", sagte Diana leise und schob sich danach eine Handvoll Chips in den Mund. Rouven lehnte sich wieder zurück:
„Wenn ich raten müsste, würde ich sagen, dass sie Ihnen begeistert davon berichtet hat, jetzt ein Vampir zu sein. Hat sie auch gefragt, ob Sie noch vorbeikommen wollen?" Nun drehte sich Diana doch zu den Ermittlern: „Woher wissen Sie das?" Tomas reagierte schnell mit einer Antwort samt Gegenfrage:
„Das ist unerheblich. Hat es sich denn genau so zugetragen?" Sie senkte den Blick und flüsterte: „Ja." Masbaum ließ die Katze los: „Sind Sie denn tatsächlich noch hingefahren?" Ein Blick zu Rouven signalisierte die Nervosität des Kommissars. Das Ende der Werbung ließ Dianas Blick wieder zum schwarzen Bildschirm gleiten: „Das hätte ich besser nicht gemacht. Vielleicht würde Larissa dann noch leben."

Kapitel 84

Tomas drehte sich nun ganz herum, sodass er direkt in Dianas Gesicht schauen konnte: „Also waren Sie wirklich in der Wohnung von Frau Weinberg, nachdem sie angerufen hat?" Nur kurz blickte sie ihm in die Augen und erst in diesem Augenblick bemerkte er die tiefe Traurigkeit, die sich wie eine feste Hülle um die junge Frau gelegt hatte.

„Ja, ich war da." Die Sendung endete lautstark und wie einprogrammiert, ergriff Diana die Fernbedienung und schaltete auf ein anderes Programm. Masbaum war versucht, den Fernseher einfach auszuschalten, aber er hatte das Gefühl, dass sie zur Zeit auf die Dauerbeschallung angewiesen war. Rouven dagegen wurde allmählich ungehalten. Er rutschte rastlos in dem Sessel hin und her. Tomas dachte darüber nach, ob er eine Chance hatte, den Vampir aufzuhalten, falls er auf Frau Cordes losgehen sollte. Auf einmal war er sich nicht mehr so sicher, ob es gut gewesen war, auf Reinhardts Anwesenheit verzichtet zu haben. Er wollte langsam zum Punkt kommen:

„Frau Cordes, was passierte nachdem Sie bei Larissa eintrafen?" Diana griff beherzt zur Schokolade, machte aber keine Anstalten zu antworten. Wie, um sich selbst zur beruhigen, begann Masbaum wieder, die Katze zu streicheln. „Kein Wunder, dass das Therapieren mit Tieren immer beliebter wird", dachte Tomas. Als auch die neue Sendung von Werbung unterbrochen wurde, sah er die Chance für einen neuen Ansatz:

„Bitte erzählen Sie uns, was Sie erlebt haben. Sie brauchen keine Angst zu haben, dass wir Ihnen nicht glauben." Diana blickte nacheinander die Ermittler an, als ob sie abschätzen wollte, wie sehr sie ihnen vertrauen konnte. Als sie zur Fernbedienung griff, fürchtete Tomas schon, sie würde erneut umschalten. Zu seiner Verwunderung drückte sie die Stummschaltung und begann zu erzählen:

„Es war schrecklich. Schon als sie die Tür öffnete, spürte ich ihre Veränderung. Irgendwie waren alle positiven und negativen Eigenschaften um ein Mehrfaches verstärkt." Sie überlegte kurz, wie sie fortfahren sollte:

„Sie faselte komisches Zeug von Vampiren und dass sie jetzt dazu gehören würde. Als wäre ihr Wahn, eine Hexe sein zu wollen, nicht schon schlimm genug gewesen. Ich war immer bodenständig. So ein abgedrehtes Zeug brauche ich nicht." Masbaum konnte sich ein Lächeln mit hochgezogenen Augenbrauen nicht verkneifen und Rouven hielt ein Kichern zurück. Diana schien das gar nicht zu bemerken; unbeirrt fuhr sie fort:

„Dann wollte sie mir unbedingt ihre neue Fähigkeiten vorführen. Ich sagte ihr noch, dass ich kein Interesse hätte, aber wer jemals mit Larissa zu tun hatte, weiß, dass man ihr nichts abschlagen kann. Woher sollte ich ahnen, dass sie die Wahrheit sagte?" Masbaum konnte nicht anders. Mitfühlend legte er seine rechte Hand auf ihre Schulter, um ihr sein Mitgefühl auszudrücken. Tatsächlich war es noch nicht so lange her, seit er selbst in der Situation

steckte zu begreifen, dass es so etwas wie übernatürliche Wesen gab.
Diese Geste schien sie etwas zu entspannen. Eine kleine Träne rann über ihre linke Wange: „Allein diese riesigen Eckzähne haben mir Angst gemacht. Sie war so stolz darauf. Fast wie bei einer Raubkatze, jedenfalls bewegte sie sich so. Und so schnell! In dem einen Moment stand sie vor mir, im nächsten tippte sie mich von hinten an. Ich war so erschrocken, dass ich herumwirbelte und dabei das Gleichgewicht verlor. Der alte schwarze Stuhl hatte wohl nicht mit meinem Gewicht gerechnet. Als ich ihn mitriss, brach die Lehne ab."
Tomas bemerkte ein wenig benommen, wie sich nach und nach das Puzzle zu einem Ganzen zusammenfügte. Fast schon gebannt lauschte er ihren Ausführungen:
„Da lag ich nun auf dem Boden, wie auf einem Präsentierteller und über mir diese Kreatur, die mal meine beste Freundin gewesen war. Und sie kam immer näher." Masbaum bemerkte aus dem Augenwinkel, dass selbst Rouvens Gesicht eine verständnisvolle Miene angenommen hatte.
„Ich habe Panik bekommen. Intuitiv umklammerte meine Hand das abgebrochene Stück Holz neben mir. Ich habe es nur vor mich gehalten, um mich zu schützen." Diana hielt inne und dachte kurz nach:
„Vielleicht wollte sie mir auch nur hoch helfen, aber sie kam mit solcher Geschwindigkeit näher, dass ich meinen Kopf weg- und die Spitze der Lehne hochgehalten habe." Masbaum schwankte nach hinten und drückte sich an die Lehne. Ein tiefer

Seufzer entrang sich seiner Kehle. Rouven fuhr sich durch sein blondes Haar:
„Also war es ein Unfall." Nach diesem ausgesprochenen Urteil brach der Kummer aus Diana heraus:
„Wenn ich könnte, würde ich diese Nacht ungeschehen machen." Zwischen heftigen Schluchzern fügte sie leise hinzu: „Ich werde nie das Geräusch vergessen, als sich das Holz in ihr Herz bohrte. Noch völlig verwundert von der Aktion hat sie das Lehnenstück selbst herausgerissen, doch schon dabei schien sich ihre Haut zu verändern. Wie in Zeitlupe fiel sie hinten über und blieb dort besinnungslos liegen."
Tomas spürte die Verzweiflung, während sie davon sprach und konnte gut verstehen, wie sie sich fühlen musste: „Und wieso haben Sie die Lehne mitgenommen?" Diana wischte sich mit dem Handrücken die salzige Flüssigkeit aus dem Gesicht:
„Ich konnte nicht mehr denken. Mein Unterbewusstsein hat mir gesagt, dass ich es mitnehmen sollte. Ich bin dann nur noch aus der Wohnung gestürmt. Natürlich war das nicht clever, aber so ist es eben gewesen. Am Morgen habe ich das Stück hinterm Haus in einer alten Tonne verbrannt."
Es war an Masbaum, etwas dazu zu sagen, aber er war zu bestürzt, um auch nur ein Wort herauszubringen. Er schaute zum hübschen Vampir, doch auch dieser schien zu resignieren. Die Jagd nach dem Mörder war vorbei. Es gab keinen.

Kapitel 85

Masbaum fühlte sich machtlos. Wie sollte er die Ereignisse der letzten paar Stunden erklären? Er konnte unmöglich die Wahrheit in die Berichte schreiben. Aber hatte er überhaupt eine Wahl? Und Lutz? Das Verhältnis zu seinem Chef war bereits angeknackst. Würde er einen Vampir als Kollegen und einen Kommissar mit Visionen tolerieren?
Und der andere Fall stand noch offen. Sie hatten sich so intensiv mit Larissa beschäftigt, dass der Fall Lana Schröder noch nicht geklärt war. Doch zunächst brauchte er Ruhe und Zeit zum Nachdenken. Vielleicht auch Schlaf.
„Frau Cordes, wir werden Sie jetzt in Ruhe den Rest des Abends verbringen lassen. Es wäre gut, wenn sie morgen ins Präsidium kämen, um ihre Aussage zu bestätigen." Ihre Tränen waren versiegt, doch zu mehr als einem „Okay" war sie nicht mehr fähig. Sie saß apathisch auf dem Sofa und ihr Blick klebte am Fernsehgerät, allerdings bezweifelte Tomas, dass sie noch mitbekam, worum es in den Sendungen ging. Wahrscheinlich wäre es sinnvoll, eine Polizei-Psychologin vorbeizuschicken.
Er schaute zu Rouven und sah einen überaus angespannten Vampir. Mit einem Nicken zur Tür wies er seinen Kollegen an, dass es Zeit wurde zu gehen. Sie erhoben sich gleichzeitig; Masbaum wollte aus Höflichkeit noch einen schönen Abend wünschen, doch er entschied sich dagegen. Es war überflüssig.

Möglichst lautlos schlichen sie aus der Oberwohnung und mit dem Zufallen der Tür atmete er wieder aus. Er hatte nicht gemerkt, dass er die Luft angehalten hatte. „Was machen wir denn jetzt?", fragte Rouven und wirkte für ein übernatürliches Wesen erstaunlich hilflos. Tomas spürte den Impuls, seinen Kollegen in den Arm zu nehmen, doch er unterdrückte dieses Verlangen.

„Wir sollten ins Bett gehen", entschied Masbaum dann plötzlich. „Sich noch weiter mit diesem Fall zu beschäftigen, bringt nichts." Diese Einstellung kam Rouven wiederum sehr gelegen. Der zerbrechliche Blick in seinen Augen verschwand; stattdessen kehrte die Lüsternheit darin zurück: „Zu dir oder zu mir?" Tomas kicherte: „Du bist unmöglich. Wie kannst du jetzt an Sex denken?" In seiner Lendengegend regte sich allerdings etwas und ihm kam der Gedanke, dass es sinnvoll sein könnte, den Druck des Tages herauszulassen.

Ein Blick auf die Uhr zeigte Masbaum, dass es bereits nach halb zwölf war. Die Dunkelheit beherrschte die Umgebung; von dem schönen Untoten konnte er nur noch Schemenhaftes erkennen. Er ging einen Schritt auf ihn zu und sagte leiser:
„Ich wollte schon immer wissen, wie die Zimmer im Hotel Stadt Norden sind." Rouven grinste selbstgefällig und ergriff die Hand des Kommissars und ging voran zur Alleestraße. Tomas hätte sich am liebsten aus der Umklammerung gerissen, doch der Vampir hielt seine Hand wie ein Schraubstock fest. Widerwillig folgte er ihm. Die Straße lag im

Halbdunkel, denn zu dieser Uhrzeit war nur jede zweite Laterne beleuchtet. Nur ganz vereinzelte Autos fuhren an ihnen vorbei. Obwohl noch keine Menschen zu sehen waren, hörten sie bereits lautes Geplapper aus der Region, in der sich der „Club" befand.

Sie schlenderten gemeinsam die Westerstraße hinauf und als Rouven den Griff lockerte, zog Masbaum automatisch seine Hand wieder zurück. Schweigend liefen sie an einer Gruppe Jugendlicher vorbei, die mit bester Laune durch die Gegend zog.

Als sie an der Kirche ankamen, blieb Rouven abrupt stehen: „Ich habe eine Idee." Tomas drehte sich zu ihm um und schaute erwartungsvoll in das ebenmäßige Gesicht, dass ihn so faszinierte. „Du wolltest doch wissen, ob wir Vampire uns tatsächlich mit hoher Geschwindigkeit bewegen können. Jetzt könnten wir es ausprobieren." Masbaum stemmte die Hände in die Hüften und sagte mit einem Grinsen auf den Lippen, die seine Grübchen hervorhoben: „Du kannst es kaum erwarten, mich in dein Bett zu kriegen. Wie hast du dir das vorgestellt?"

Ohne den Blick abzuwenden, ging Rouven auf ihn zu, griff ohne Vorwarnung mit der linken Hand in Tomas' Kniekehlen und umfasste mit der rechten die Schultern, sodass der Kommissar in der Luft schwebte und schon setzte sich der Vampir in Bewegung.

Masbaum begriff gar nicht, wie ihm geschah. Er befand sich in der Horizontalen und seine Haare flatterten im Zugwind. Der ganze Weg zog im Zeitraffer vorbei; innerhalb von Sekunden hatten sie die Strecke zurückgelegt und stoppten auf dem Parkplatz hinter dem

Hotel. Langsam und sicher ließ Rouven ihn wieder herunter. Obwohl er nun wieder festen Boden unter den Füßen hatte, zitterten seine Knie noch etwas:

„Das nächste Mal warnst du mich gefälligst vor! Ich glaube, mein Herz pumpt doppelt so schnell wie normalerweise." Rouven ging voran durch den spärlich beleuchteten Tunnel, der zum Vordereingang führte. Tomas stolperte langsam hinterher; als er in der Eingangshalle ankam, wedelte Rouven schon mit dem Zimmerschlüssel herum.

Das Zimmer des Untoten befand sich in der ersten Etage, daher nahmen sie einfach die Treppe. Nach dem Öffnen der Tür ging Rouven voran und schaltete verschiedene Lampen an. Als Masbaum hereintrat, war er sichtlich erstaunt über die warme, gemütliche Atmosphäre im Inneren. Die Wände waren eidottergelb gestrichen und mit ägyptischen Gemälden behangen. Die Möbel aus Ahornholz wirkten in ihrer Schlichtheit modern; Tomas fühlte sich behaglich und gut aufgehoben. Er ließ sich ins Bett fallen und testete mit den Händen die Festigkeit der Matratze. Rouven schaute ihm belustigt dabei zu; er war lässig an die Wand gelehnt:

„Hast du Lust auf ein Spiel?" Der schöne Kommissar schaute zu ihm hoch, um abzuwägen, auf was er sich hier einließe. Gleichzeitig sehnte er sich nach einem Abenteuer und war gespannt, wohin es führte, mit einem Vampir zu spielen. „Wie sind die Regeln?", fragte Masbaum und setzte sich auf die Bettkante. Rouven bewegte sich keinen Millimeter von der Wand weg:

„Im Laufe der nächsten sechzig Minuten tust

du exakt, was ich sage ohne Widerspruch. Bei dem Schlüsselwort 'stopp' breche ich sofort ab. Aber ich denke nicht, dass wir das brauchen werden." Tomas dachte darüber nach, was das für ihn bedeutete. Bisher war er es gewohnt, der dominante Teil bei irgendwelchen Sexspielchen zu sein.

Kapitel 86

„Einverstanden", sagte Masbaum in freudiger Erwartung. Der Wecker auf dem Nachttisch zeigte genau 0:00 Uhr an. Mitternacht. Das Spiel konnte beginnen: „Steh auf und zieh dein Hemd aus. Ganz langsam, Knopf für Knopf." Tomas erhob sich vom Bett und begann gründlich und vorsichtig die dunkelblauen Hornscheiben zu befreien, ohne den Blick von Rouven zu lösen. Der genoss sichtlich den Anblick und verfolgte mit Adleraugen das Lösen aller fünf Knöpfe. Die beiden obersten ließ Masbaum grundsätzlich offen. Mit eleganten Bewegungen streifte er den weichen Baumwollstoff von den Schultern und ließ ihn zu Boden gleiten.

Gespannt wartete er auf die nächste Ansage, doch sein Mitspieler kostete den Moment voll aus. Diese bewusst entstehende Pause steigerte seine Erregung und fast schmerzhaft drückte sein Schwanz gegen das glatte Material seiner Retropants. Er löste den Blick und ließ seine Augen nach unten wandern. Auch bei Rouven presste sich etwas Hartes gegen die Passform des Schrittes. Er bewunderte die Disziplin, an der Wand stehen zu bleiben und wünschte sich gleichzeitig, er würde näher kommen.

„Lege nun den Rest ab und bleib stehen, bis ich dir etwas anderes sage." Fast schon dankbar knöpfte er die Hose auf und wie ein Schneelawine fiel der weiße Leinenstoff zu Boden. Tomas stieg heraus und schob es mit dem rechten Fuß ein wenig zur Seite. Seine starken gebräunten Beine standen selbstbewusst schulterbreit auseinander.

Er schaute an sich selbst herunter und sein Blick fiel auf die reinweiße Shorts mit hauchdünnen anthrazitfarbenen Nadelstreifen. Ganz automatisch glitten seine Hände über das zarte Material und damit auch über die mächtige Beule und entfachte mit dieser Berührung eine Flut von Reizen, sodass er gar nicht anders konnte, als den Blick wieder auf die nun blitzenden Augen von Rouven zu legen.

Mit beiden Daumen griff er hinter den Bund und streifte sich ganz langsam die Retropants herunter, wobei er dabei ganz in die Hocke ging. Ohne die Sicht auf die haselnussbraunen Augen zu verlieren, erhob er sich wieder. Er spürte Rouvens verlangen und wünschte sich, der Vampir würde sich endlich von der Wand lösen. Wieder völlig aufgerichtet, zuckte mittlerweile jeder Muskel vor Erregung und konnte es gar nicht abwarten, dass endlich etwas passierte.

Als sein Gegenspieler das eigene Hemd öffnete und auszog, stieg seine Hoffnung, endlich Erlösung zu finden. Stattdessen bekam er die nächste Anweisung: „Knie dich aufs Bett und stütze die Arme im rechten Winkel auf." Ohne weiter darüber nachzudenken, drehte er sich um und krabbelte auf die mittelharte Matratze. Tomas empfand diese Position auf absurde Weise entspannend. Dabei entblößte er nun völlig schamlos seine Rückseite; für einen Mann gab es wohl kaum eine intimere Haltung als diese. Eine Einladung, die sensibelste Öffnung näher zu betrachten, zu berühren – damit zu spielen.

Er versuchte, sich möglichst nicht zu bewegen. Rouven bewegte sich auf ihn zu; die Schritte machten Geräusche auf dem hellbraunen Laminat. In diesem Moment der Machtlosigkeit schlug Masbaums Herz so schnell und kraftvoll wie ein Vorschlaghammer und in seinem Kopf rotierten die Ideen, was der schöne Untote gleich mit ihm anstellen könnte.

Der Vampir schloss die Augen, um die Gerüche um sich herum aufzunehmen. Er konzentrierte sich darauf, die des Zimmers dabei auszuschließen, sodass seine Nase nur noch die von seinem hübschen Bettgespielen aufspaltete. Die Aromen des Parfums ließ er ebenfalls außer acht; die waren ihm bereits vertraut. Ihn interessierte der pure Essenz von Tomas.
Als er näher kam, wurden seine Sinne von machtvollen Pheromonen überschwemmt. Der Kommissar strömte eine Geilheit aus, die ihm in dieser reinen Form noch nicht begegnet war. Mit geschärftem Blick entdeckte er Unmengen kleiner Schweißtröpfchen über Masbaums Rücken verteilt, die ein unmissverständliches Verlangen ausströmten.
  Schon aus den vorhergehenden Szenarien mit diesem Mann kannte er die perfekten Rundungen dessen Gesäßes, doch beeindruckte ihm diese offen zur Schaustellung und so ließ er die Fingerkuppen seiner rechten Hand ganz langsam vom oberen Ansatz die innere Wölbung entlangfahren. Sofort vernahm er ein zufriedenes Stöhnen, sodass er die gleiche Prozedur mit der anderen Hand und der linken Po-Seite vornahm.

Tomas schob sein Hinterteil noch weiter nach hinten, und gab damit den Blick auf dein Eingang frei. Sie glänzte rosa und feucht, verletzlich und doch so herrlich anziehend. Rouven wusste, das Masbaum eigentlich den dominanten Part bevorzugte, daher fragte er sich unwillkürlich, wie viele Männer vor ihm diese vorzügliche Möglichkeit nutzen durften. Er wählte den rechten Zeigefinger und strich der Nagelspitze von unten, über den Anus hinauf nach oben, bis zu dem Punkt, wo der Rücken anfängt. Tomas atmete schwer; es schien im sichtlich zu gefallen.
Nur allzu gern würde er in Masbaums Kopf schauen, um zu erfahren, was er sich wünschte. Doch aus früheren Versuchen wusste er, dass er nicht in der Lage war, die Blockaden zu überwinden. Also musste er auf dessen Körpersprache zurückgreifen. Er ließ sich selbst auf die Knie hinabgleiten, sodass sein Kopf direkt auf der Höhe der Öffnung landete. Ohne weitere Ankündigung setzte er beide Hände auf die Arschbacken, zog sie auseinander und begann genüsslich, mit seiner Zunge die weiche und bereits feuchte Rosette zu liebkosen.

Masbaum stöhnte laut auf. Als er die leicht raue Haut der Zunge an seiner empfindsamsten Stelle spürte, fürchtete er schon, explodieren zu müssen. Seine Sinne waren zum Zerreißen gespannt und gleichzeitig fühlte er, wie er sich immer tiefer fallen lassen konnte. Rouven wusste, was er tat. Es fühlte sich erstaunlich beruhigend an, zur Abwechslung nicht selbst die Zügel in der Hand zu halten.

Anonym

Als der Vampir dann auf einmal innehielt, hätte Tomas am liebsten laut aufgeschrieben, er möge bitte weitermachen. Doch dann vernahm er das Öffnen des Reißverschlusses und der Wunsch, endlich gefickt zu werden, stieg ins Unermessliche. In schaudernder Erwartung hielt er ganz still, damit es für Rouven leichter wurde, seinen langen harten Schaft in ihn hineinzuschieben.

Kapitel 87

Masbaum genoss es, so herrlich ausgefüllt zu sein. Nachdem sich Rouven ganz in ihn versenkt hatte, fanden sie schnell einen gemeinsamen Rhythmus und ließen sich treiben im Zauber der Lust. Die regelmäßigen Stöße versetzten Tomas in einen rauschähnlichen Zustand. Sein Verstand schien losgelöst; sein Körper konzentrierte sich einzig und allein auf den harten Kolben, der sich erbarmungslos in ihn hinein rammte.
Mit geschlossenen Augen ließ sich der Kommissar nehmen. Außer dem Stöhnen und dem Geruch nach Schweiß und Lust schien sich alles im Raum aufzulösen. Seine Sinne schienen sich zu erweitern, machten Platz für ein intensiveres Erleben.
Und in dem Moment brach ein neuer Schwall Bilder auf ihn herein. Er konnte nichts dagegen tun. Er sah sich selbst in einer jüngeren Version, an einem Pokertisch mit Rouven an seiner rechten Seite. Links von ihm saß eine schöne Dunkelhaarige. Er sah sich mit der Frau küssen; der blonde Vampir schaute amüsiert dabei zu. Eine spätere Szene zeigte diesen Mann, der aussah wie er selbst, beim Festhalten einer jungen blonden Frau, in die Rouven seine Fänge versank und das frische Blut genoss. Im nächsten Bild sah er alle drei zusammen auf einer ausschweifenden Party, bei der alle kleine Namensschilder trugen auf der nackten Haut. Doch auf dem Schild des Mannes, der aussah wie Tomas stand ein anderer Name. Timo.
Er kam wieder zu sich und spürte wie

Rouven innehielt, laut aufstöhnte und sich in ihm ergoss. In kräftigen Schüben verteilte sich der klebrige Saft und die Realität kam wieder zurück in den Raum. Auf einmal wirkten die Wände düster und mysteriös, als schauten sie abfällig herab auf dieses schlüpfrige Szenario, dessen Ende so ganz anders war als gedacht.
Masbaum drehte sich um; ihm war egal, dass die Stunde noch nicht vorbei war – vielleicht war sie das? Bei der letzten Vision hatte er einen fast halbstündigen Filmriss gehabt. „Du hast meinen Bruder gekannt?" Rouven ließ sich erschöpft neben ihn fallen. Er schien erschrocken; aus seinem Gesicht wich jegliche Farbe. Er wischte ein paar Strähnen seines mittlerweile verschwitzten Haares nach hinten: „Wie kommst du denn jetzt darauf?" Tomas schaute ihn mit scharf blitzenden Augen an: „Beantworte meine Frage!" Seine ursprüngliche Geilheit war verflogen und hatte einer aggressiven Grundstimmung Platz gemacht.
Der Vampir setzte sich hin und rückte hinter sich ein Kissen zurecht. Er wusste, dass ihn hier nur die Wahrheit retten konnte: „Ja, habe ich. Vor ewigen Zeiten. Ich weiß gar nicht, was aus ihm geworden ist. Er war für eine kurze Zeit das Spielzeug von Alyessa. Unterhaltsam, aber mit einer destruktiven Ader bestraft. Wie geht es ihm denn?"
Ein kalter Schauer für über Masbaums Körper, die feinen Härchen auf seinen Armen stellten sich auf: „Er ist tot. Obwohl wir seine Leiche nie gefunden haben." Er stand auf und ging zum Fenster; es störte ihn nicht, dass er nackt war. Rouven wollte ihm folgen, doch

er spürte den anhaltenden Zorn, daher blieb er im Bett sitzen: „Woher wisst ihr dann, dass er tot ist?"

Tomas drehte sich nicht um. Es tat weh, über die Vergangenheit zu sprechen: „Wir haben ihn für tot erklären lassen. Über zehn Jahre lang haben wir alles versucht, ihn zu finden. Deswegen bin ich überhaupt erst zur Kriminalpolizei gegangen. Am Ende mussten wir uns geschlagen geben." Rouven fühlte sich ins Vertrauen gezogen und wurde wieder sicherer:

„Das muss schwer gewesen sein. Ihr wart eineiige Zwillinge, nicht wahr? Die Verbindung der Geschwister ist sehr stark, weil ihr auch schon die neun Monate im Mutterleib miteinander verbracht habt. Jedenfalls habe ich das mal gelesen." Masbaum drehte sich langsam herum:

„Bis auf den Tod meines Vaters, war das wohl der schlimmste Moment in meinem Leben. Vielleicht sogar mit ein Grund, warum es mir so schwerfällt, mich anderen Menschen gegenüber zu öffnen." Der Vampir sah ihm an, dass er gerne zurück zum Bett gegangen wäre, doch der Kommissar stand wie angewurzelt an seinem Platz.

Epilog

Timo war außer sich vor Wut. Er hatte Alyessa die Wahl des neuen Reiseziels überlassen, doch er hätte sich Norddeich niemals als Reiseende ausgesucht. Zu viele Erinnerungen machten sich hier breit, denn seine Familie hatte hier immer Urlaub gemacht, als er noch ein kleiner Junge gewesen war:

„Was machen wir hier? Kannst du mir das sagen? Du bezweckst doch etwas, wie immer." Der Unterton in seiner Stimme tat ihr weh, aber sie ließ sich den Schmerz nicht anmerken. Obwohl er nur so kurze Zeit als ihr Gefährte fungiert hatte, durchschaute er sie bis in die letzte Pore und sie hasste es. So große Hoffnungen hatte sie in diesen Mann gesetzt, doch schon nach dieser kurzen Zeit ließ er jegliche Erwartungen hinter sich:

„Natürlich verfolge ich hier ein Ziel. Warum sollte ich auch ohne Grund reisen? Das ergibt gar keinen Sinn. Ich verstehe, dass du prinzipiell diese Gegend wegen deinem Bruder meidest, aber es befindet sich etwas hier, dessen ich mich bemächtigen möchte."

Der schöne Dunkelhaarige seufzte. Er hatte bereits gelernt, dass er aus seiner Geliebten die gewünschten Informationen nur nach und nach bekommen würde. Sie liebte Geheimnisse. Nur wenn nötig, gab sie etwas preis. Doch es genügte ein Blick aus ihren dunklen Augen, dass er alle Fragen vergaß. Ein Kuss und ein Lächeln ließ ihn jegliche Strapazen mit ihr vergessen.

Er sah ihr dabei zu, wie sie das blaue Etuikleid anzog und half ihr, den Reißverschluss zu schließen. Die Seide umschmeichelte ihre perfekten Rundungen so gut, dass er ihr das Kleid lieber aus- als angezogen hätte. Doch er lernte, sein verstärktes Verlangen zu zügeln und in andere Energien umzuwandeln.

„Glaubst du an Schicksal?" Alyessa stellte die Frage völlig unbedarft, während sie die passenden Schuhe für das Outfit wählte. Elegant gekleidet im gut sitzenden Hugo-Boss-Anzug legte Timo den Kopf schief, um über die fast philosophische Frage nachzudenken. Er schlüpfte in die dazu passenden Prada-Slippers und wählte seine Worte mit Bedacht:

„Im Gegensatz zu meinem Bruder habe ich tatsächlich immer gedacht, dass mein Dasein einem höheren Zweck dient. Leider habe ich nie herausfinden können, welcher das sein sollte." Er hörte sie kichern und ärgerte sich darüber. Ihre Überlegenheit spürte er jederzeit, doch war er genervt davon, sich ständig unterordnen zu müssen.

Nachwort

„Anonym" ist der erste Teil einer Trilogie. Das Team um Dr. Tomas Masbaum steht erst am Anfang einer größeren Geschichte, dessen Ausmaß keinen der Beteiligten auch nur annähernd bewusst ist.

Irgendwann hatte ich die Idee, drei Genres miteinander zu vereinen: der gute alte Krimi trifft auf eine packende Lovestory, die einige Fantasy-Elemente beinhaltet. Auf diese Weise konnte ich in diesem Roman einige Methoden benutzen, die „normale" Ermittler sonst nicht zu Verfügung stehen.
Als Fan von Serien wie „Charmed" und „Vampire diaries" war es mir eine große Freude, Hexen und Vampire in meine Heimat Ostfriesland zu holen und dabei zu entdecken, wie die Umwelt und Gesellschaft damit umgeht.
Insgesamt war ich überrascht, wie friedlich dieser Umgang vonstatten ging, allerdings bin ich mir ziemlich sicher, dass diese Stimmung im zweiten Teil „Verborgen" nicht mehr lange anhalten wird.
Ich habe bewusst nur einen der beiden Mordfälle aufgeklärt. Der Fall Lana Schröder bedarf einer weitläufigeren Untersuchung, wobei sich unser neues Dreamteam Rouven und Tomas gerade etwas entzweit hat, wird es schwierig werden, einen neuen gemeinsamen Konsens zu finden.

Auf Anraten einiger Kollegen möchte ich hier noch kurz auf ein paar Ungereimtheiten hinweisen:

→ Obwohl Birgit Masbaum eine ehemalige Oberstudienrätin ist und damit eine hoch gebildete Dame darstellt, nennt sie ihren erwachsenen Sohn „Tommy". Obwohl sie sich das selbst nicht eingestehen würde, war er immer ihr Liebling. Zu ihm hat sie eine innere Verbindung, die sie zu Timo nicht aufbauen konnte.

→ Der Rechenweg von Ole Janssen in Kapitel 19 ist eine kleine Spielerei meinerseits gewesen und ist für die Story nur mäßig interessant. Für alle, denen Mathematik ein Gräuel ist: Ja, ihr dürft diese Stelle gerne überlesen. ;-)

→ Für diejenigen, die sich wundern, warum der Vampir tagsüber herumlaufen kann: Ich habe bewusst das Konzept von „Vampire diaries" übernommen, um Rouven als Ermittler einsetzen zu können. Außerdem konnte ich dadurch leichter erklären, warum Vampire UND Hexen in diesem Roman vorkommen. Sogenannte „Tageslichtringe" können nur von Hexenhand magisch erstellt werden.

→ Wer sich fragt, wie Lana Schröders Kopf abgetrennt werden konnte, hier ein kleiner Tipp: Elijah (the Origins)

Danksagung

Dieses Buch ist mir sehr ans Herz gewachsen, gleichzeitig bin ich froh, es endlich „aus der Hand geben zu können".
Bis zur Veröffentlichung war es ein weiter Weg und bin dankbar, dass ich mir selbst treu geblieben bin. Ich hätte es durchaus verschiedenen Verlagen anbieten können, doch hielt mich die Skepsis immer zurück.
Was hätte ein professioneller Lektor mit dieser Story angestellt? Was wäre von der ursprünglichen Idee noch übrig geblieben? Nun ist alles noch so, wie ich es mir erdacht habe und wenn das jemandem nicht passt, ist das nicht mein Problem.

Wie schon in der Widmung erwähnt, möchte ich besonders Maria meinen Dank aussprechen, die mir bei der Entwicklung dieser Geschichte zugehört hat, mir neuen Input gab und mich vor allem motivierte, diese Idee tatsächlich zu Papier zu bringen.
Meinen Eltern möchte ich danken, die sich die Zeit genommen haben, als erste das fertige Manuskript komplett durchzulesen und mir ernsthafte und konstruktive Kritik gaben, die ich dementsprechend umsetzen konnte.
Danken möchte ich auch Sarah und Biggi, die mir mit Rat zur Seite stehen und mich immer wieder dazu motivieren, das Beste aus meinen Texten herauszuholen.
Und Danke auch an Herrn Steffens vom IBB, der sich noch einmal intensiv mit Kapitel 19 auseinander gesetzt hat. ;-)